CONTENTS

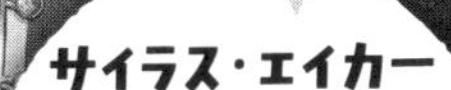

聖獣騎士団の団長。
ワーズワース王国の王弟で、
公爵位を得ている。
どんな仕草でも色気が
あふれるという特殊体質で、
世の女性たちを虜にしている
という噂がある。

ミュリエル・ノルト

人づきあいが苦手で屋敷に
引きこもっていた伯爵令嬢。
天然気質で、自分の世界にはまると
抜け出せないという、悪癖がある。
現在、聖獣たちの言葉がわかる
ことから「聖獣番」として
活躍し、サイラスとは
婚約中。

WORDS

聖獣

今はなき神獣である竜が、
種の断絶の前に、
己の証を残そうと異種と
交わった結果、生まれた存在。
竜の血が色濃く出ると、
身体が大きくなったり、
能力が高くなったりする
傾向がある。

パートナー

聖獣が自分の
名前をつけ、
背に乗ることを許した
相手のこと。

聖獣騎士団の特務部隊

聖獣騎士団の本隊に
身を置くことができない
ほど、問題を抱えた聖獣
たちが所属する場所。

引きこもり令嬢は話のわかる聖獣番

カナン

隣国ティークロートの
聖獣騎士。
自己主張が薄く
寡黙な青年。
意外と負けず嫌い。

グリゼルダ・クロイツ・ティークロート

隣国ティークロートの王女。
サイラスの従妹で
凛とした見た目をしている。
婚約中のカナンとの
結婚は間近。

ギオ

山賊気質な
黒ニワトリの聖獣。
隣国ティークロートの
唯一の聖獣であるためか、
パートナーである
カナンたちに
甘やかされ気味。

CHARACTER

アトラ

真っ白いウサギの聖獣。
パートナーである
サイラスとの関係は良好。
鋭い目つきと恐ろしい
歯ぎしりが印象的だが、
根は優しい。

レグゾディック・デ・グレーフィンベルク

巨大なイノシシの聖獣。
愛称はレグ。パートナーで
あるレインティーナの
センスのなさに、悩まされ
続けている。

クロキリ

気ぐらいが高い、
タカの聖獣。
自分に見合った
パートナーが現れる日を
待っている。

ロロ

モグラの聖獣。
学者であるリーンが
パートナーであるため、
日がな一日まったりと
過ごしている。

スヴェラータ・ジ・オルグレン

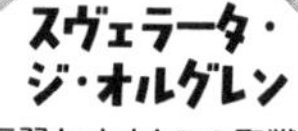

気弱なオオカミの聖獣。
愛称はスジオ。
パートナーとなった
リュカエルが大好き。
彼からは「スヴェン」と
呼ばれている。

イラストレーション◆まち

プロローグ

齢二十六にして、ここワーズワース王国のエイカー公爵であり聖獣騎士団団長でもあるサイラス・エイカーは、秋の気配が深まる穏やかな午後の執務室にてホッとひと息ついていた。

すっかり日常を取り戻した今日この頃。突発的な出来事もなく、決まった日課を予定通りにこなす。一見単調にも思えるが、そんな毎日にこそサイラスは深い充足感を得ていた。つきまとうように傍に潜んでいたよくない思惑も、一気にすべてとは言えずとも徐々に払拭できている。その過程で解き明かされていくこの世の理は、驚きに満ち、考えさせられることも多い。だが、それによりサイラスのなかの何かが変わることはなかった。ゆえに、ここのところの日々は実に穏やかだ。悩みはあるが、伴う感情は「幸せ」と表現できるものである。

ふと上げた紫の瞳に映るのは、応接用のソファだ。すると、「悪いことをしよう」そんなふうに誘った夜のことがどうしたって思い起こされる。

(とはいえ、制止の声をあげる口をふさいだのは……、間違いなく堪え性のない、私だ)

サイラスは椅子の肘掛けに頬杖をつくと、目を伏せつつ自らの唇にそっと触れた。待って、と柔らかな唇は音にするが、多少強引にでも触れてしまえば、すぐにほどけて応えてくれる。しかも、抱き込まれるに任せた華奢な体はいっそ従順で、あの夜もサイラスが求めれば求める

だけ与えてくれた。もし、あのままもっと触れていたとしても、流されてくれるのではないかと邪(よこしま)な思いが頭をよぎってしまうほどには。

(嬉(うれ)しい誤算だと言えばいいのか。だとしても、私にとっては……)

さらなる忍耐への入り口だ。そう言い換えて差し支えないだろう。求めただけ応えてくれるのなら、越えてはいけない線を見極めるのは、染まるミュリエルではなく染めるサイラスの役目なのだから。

いったん目を閉じてソファを視界から遮断するも、頭に愛(いと)しい婚約者が思い浮かんでしまえば、あまり意味がない。サイラスは一人微笑(ほほえ)むと、想像のなかではなく現実でミュリエルに会うために、残りの書類仕事を手早く終えようと気持ちを切り替えた。

まず手を伸ばしたのは、書類とは別に置かれたいくつかの手紙だ。そこに紛れた一通に目を留める。飾りけのない気軽な封筒だが、宛名には従妹(いとこ)であり隣国の王女でもあるグリゼルダ・クロイツ・ティークロートの名があった。

手早く封を切り急ぎ目を通しても、ありきたりで定例な内容が続く。されど、何気なく付け足した風を装った最後の一文だけを、サイラスは二度ほど目で追った。青林檎(あおりんご)について述べたその一文は、聞く形をとっているものの事後報告の雰囲気が漂っている。

「友好な関係であっても、すんなり頷(うなず)く場面ではない、か……」

独りごちると、サイラスは手紙を机に軽く放る。背を椅子に預けてから、服の下で体温に馴(な)染(じ)む翠(みどり)に光るチャームの感触を確かめた。

1章　元引きこもり令嬢、隣の庭を気にする

読書の秋、運動の秋とはよく聞くが、食欲の秋なのだと言いはじめたのはいったい誰だったのか。野生の獣はせっせと脂肪を溜め込みはじめるこの季節。しかし、食いっぱぐれることのない者達にとってはあまり溜め込みすぎるのは毒である。

ワーズワース王国に聖獣騎士団があるのは広く知れたこと。そこに籍を置く聖獣達は、当然後者だと言えた。自然の厳しさとは縁遠い彼らの日常は、このところすこぶる平和だ。だが、その身を取り巻く事情は少々複雑である。

そもそも聖獣は、種の断絶を前に竜が自身の血を残そうと、多種と交わることで生まれた存在だとされてきた。しかし、ここ最近連続しておきたいくつかの出来事を見知ってしまえば、それが誤りであったと気づくだろう。

竜との繋がりを示すものは、血ではなく魂である――。

竜の魂のひと雫、それを身に宿した者。ひと雫の水音に呼ばれ、繋がりを求めた者。そうして本来の種より大きく、そして賢くなり得た彼ら聖獣は、絆を欲し、名を望み、個を示すようになる。心が風にほどけ、体が土に還り、魂が水を巡っても、大切に思う者のなかに己の存在を刻み、遠く連なる記憶のなかに在り続けるために。

そんな彼らのお世話を任せられた聖獣番であるミュリエルもまた、特別な記憶を身に宿す者のうちの一人だ。どうやら竜の花嫁として在りし日の魂が、ひと雫ほどこの身に降り注いでいるらしい。正直なところ自覚は薄い。だが、聖獣の話がわかることや説明できない不思議に何度も触れたことを思えば、そうなのかもしれないと受け入れる柔軟性は十分に持っていた。

ただ、魂がそうであったとしても、心と体を備えたこの身は「ミュリエル・ノルト」という一つの確かな個である。そして、ミュリエルにとって大事なのは、どうあっても聖獣番としてあるこの日々なのだ。

そういうわけでミュリエルは、自身にとっても己の庭と呼べる場所を、上々の気分で駆けていた。売りものではない本を抱え、聖獣番の制服である緑のスカートの裾をひるがえし、一つにくくった栗色の髪を弾ませる。目指すは、愛すべき白い毛玉だ。まだ顔こそ振り返ってはくれないが、長い耳だけはずっと前からこちらを向いていた。

「アトラさーん！　お待ちかねの本、お持ちしましたよー！」

満面の笑みで名を呼べば、常時鋭い赤い目がこちらを捉える。白ウサギのアトラはのっそりと体勢を入れ替えると、飛び込む勢いのミュリエルを首もとで受け止めた。すると途端に、明らかに厚みが増した感触に包まれる。

「あぁ……。アトラさん、極上。極上です。このまま取り込まれて、一つになってしまいたいくらい……」

柔らかさも温かさも至高の域だ。ミュリエルは締まりのない顔でうっとりとした。

「ギリリ。ガチガチガチン、ガチガチ」

『馬鹿(ばか)か。別々だからいいこと、いっぱいあんだろうが』

アトラが歯ぎしりをすれば、それはミュリエルの頭のなかでわかる言葉となって響く。突っ込まれた内容がもっともすぎて、ミュリエルは埋もれた毛のなかから顔だけを出した。

「ふふっ、そうですね！」

それだけ言うと、再び毛に埋もれる。いくらでもこの感触を堪能できる立場にあるミュリエルだが、ここ最近はさらなる虜(とりこ)となっていた。何を隠そう巨大な毛玉は朝晩の肌寒さに適応し、今まさに夏毛から冬毛に変わりつつある。

もちろん、夏毛には夏毛のよさがある。しかし、ふわふわが増しに増していく冬毛には、言葉にならないよさがつまっていた。たとえ毛まみれになろうとも、ミュリエルはこの変わりゆく過程も含めて冬毛を全身全霊で味わう所存だ。

「ブッフォン？　ブフブフ！　ブブッフゥン？」

『本ですって？　見たい見たい！　リーンちゃんが金策のために書いたやつでしょう？』

当初の要件をすっかり忘れてすりすりと白い毛に甘えていると、巨体で地面を震動させながら鼻息を吹き出し、イノシシのレグがやって来る。姿が見える位置にはいなかったが、耳のよい聖獣達だ。ミュリエルの声など庭のなかであれば、どこからでも聞くことができるのだろう。

そのため、その他(ほか)の面々も遅れない。

「ピュルルルゥ。ピィ、ピュイ」

『我々が擬人化されたものだったな。うむ、心待ちにしていたのだ』

なめらかに滑空してきたかと思えば、優雅にふわりと着地したのはタカのクロキリだ。

「ワンワンワォン？　ガウガウ！　ワフワフ！」

『格好よく描いてもらえたっスかね？　ドキドキっス！　ワクワクっス！』

そして、オオカミのスジオは灰色の尻尾を振り振り、跳ねるように駆けてくる。

「キュキュキュキュイ、キュキュイキュゥ」

『リーンさんに対する期待値がえらい高くて、なんやボクまで嬉しいなぁ』

いつの間にやら、モグラのロロはたいした動きもなく傍に待機していた。五匹が集まれば、これでいつもの特務部隊がそろったことになる。

「楽しみですよね！　皆さんと一緒に読もうと思って、私もまだ目を通していないんです！」

アトラが支えてくれるのをいいことに、背中をすっぽり白い毛に包まれたまま、ミュリエルは笑顔で胸に抱いていた本の表紙を見せた。

すると、聖獣達はよりよく見ようと幅よせをする。ギュギュッと身をよせ合えば、それぞれの毛がふんわりと潰れて重なり合った。丸々とした毛玉のなんと眼福なことか。冬毛に変わりはじめているのは、もちろん白ウサギだけではない。愛すべき毛玉達は誰も彼も、いつもより丸みが強かった。大変心温まる光景のため、ミュリエルの頬はどこまでも緩む。

（だけれど、やっぱりこの丸さ加減は……。冬毛のせいだけでは、ないわよ、ね？）

あからさまな変化ではないものの、その見立ては間違いなさそうだ。聖獣達のこの丸み、毛

の生え替わりのせいばかりではない。確実に肉づきがよくなっているのである。それにはやはり、先にも言った通り食欲の秋であることがかなり関係しているのだろう。

もちろん、ミュリエルは決められた日々の食事量を変えたりしない。だが、聖獣達がこっそり自然の実りを楽しんでいるのは勘づいていた。

幹の色を濃くする木々、その根もとにこんもりと生えたキノコ。熟れて枝をしならせる、赤や橙や紫に色づくはち切れんばかりの果実。カサカサの落ち葉に紛れてツヤツヤと光る、山盛りの栗やドングリといった木の実。夏とは違った秋の色。その色とりどりの世界のそこかしこに、美味しいものがあふれている。

目に映ってしまったそれらを我慢させては、生きることを楽しむ彼らには味気ない毎日になってしまうだろう。そのため、間食していることに気づいても、ミュリエルは別段目くじらを立てることはしていなかった。毒までいかなければ、秋に多少肥えるのは自然の摂理だ。

(あぁ、秋って素敵。なんて幸せな季節なのかしら。この世の天国が、ここにはあるわ……)

ミュリエルが魅力たっぷりの毛玉に夢中になり、なかなか本を開かないせいか、いつの間にか聖獣達の幅よせはギリギリまで迫っていた。もう少しで選り取り見取りの毛玉に埋もれる。その瞬間を想像し、うっとりとその時を待ってしまう。

『おい、近すぎる』

『あら、失礼』

毛を持つ者は、持たぬ者より対応が淡泊だ。魅惑の毛玉の接近をなんの感慨もなく拒否し、

アトラが歯を鳴らす。ついでに白ウサギが体も動かしたため、ミュリエルも正気を取り戻した。気づけば一番場所を取っていたレグが真っ先に謝り、一歩引いている。しかし、目はミュリエルの抱える本に釘づけだ。なんなら、再び幅よせがはじまりそうな雰囲気まである。そのためミュリエルは、気持ちを切り替えて本題に取りかかった。

「お呼びしたのにお話が遅くなってしまい、すみません。えっと、こちらはご想像通り、リーン様が金策のために描いた、擬人化した皆さんが登場する絵本です」

あれは今ほど秋らしい風が吹きはじめる前、夏合宿から皆で帰城した時のこと。サイラスがドロドロの幽霊ナニカに憑かれ、隔離生活を送ったことがあった。

そのなかで、ブレアック・シュナーベル――竜の復活を目論む秘密結社との繋がりを感じさせる、常軌を逸した学者――と遭遇し、サイラスとミュリエルを含めアトラ達特務部隊の面々は、危機的状況に陥ることになった。

無事退けることができたのは、竜へと変じたナニカの力を借りられたことが大きいだろう。

そして、これらの出来事は時間と共に記憶から薄れていく類のものではない。何せ危険にさらされるだけではなく、一連の流れのなかで竜の意思をも知ることになったのだから。

この身に宿るひと雫の魂が、神々しいまでの竜の姿に惹かれて在りし日を想い、水音を立てたあの時の、あの感覚。

思い出したことを、忘れたくない。そんな思いから本にする案をリーンが掲げたものの、先立つものはやはりお金になる。人気の高い聖獣を擬人化した本で稼ごうと思いつくまで、時間

はかからなかった。こうして形になったものが今、ミュリエルの手もとにある。

「ですが、まだ完成品ではなく、草案だそうで……」

草案と言っても、装丁は整っている。それに、中身も売りものと遜色はないところまでできあがっているようだ。しかしリーン曰く、このまま売りに出すにはどうにも面白さに欠けるらしい。そのため、よりよくするための感想が欲しいと渡されたのだった。

ミュリエルの聖獣と話せる能力は、婚約者であるサイラスと弟のリュカエルしか知らない。だが、せっかく絵本のモデルとなる聖獣から直接感想が聞けるのだ。ここで一緒に読まない手はないだろう。

ということで毎回恒例、ミュリエルによるお話し会がはじまったのだが。

『なんつーか、ありきたりだな』

期待値が大きかったせいか、点が辛い。とはいえミュリエルとしても、似た感想を言わざるを得なかった。描いた者がリーンであるのに、内容がなんとも模範的で話の流れに目新しさがないのだ。ただし、擬人化した聖獣達の挿絵だけなら満点の出来である。

隊服を着崩し不機嫌そうに眉間にしわをよせつつも、長い白髪を紫のリボンで結び、どことなく品を漂わせた青年、アトラ。片側だけ編み込んだ硬く癖のある長髪は茶色。装飾過多の隊服と長い睫毛が特徴的なオネエ様、レグ。鷲鼻で堂々と胸を張り、茶から黒のグラデーションになっている髪を後ろになでつけた紳士、クロキリ。外はねの灰色の髪にひと筋の黒のメッシュ、犬歯ののぞく笑みは人懐っこいが眉は困った形の青年、スジオ。濃茶の髪はツヤツヤの

ショートボブ、半ズボンとハイソックスの間からのぞく膝小僧が可愛いつぶらな瞳の少年、ロロ。

　これだけの面々がそろっているのなら、挿絵を見るだけでも十分価値があるかもしれない。だが、せっかくならばお話が楽しいものであるに越したことはないだろう。

『もっとアタシ達の活躍が見たいわよね？　こう、ドッカーン！　みたいな？』

『我々が出そろうと過剰戦力すぎるからな。なんでも簡単にすんで、爽快感が足りんのだ』

『色々とパンチが効いてないっス。もっと、パーンッ！　って弾ける感じが欲しいっスよ』

　言いたいことは伝わるが、内容のあまりない感想である。

『歯に衣着せぬ辛口、さすがです。もっとお手柔らかに、なぁんてできひん相談はしませんから、せめて具体的な指摘をもらえませんか？　そんなら、リーンさんも助かると思います』

　ロロの言い分はもっともだ。感じたままを口にした聖獣達は、そこでなぜかミュリエルをいっせいに見る。その視線は言語化するのをはなから諦め、完全に任せた者の目だ。

「え、えっと……。悪役がもっと強くて、山場がもっと高ければ……、よいのでしょうか？」

　先に聞いた内容のない感想から、ミュリエルなりに感じ取ったことを言葉にしてみる。すると受け入れられたようで、異論は上がらない。いったん全員が口を閉じたのは、ならばどうすればよいのかまでを考えはじめたからだろう。そして、真っ先に言葉を発したのはレグだ。

『いっそ、アトラが悪役になったらどう？』

『あ？』

　途端に凄んだアトラに、レグはしれっと視線をそらした。それなのに訂正はしない。急な雲

行きの怪しさに、ミュリエルは半端な笑みを浮かべたままその場で固まった。すると、その様子を見ていたクロキリが横から口を挟む。

『倒すことができずに、世界が滅ぼされるのではないか？』

『あぁ？』

いらぬ追随に、凶悪な眼光がギラリと光る。ミュリエルは小さく体を跳ねさせると、たまらず白ウサギに抱きついた。自分に向けられた怒気ではないが、アトラが凄めば慣れた今でも普通に怖い。言外に怒りを静めたまえ、とまさぐる掌に祈りを込める。その様に思うところがあったのか、次にポツリと呟いたのはスジオだ。

『もしくはミュリエルさんを生け贄に、ビターエンドを迎えそうっス』

『……』

白い毛に顔を埋めていたミュリエルに、アトラの様子をうかがい知ることはできない。歯音が聞こえないのが、いいことなのか悪いことなのかも判断できなかった。そのためとりあえず、しっかり抱きつき直す。ついでに、グリグリグリッと顔を白い毛に擦りつけた。

『ほんなら、却下で。ハッピーエンドは譲れません』

リーンの代弁者たるロロの発言は、この場では鶴のひと声となる。どうやらアトラが悪役になるのは、ミュリエルが身を挺さずとも回避できたようだ。

しかし、顔をそっと上げれば、なぜかすがめられた赤い目がこちらを見ている。己の不手際に心当たりがないミュリエルだが、もの問いたげに見つめられると挙動不審になるというもの

だ。見つめ合う時間が長くなるごとに、赤い目は徐々に鋭さを増す。グルグルと考えたミュリエルは、急かされるように閃きのベルを鳴らした。

「ア、アトラさんの生け贄になること、私は、吝かではありませんよ！　むしろ、この魅惑の毛並みに取り込まれるのなら、お願いしたいくらいで……。いっそ、本望です！」

自分なりに導き出した答えを、勢いよく口にする。さらには赤い瞳から目を離さぬまま、ミュリエルは息継ぎを挟んで言い募った。

「で、ですが、私のなかでアトラさんは、ヒーロー固定なんです！　だって、こんな素敵で格好いいウサギさん、他所には絶対にいません！　そんなアトラさんが悪役の世界線なんて、物語のなかにだって存在しないと思います！」

足りないのは、己の意見の表明だ。そう思ったミュリエルは、曇りなき眼で力強く断言した。するとアトラはフンッと鼻を鳴らしてそっぽを向く。一見そっけないが、これはご満足いただけた時の反応だ。妹分であるミュリエルにはわかる。

『あ！　閃いたわ！　これはどう？　サイラスちゃんを悪役にするの！』

『あぁん？』

それなのに、懲りないレグの提案は続く。せっかくアトラの凶暴化を食い止めたのに、己のパートナーを悪役に推されたせいで、白ウサギの強面が凄味を増しているではないか。アトラがヒーロー固定なのだから、サイラスが悪役などというそんな世界線もあってはならない。

だからミュリエルは先ほど同様、サイラスもヒーロー固定だと訴えればよかったのだ。しか

し、サイラスが悪役と聞いた瞬間、それよりも先に思ってしまったことがある。

『ほほう。それは新しいな。話の流れ次第では、面白くなるかもしれん。だが……』

一定の理解を示したクロキリだが、諸手を挙げて賛成することはしない。

『そうっスね。だって、ダンチョーさんが悪役をはったら、こう……』

スジオも何かを想像するように遠くを見つめた。

『よい子の皆さんに、見せられんもんになります』

そう、それだ。クロキリとスジオのキリッとした眼差しがロロに向けられると同時に、ミュリエルも同じものを向けた。さらには勢いよく何度も首を立てに振って、全力肯定する。

『でも、よい子以外には、売れるわよ？　それって、資金源としては優秀じゃなぁい？』

正義の味方ではなく、悪の手先への転身を希望しているのだろうか。レグの囁きは、完全に悪事を企む者のそれだ。ここで甘言に揺れたならば、レグに続きその者も十分に悪役の素質がある。そんな軟弱な正義は残りの面々にはいないだろうと、信じていたミュリエルの期待はあっさり裏切られた。クロキリとスジオはすでに納得の顔である。

『ほんなら、採用で……』

「ま、待ってください！　それは、絶対にいけません！」

ロロまで金の力に屈しそうになって、ミュリエルは慌てて引き止めた。本を固く抱きしめ、先ほどは縦に振った首を今度は勢いよく横に振る。

「だ、だ、だって……、サ、サイラス様が悪役だなんて……。そんなの、危険すぎます！」

本能的に危険を察知したミュリエルは、焦点の定まらない目で震え出した。

（も、もし、サイラス様が、悪役になってしまったら……、……、……）

ここから、ミュリエルは己の世界の住人となる。

『おい、ミュー！　台詞がおかしい！　ここはオレの時みたく、サイラスが悪役なんてありえねぇ、って叫ぶところだろうが！』

好き勝手に言われて強面に拍車のかかったアトラが、小刻みに体をゆする。しかし効果はなく、むしろ毛の厚みが増していたせいで、ミュリエルの体はより奥深くに埋まっていった。

『駄目よ、アトラ。ミューちゃん全然聞いてないもの。完全に自分の世界に行っちゃったわ』

『久々に見ると、趣深いものだな。さて、いつになったら戻ってくることやら』

『でも、なんかいいっスよね。だって、ぼんやりできるのって平和の象徴じゃないっスか』

『まぁ、余裕がなかったら、こないのんびり眺めることもできひんし？』

早々に現実に引っ張り戻しても仕方ないと思っているのか、レグ達は休めの姿勢になると空に浮かぶ鱗雲を眺めはじめた。どこからか、遊ぶ小鳥の声も響いている。

イライラと待つのはアトラのみで、思考に沈みきったミュリエルではそれを関知することもできない。よって、元引きこもりの豊かな想像力はいかんなく発揮された。

（ぜ、絶対に危険だわ……。だ、だって、サイラス様が悪役になってしまったら、まず、絶対に色気が荒ぶると思うの。そ、そうしたら、きっと、少し意地悪になってしまうでしょう？　そうなると、「待って」って言っても、待ってくれなくなって……。そ、それって、つまり、

その先は……、……、……）

明確な言葉となれば、想像だって確固たる形を作る。ミュリエルの脳裏に浮かび上がったサイラスは、あけ放った窓辺で夜をまとい、月明かりに潤んでいた。

長い睫毛を伏せていた紫の瞳が、物憂げな流し目を向ける。ゆらゆらと揺れる紫の色は甘く、妖しい。レースのカーテンを揺らす風が、夜の闇をも揺らしたようだった。しかし、それは見間違いだ。揺れているのは闇を吸ってなお暗く咲く、滴るほどの芳香を孕んだ黒薔薇だ。風に花弁を散らせば、はらりはらりと綺麗な横顔をすべり、たくましい肩をなでるように舞い落ちる。

風と花弁に遊ばれてわずかに黒髪が乱れれば、長い指がそれをかき上げた。わずかにあごを上向けた角度から、伏せ気味に見下ろす眼差しが熱っぽい。唇が緩く弧を描くと同時に、ボタンを緩めた首筋に浮かぶ喉仏がクツリと動く。

艶めかしい微笑みは誘うような吐息まじりで、チラリと見えた白い歯のなかでやけに犬歯が目についた。気づけば黒髪をわけるように、ねじ曲がった二本の角が伸びている。そう思った瞬間、しなやかな尾がミュリエルの足をシュルリと拘束した。

（ま、まま、魔王、降、臨……！）

ピッシャーン、とミュリエルの頭上に雷が落ちる。本能的にまずいとわかっているものは、順序立てて答えを導き出せばよりまずい。

足を拘束する尻尾の先が肌をなで上げ、ピクリと跳ねた腰を尖った爪を持つ大きな手に引き

よせられる。震える唇でたまらず吐息を零せば、犬歯を見せつけるようにサイラスの唇がゆっくりと開いた。たっぷりと時間をかけて、妖しく美しい顔が傾きながら近づいてくる。

この先は、口づけが落とされるのだろう。それはきっと、抵抗することなど許されない、ミュリエルの魂を吐息ごと飲み込む深い口づけだ。

魔王サイラスの虜囚となったミュリエルは、涙目で顔を真っ赤にし、硬直した。

「ガチン！」

「はっ⁉」

アトラはこれ以上待てなかったらしい。歯音の一喝で久々にミュリエルに気つけを行うと、続けてギリギリと歯ぎしりをした。

『で？　聞かせてもらおうか。オマエの考えをよ』

「っ⁉」

気つけにより現実に返ってきてみれば、白ウサギの怒りの矛先がなぜか自分に向いている。いつの間にそんなことになったのかわからないミュリエルは、焦りからあうあうと口を開いたり閉じたりした。

とっとと答えの知りたいアトラは、魚の真似をしているようなミュリエルにイライラを加速させる。スタンピングのカウントダウンとばかりに、後ろ脚でタップを開始した。そうなるとなかば強制的に、ミュリエルの口からは用意もしていない言葉が飛び出す。

「サ、ササ、サイラス様に、角と尻尾を生えさせては、絶対の絶対に、駄目なんですっ！」

　聖獣達ならば、尻尾も耳も角もその他のすべての部分も好ましく思っているミュリエルだが、その所有者がサイラスである場合だけは話が別である。しかし、紆余曲折を経た脳内妄想の結果を述べたせいで、理解できた者はいない。青くなったり赤くなったりするミュリエルに、理路整然とした説明は求められないのはわかりきったことだ。そのため、その場の全員がやや半眼になる。

「私には、角も尻尾もないと思うのだが」

「っ!?　サ、サイラス様！」

　やや肌寒くも爽やかな秋風が吹くなか、穏やかに登場したサイラスにミュリエルは一瞬にして釘づけになった。思わず魔王の片鱗を探すが、当然そんなものは見当たらない。

　翠の瞳に映るのは穏やかで、優しく、大人な余裕を持った素敵なサイラスだ。見つめ合えばほんのりと目もとを緩め、柔らかく微笑んでくれる。ミュリエルは力の入っていた肩を安堵からストンと落とすと、微笑んだ。そうして気が緩めば口も緩む。

「尻尾も角も、なくてよいと思います。だって、そのままのサイラス様が、いつだってとっても素敵なので……。私は、そんなサイラス様が、好……、っ!!」

　公衆の面前で、どこまで心情を吐露しようとしたのか。途中で我に返ったミュリエルは、やはみ出したものの、すんでのところで踏みとどまった。

「ミュリエル？　今なんと言おうとした？　続きを聞かせてくれないか？」

　それなのに、サイラスは紫の瞳に期待を浮かべるとミュリエルの手を握って促してくる。軽

く手を引っ張ってアトラに埋まっていたところから起こすと、まるで小さい声でも大丈夫とばかりに、少しかがんで耳をよせた。すると白々しくも、聖獣達がいっせいに耳を伏せ、目をそらす。さらりと揺れた黒髪が、ミュリエルの鼻先をくすぐった。

「……む、むむ、無理、です！　だ、だって、皆さんに、筒抜けではありませんか！　目をそらして耳を倒したって、絶対に全部わかってしまうのにっ！」

一拍だけミュリエルの叫びが聞こえないふりをした聖獣達だったが、すぐに無理があると自分達でも思い直したらしい。まずは赤い目がこちらを向く。サイラスが登場するまでは剣呑な光を帯びていたはずの目が、なぜだかすっかりいつもの色になっていた。

『サイラス、諦めろ。イチャつきたいんなら二人でどっか行け。けど、なんか用があって来たんだろ？』

話題を変えてくれたアトラに乗っかって、ミュリエルは即座に通訳を買って出る。すぐに許してはくれないと思っていたのに、この時は意外にもサイラスはすんなり頷いた。

「グリゼルダから手紙が来たんだ。カナンとギオを伴って、近々こちらに来るらしい」

数少ない仲良しと呼べる者達の名前を聞いて、ミュリエルはパッと笑顔になった。頭に浮かんだのは、隣国ティークロートの赤髪の王女に物静かな佇まいの従者、それに聖獣である山賊風黒ニワトリの姿だ。

『あらぁ、それは楽しみね！　でも、あっちは相変わらずなのかしら？』

『早々変わるような性格ではあるまい。だが、再会であれば問題ないのではないか』

『ギオさんとの初顔合わせは、散々だったっスからね。けど、今思い返すと笑えるっス』

『あっちは独りぼっちやから、こっち来たらまぁたひと暴れするんと違いますか』

もともとはギオの殺処分問題を解決するため、グリゼルダがカナンを伴ってワーズワースに来たのがはじまりである。態度の大きいギオにより、当初はアトラとひと悶着あったりもした。しかし、最終的にはカナンと絆を結び、落ち着くところに落ち着いて帰国していったのだ。この件に関してはミュリエルも聖獣番として力になれた部分があるため、誇らしく思っている。

それに彼らと関わるなかで、ミュリエルは王女であるグリゼルダから朋友と呼ばれるまでの仲になっていた。今だって定期的に手紙のやり取りをしている。内容は大体、お互いの想い人とのあれやこれやだ。

（グリゼルダ様とカナンさんの仲は、順調だとお聞きしているけれど。お顔を見てお話できるのなら、とても楽しみだわ。あら？　だけれど……）

つい先日来た手紙には、こちらに来るなどとひと言も書かれていなかった。たわいない近況とのろけ話が主な内容だったため、ミュリエルは己のことは聞かれたことだけを簡潔に書き、あとは聞き役に徹する返事をしたばかりである。

『なんか問題でもあったのか？』

小さな引っかかりに笑顔をしまったところを、アトラに横目で確認されてしまった。続けて白ウサギは、サイラスに向かってあごを軽く振る。同じことを聞けと言われているようだ。

「いや、ない」

すると、それに対する返事ははっきりとしたものだ。サイラスが言い切るのならば、それ以上でもそれ以下でもないのだろう。そのため、わざわざ聞いたアトラも『ふぅん』と鼻を鳴らしただけだった。

隣国ティークロートの王女であるグリゼルダがやって来るというのに、その迎え入れはごくごく内輪で行われた。この場合、事前に告げられていた日程より到着が数日前倒しになったことは、原因に含まれない。

（す、すごい勢いで突入してきて、すごい勢いでいなくなってしまったけれど……）

和気藹々（あいあい）とした再会を果たすとばかり思っていたのに、現状のミュリエルはあんぐりと口をあけていた。荷物だけを怒濤（どとう）の如（ごと）く庭に運び入れたかと思えば、嵐（あらし）のごとくグリゼルダとカナンは王城の方へ挨拶（あいさつ）をしなければならないと去ってしまったのだ。

「ミュリエルも、聖獣達もすまぬ！　前回は一度目として許されても、今回二度目となればお従兄（いとこ）殿も怒るであろう。どうしても誰の目にも触れずにこれらをこちらへ運び込みたかったゆえ、慌ただしくなってしまった。許せ。すぐに戻るつもりであるから、それまで頼んだぞ！」

「すみません、お願いします。ギオ、すぐ戻る」

なんの説明にもなっていない叫びを残し、グリゼルダとカナンは止める間もなく去っていっ

た。ちなみに運動音痴のグリゼルダは当然のようにカナンに横抱きにされ、寡黙な従者は女性一人を抱っこしているにもかかわらず、かなりの速度で遠ざかっていった。

そして、今である。思えば、はじめてティークロートの聖獣であるギオを迎えた時も、あんぐりと口をあけた覚えがあった。今回もまったく同じ状況だ。

庭に運び込まれた荷物の多さもさることながら、ひときわ異彩を放つのはやはり、輿の存在だろう。輿と呼ぶより、寝台と呼んだ方が馴染み深いかもしれない。前回の寝台はいつの間にか撤去されたため、まさに今、新たな巨大寝台が庭に鎮座したことになる。しかも、前回にも増して豪奢な造りだ。

厚い帳は黒のベロア。金糸の刺繍に、宝石まであしらった房飾り。支える柱にも緻密な彫刻が施されているが、それよりも目を引くのが、どっしりと立派な一本木を使用していることだろう。骨組みだけでも、そうとうの重量であることがうかがえる。

そしてなんと言っても、なかには入っているのだ。気のいい山賊風の黒ニワトリが。

輿やら寝台やらと呼ばれることからわかる通り、一般的に考えれば運び手が必要な形状である。それを裏づけるように、馬を並べて引かせるための金具が取り付けられているのも確認できた。ところが、巨大寝台がこの庭に登場した時は、なんと勝手に動いていたのだ。とはいえ、驚いたのは一瞬で、ミュリエルはすでにカラクリを看破している。

（だ、だって、下から、ギオさんの脚が出ているのが、見えたもの……）

樽を逆さにかぶって姿を隠しつつ、人の目のない間に進行する。そして誰かと遭遇すれば、

物言わぬ樽となりきる。そんな行動を本のなかで読んだことがあるミュリエルは、目の前に鎮座するソレに酷似性を感じていた。巨大な寝台になりきる、黒ニワトリ入りの、ソレ。

「あ、あの、ギオさん？　お久しぶりです。ミュリエルです」

防音効果のある帳がおりているため、心持ち大きな声で呼びかける。

「えっと、場所はお庭ですので、出てきても大丈夫、ですよ？」

寝台の縁に座っていたグリゼルダとカナンに誘導されて来たのなら、外部の詳細な様子はわからないかもしれない。そんな親切心から、安全の意味を込めて説明を添える。小さいことは気にしないギオには無用の気遣いにも思えたが、念のためだ。

「そ、その、そこは窮屈でしょう？　アトラさん達も私も、ギオさんがいらっしゃるのを楽しみにしていたんです。お顔を見せてくださいませんか？」

アトラ達から突っ込みが入らないので、聞こえていないことはないはずだ。しかし、返事は依然としてない。まさか樽の話に則(のっと)って、この場に誰もいない状況にならなければ、出てくる気がないのだろうか。そんなことが頭をよぎる。しかし、撤退はあくまで最終手段にするべきだろう。ミュリエルとしては、まだ対話を諦める段階ではない。

「も、もしかして、ご体調が悪いのでしょうか？　それなら……」

『ミュー、もういい』

グリゼルダとカナンの様子から体調が悪い可能性は低いと思ったものの、一応確認したのだが、最後まで言う前にアトラによって遮られた。真横でおすわりしていた白ウサギを仰ぎ見れ

ば、すでに不機嫌だ。大体のことに寛容な聖獣達だが、厳しい点が一つだけある。序列についてだ。

『出迎えてやってんのに、挨拶もなしか？』

ここの庭の主は聖獣達だが、その聖獣達のトップに立つのはこの強面な白ウサギだ。すでにギオを仲間だと認めている面々ではあるが、だからこそ譲れないものがある。とはいえ、アトラから先に声をかけただけでもかなりの譲歩だ。それなのに、やはり返事がない。

『しばらく顔見ねぇうちに、また礼儀知らずに戻っちまったのか？』

だんだんと機嫌の下降を感じる声の調子に、ミュリエルはやや後ろにおすわりで控えるレグ達を見やった。しかし、皆そろってアトラに任せる構えである。

『出てこれねぇ理由があるなら、聞いてやる』

だが、やはり返事がない。

『これが最後だ。筋を通せ』

どんどん低くなるアトラの声に涙目になりつつ、ミュリエルは胸の前で両手を祈りの形に組んだ。そこから、たっぷり呼吸三回分。祈りは通じず、返事はない。

『レグ、やれ』

短くひと言。白ウサギの歯音に、巨大なイノシシがすくっと立ち上がった。

「ま、待って、待ってください！」

この瞬間に止めなければ、即座に実力行使に移っていただろう。そんな雰囲気だ。ミュリエ

ルは小刻みに首を振った。

「こ、ここで、私が口を挟むのは、とても差し出がましいと、重々承知しています。で、ですが……、ど、どうかお願いです！　せめて、サイラス様がいらっしゃるまで、お待ちいただけませんか……？」

翠の瞳に涙をためた可愛い妹分のお願いを、無碍にする兄貴分ではない。わずかに怒気を静めたアトラを見て、レグもおすわりの体勢に戻る。ミュリエルは感謝を込めてアトラに抱きつくと、顔を擦りつけた。本人は気づかずに白い毛で涙を拭いているが、気づいた白ウサギは黙認している。

『ミューちゃんの配役はやっぱり、生け贄よね』

出番がなくなって気の抜けた鼻息を吹き出したレグに、残りの三匹は黙って頷いた。

そしてアトラの首にすがりついたまま、待つことしばし。

「すまない。待たせた」

「っ！　サイラス様！」

待ち望んでいた声が聞こえてパッと振り向けば、サイラスの隣にはカナンの横抱きからおりたばかりのグリゼルダもいる。一気に役者がそろったことに、ミュリエルは明らかな安堵の表情を浮かべた。

「慌ただしいことこの上ないな。だが、ミュリエル。そなたのおかげで、お従兄殿に怒られずにすんだぞ。して、息災か？」

顔を合わせるのはしばらくぶりのため、ミュリエルがしっかり目を合わせて頷けば、グリゼルダはいかにも王女らしい微笑みを返す。そこには、大人の女性の余裕がうかがえた。赤いドレスに黒のレースをあしらった装いが、グリゼルダらしさを引き立てている。

「は、はい。グリゼルダ様もお元気そうで嬉しいです。カナンさんもお変わりありませんか？」

いかに影のような佇まいだとしても、影として扱っては失礼だろう。蚊帳の外には置かないと、ミュリエルはカナンにも声をかけた。すると濃い灰色の重い前髪の向こうから、黒と見間違いそうなほど深い緑の目が向けられる。視線が合うと同時に、カナンはコクリと頷いた。

「……ミュリエル殿もご健在のようだ。姫様からも話は聞いている」

カナンと共に夜会に出席した経緯のあるミュリエルは、今でもこの物静かな従者に対して仲間意識がある。仲間とはいっても、人付き合いが苦手、という引きこもり気質に対してだ。だからあまり表情を変えない薄い反応でも、とくに思うことはない。ワーズワースで聖獣騎士として認められ、新調したらしい紺の制服の方が気になるくらいだ。

「そ、それで、その……」

ひと通りの挨拶がすめば、さっさと入らなければならない本題が目の前にある。しかし、どこから何を聞けばいいのか。言い淀んだミュリエルが助けを求める先は、いつだってサイラスだ。

サイラスはミュリエル側に立ち直すと、グリゼルダとカナンに向き直った。どうやら事前に

某（なにがし）かの話はついているようだ。グリゼルダをおろしたものの腰に手を添えていたカナンが、連れだって静かに巨大寝台に近づいていく。

「……ギオ、出てきてくれ」

パートナーであるはずのカナンの頼みに、されどギオからの返答はない。

「ギオ、頼む」

絆を結んだパートナーの呼びかけを無視するなど、よっぽどのことだ。ミュリエルは成り行きを見守るために息を潜める。

ふと頭に浮かんだのは、聖獣番になったばかりのこと。あの頃（ころ）、アトラはサイラスの騎乗を拒否していた。そこにあったのは、互いを思いやるがゆえのすれ違いだ。

（も、もし、カナンさんとギオさんも、そうなら……）

ここは話のわかる聖獣番の出番である。そう思って心の準備をはじめたものの、よくよく見ると黒い帳の下から、先ほどまでは見えていなかったはずの黒い羽がほんの少しだけ見えているではないか。

「……ギオ」

カナンの呼ぶ声に合わせて、見えていた黒い羽の分量がちょっぴり増える。何やら焦（じ）らされている感じがして仕方ない。だが、その動きは悪いことをした子供の葛藤（かっとう）に似ていて、ミュリエルの深刻な気持ちはどこかへ消えた。

ガチッと舌打ちのように歯を鳴らしたのは、短気なアトラだ。さらに大きな歯音が鳴らされ

る前に、ミュリエルは率先して問いかけた。まだ焦らし行為に付き合える自分より、白ウサギの気持ちを優先しようとの判断だ。

「あ、あの、これは、いったい……？」

困惑気味に眉をよせるミュリエルに、グリゼルダが重々しく頷いた。

「のっぴきならない理由があるのだ。本当はギオに騎乗してカナンと二人、こちらに来たかったのだがな。前回同様、輿を使うことになってしまった。ギオが人目を極端に嫌うのでな」

いまいちはっきりしない説明にサイラスを見上げれば、軽く首を振ってため息をついている。呆れを含んだ珍しい反応に、ミュリエルの眉はますますよった。

「ギオさん、体調が悪いわけでは、ないのですよね……？」

サイラス達の反応や雰囲気を察するに、緊急性はまったく感じられない。しかし、心配な点は先に解消しておくに限る。グリゼルダを見れば、琥珀の瞳はなぜか遠くを眺めていた。

「いや、体調はよいはずだ。元気だし、食欲もある。というよりは、な……、ありすぎるのだ」

「えっ？　元気が、ですか？」

それならば何も問題はない。そう思ってミュリエルは首を傾げた。

「食欲が、だ」

「え？　食、欲……？」

考えの及ばないミュリエルが呆けた声を出すのと、痺れを切らしたアトラがガチンと歯を鳴らすのは同時だった。

『レグ、やれ』

『はぁい！』

そして、巨大イノシシが立ち上がるまでも、流れるように早い。

『じゃあ、ちょっと激しくいくわよ？　気をつけてね！』

ミュリエルはまず、地面を脚でかいたレグを見て、次に沈黙を守る寝台を見て、もう一度レグを見る。移ろう視界のなかにアトラや他の聖獣も映っていたのだが、その景色が自分の意思とは関係なく動いた。サイラスに抱き上げられたのだ。

隣ではグリゼルダも同じようにカナンに抱き上げられ、巨大寝台より距離を取る位置に移動している。頭のなかには疑問符がいくつも浮かんだ。

「レグ、怪我をしないようにだけ、気をつけてほしい」

冷静なサイラスの言葉に、ミュリエルは目をむいた。穏便にすませる気のある者は、この場にいないらしい。こうなると己にできるのは、予想される行動を前にしてサイラスの動きの邪魔にならないことだけだ。そのため、しっかりと抱きつく。頼りになる肩に顔を埋めると、薄目で様子をうかがった。するとレグがまさに今、地面を蹴ったところである。

『っ⁉　ま、待て待て待て待てぇ！　わかった、出る！　出るから……、ぐっはぁっ‼』

『あ、ごめんなさい。急に止まれなかったわ』

バッと重い帳がめくれ上がるのと、レグがそこに突っ込むのは同時だった。まるで玉突きだ。レグの上体が巨大寝台にはまると、逆側からギオが綺麗にすっぽ抜けていく。黒い羽毛の塊は

けっこうな飛距離を出してから、地面にズシャアッとうち捨てられた。芝が無残にはがれて舞い上がり、さらには土埃（つちぼこり）がもうもうと立ち込める。

『馬っ鹿じゃねぇのっ⁉　なんでそんな勢いで突っ込んでくんだぁっ⁉　殺す気かっ⁉』

レグの加減が適切だったからか、はたまたギオが頑丈だったからか、土埃の向こうで起き上がってからの突っ込みが早い。

『こんな程度で死ぬタマか。手間かけさせやがって』

眉間にしわをよせたアトラがギリッと歯を鳴らす。人ならば青筋が立っていそうな苛立（いらだ）ち加減だ。しかし、はまった寝台から抜けられずに、大きなお尻（しり）を振っているレグが視界に入るため、いい感じで緊迫感がやわらぐ。

『よぉ、ギオ。元気だな？』

『ま、まぁな』

舞い上がっていた土埃が落ち着いて、その場に座り込んでいるギオの姿がはっきりとする。この時点になって、ミュリエルは大方の話の流れをやっと理解した。ギオの姿形を目にすれば、和気藹々とした再会は諦めるしかない。少しでも穏便にすますための横入りは無用と、アトラに任せるため塩辛い気持ちで口を閉じた。

『あ？　挨拶、それで終わりか？』

完全完璧（かんぺき）にガラの悪い白ウサギが、あごを上げながら見下すような赤い目をギオに向ける。ギリギリとされる歯ぎしりのすべりは悪く、噛（か）みしめた力強さに口から火花でも散りそうだ。

同じくガラの悪いギオだが、己の分の悪さをちゃんと承知していたらしい。平身低頭の構えで、コケコケと鳴いた。

『お、お久しぶりです。ご機嫌、いかがですか？』

『すこぶる悪い』

ギオの日頃の性格を考えるとこれ以上ないほど丁寧な挨拶だったが、アトラの機嫌は少しも持ち直さない。これには、黒ニワトリの自慢の赤いトサカもしなびる。

『マ、マジで？　じゃあ、オレ、出直してこようかなぁ』
コ、ココココ、コケ、と乾いた愛想笑いをしたギオは、アトラとの距離をつめないようにやや大回りをしながら巨大寝台へと近づく。するとちょうど、寝台にはまり込んでいたレグがクロキリやスジオ、それにロロの力を借りて入り口から抜けるところだった。
それを見たギオが、先ほど自分が飛び出した側からのそのそと乗り込もうとする。そこへすかさず、盛大なスタンピングをお見舞いして阻止したのはアトラだ。

しかし言葉はなく、顔に陰を落とした白ウサギはズンズンとギオへ近づいていく。怒りの陽炎を背から立ち昇らせるアトラの気迫に、ギオは身をかがめてプルプルと震え出した。ちなみに他の三匹は、ここでやっと寝台の裏にいる黒ニワトリをのぞき込んだ。しかし、目にしたギオの姿にレグ達が何かを言うより、白ウサギの怒りの鉄拳ならぬ鉄脚が飛ぶ方が先だった。

『どっんだけいいもん食ったら、そんなにまん丸に肥えんだよっ!?』

ドゴォォオォン！　とアトラのたくましい後ろ脚が寝台を横倒しにする。そして今度こそ自

分達の番だと、余韻の振動やらが落ち着くのを待たずにレグ達も騒ぎ出した。

『はぁっ⁉　丸すぎじゃない⁉　丸々としすぎじゃない⁉　なんでどういうこと⁉』

『な、なんたることだ……！　同じ鳥類とは思えんフォルム！　これは由々しき事態だぞ！』

『わぁー……。さすがのジブンもドン引きっス。何をどこまで食べたら、そうなるんスか？』

『アカン。グリルされるわ。もしくは串焼き。働きでより食いでのがありそうなのがヤバイ』

ニワトリとて鳥類だ。夏毛から冬毛に変わる。しかも現在は食欲の秋だ。だから、獣達が丸くなるのは自然の摂理である。しかし。

「先に聞いてはいたが、これは……。予想以上、だな」

大抵のことには動じないサイラスが、なんとか言葉をしぼり出す有様だ。それだけでギオの丸さが、いかに道理から外れたものであるかがわかるだろう。ミュリエルなどは目にした瞬間から、あまりの丸さに脱力してしまっている。

『あ、秋は、飯が美味い、よなぁ？　はは、ははは、はっ……。じ、じゃ、そういうことで……』

集まる視線にいたたまれなくなったのか、ギオがくるりと背を向けた。いったいこの期に及んでどこに行こうというのか。

『逃がすか』

『ぐぇっ』

ズルズルと引きずる尾羽を、アトラがすかさず前脚で踏んだ。ついでに手前に引いたため、ギオはべちゃりと腹ばいに潰れ、続けて白ウサギの前まで引きずられる。

「ア、アトラさん！　さ、さすがにそれは！　お、尾羽が抜けてしまったら、大変です！」

　地面を引きずるという容赦のない仕打ちに、ミュリエルは情状酌量を求める。もちろん、この発言はすぐに絆(ほだ)される性格ゆえのもので、そこには純粋な哀(あわ)れみだけで他に含みはない。

『さ、さすが、嬢ちゃん、優しいぜぇ……』

　ただし、なかったはずの含みは外野から付け加えられた。

『そうよ、アトラ！　尾羽がなくなったら、トリかどうかもわからなくなっちゃうわ！』

『いいや。それどころか、どちらが前でどちらが後ろの判断もつかなくなりそうだ』

『うわぁ。それって、もはや生き物かどうかも怪しくなるってことじゃないっスか？』

『アカン。人間は得体の知れんもんを前にした時、つついて、転がして、とりあえず煮る』

　言葉のナイフは、黒ニワトリに致命傷を与えた。

「……ギオを責めるのなら、俺(おれ)も共に」

　聖獣達の言葉はわからずとも非難囂々(ごうごう)な鳴き声が響き、その後にしなびて地面と仲良くなってしまったギオを見れば、察することができたのだろう。サッと庇(かば)うようにアトラ達とギオの間に立ったのは、グリゼルダを横抱きにしたままのカナンだ。

「ギオを責めカナンを責めるのなら、私こそ、それを聞かねばならぬ」

　大人しく抱っこされた状態で、キリリと表情を引き締めたグリゼルダも追従する。麗しき愛と絆を見せられたと感動するだけですんだのなら、どんなによかっただろう。だが、三者が等しく責めを負う状況となれば、ミュリエルであっても導き出す答えは一つだ。

「もしかして……。クッキーの食べすぎ、ですか……？」

核心をもってした質問に、三者の視線はそろって横へと流された。

「こ、こちらと違い、ティークロートにはギオ以外の聖獣がいない。帰ってからしばらく、寂しそうにしておってな。少しでも気が紛れるならばと、その、クッキーをな、こう……」

琥珀の瞳を泳がせながらされた弁明も、疑問のすべてを払拭するには足りない。

「そ、それだけで、こんなことに、なりますか……？」

王女と、一介の貴族令嬢件聖獣番。そんな二人のはずが、この時ばかりは当人の性格を鑑みても珍しい逆転現象がおきていた。

「く、国に帰れば、私もそれなりに忙しい。ずっと一緒にいられるわけではないのだ」

言い訳も黙って聞く姿勢のミュリエルに、グリゼルダの口調はどんどん早くなる。

「わ、私は、ギオに忘れられたくないし、好かれたい！　それなのにカナンとギオばかりが仲良くなってしまったら、私だけが置いてけぼりになってしまうではないかっ！」

ミュリエルは相手に圧をかける気は微塵もなく、ただ黙って言い分を聞いているだけだ。ただし、後ろめたいことがある者には相応の居心地の悪さを感じさせるらしい。

「ほ、他に、どうしろというのだっ！　共にいる時間が取れぬなら、あとはもので釣るしか手段はなかろうっ⁉」

逆ギレ気味のグリゼルダが叫び終わると、カナンの背に顔だけ隠していたギオがそっとのぞいてくる。

『要するに、オレだけのせいじゃねぇってことよ。けけけっ』

『うるせぇ。黙ってろ』

『あ、はい』

黒ニワトリが少しでも調子に乗ることを、今の白ウサギは許さない。ミュリエルはサイラスの腕のなかから、紫の瞳を見上げた。広い胸に添えていた手で、遠慮がちにタップをする。目が合えば、頷かれた。これはこの場を一任された時の頷きだ。抱っこをといてもらうと、ミュリエルは数歩進んで足を肩幅に開いた。そして、決意を込めた笑顔で言い切る。

「わかりました。ご滞在中はきっちりと、ダイエットを頑張りましょうね？　しっかりお手伝いさせていただきます！」

両の拳を握り、むんっと力を入れる。しかし、その段になって周りを見渡せば、集まる視線に込められた感情は困惑だ。言い訳を叫んでいたグリゼルダまでポカンとしている。

「あ、あら？　今回こちらにいらしたのは、そのためだったのではないのですか？」

来る、とは聞いてもはっきりとした理由を聞いていなかったミュリエルだ。ここまでの流れから、自分達では達し得ないダイエットを成すために、はるばるやって来たとばかり思ったのに。

「いや、ミュリエル、君にギオの減量の手伝いを任せたい。ギオを見るに、思っていたより事態は深刻だ」

かけられた言葉に振り返れば、サイラスは先ほどと変わらぬ信頼のこもる眼差しでミュリエ

ルを見つめている。

「今日まで私にさえ報告せず、各々が助長していた時間の長さを思うと頭が痛い。私が見るだけでは、様々なことが足りないだろう。だが、君がついてくれるなら、日々の生活についてはは安心だ」

空回りしかけた気持ちが、サイラスの言葉一つで上手に上向く。ミュリエルは今度こそ自信たっぷりに拳を握った。

「もちろんです。私にお手伝いできることは、なんでもお力添えさせてください！　では、改めまして……。ギオさん、ダイエット、頑張りましょうね！」

サイラスの口添えがあったからか、はたまた二度目の宣言だったからか、おかげで変な目は向けられない。ミュリエルの笑顔につられたのだろうか。心なしか呆然とした様子だったグリゼルダが、気を取り直したように表情を笑みに変えていく。

「あ、あぁ、そうだな。そうしようか。うん、それがいいかもしれぬ。なぁ、カナン？」

「そう、ですね。ミュリエル殿に手伝ってもらえるのなら、心強い」

若干の引っかかりを残しつつも、グリゼルダとカナンは乗ってくる。肝心のギオはしなびたままだが、拒否しないのだから同意を得たも同じだろう。ミュリエルは俄然やる気だ。

「適正な食事に戻し、聖獣騎士団の訓練に参加すれば、すぐに引き締まるだろう」

サイラスの頭のなかで計算された減量過程が、いかほどのものかはわからない。しかし、見極めに定評のあるサイラスのことだ。請け負った以上、ギオの減量は成功するだろう。

（それに、サイラス様が見ていない時間を、私に任せてくださったことが、とても嬉しいわ……）

仕事のできるサイラスの、取り零しを補う能力があると認められたからこそ、任せられたのだ。そう思えば誇らしくもなって、気持ちを高揚させたミュリエルは頬を染めた。

「特別獣舎のあいている馬房に、ギオが入る。世話はカナンがするが、君の目を通して思うことがあれば、忌憚（きたん）のない意見を聞かせてやってほしい」

重ねてされた頼みとて、先ほど自ら買って出たお勤めの内である。どれくらいここにいられるのかはっきりしないが、最善を尽くす所存だ。力強く頷いたミュリエルに、サイラスの微笑みは柔らかい。

「グリゼルダとカナンの両名は、ミュリエルをよく見て、聖獣との正しい関わり方を学ぶといい」

どこまでもサイラスが買ってくれるため、少々気恥ずかしくなってきたミュリエルは、はにかみながら目を伏せた。

「優秀な聖獣番であるミュリエルに、我らはよくよく指導してもらわねばな。世話をかけるが、よしなに、な」

「……ミュリエル殿、よろしく頼む」

グリゼルダとカナンの学ぼうとする姿勢に、ミュリエルも背筋が伸びる思いがした。

「わ、私もまだまだですが、えっと、その、一緒に、頑張りましょうね！」

もし誰かに何かを教えることができるのなら、それは真実身についていることだけである。説明という作業があまり得意ではないミュリエルにも、きっと学びの場になるだろう。

『おい、言っておくが、一番頑張るのはテメェだからな』

釘を刺すことを忘れないアトラに、急に話を振られたギオが喉をつまらせた。

『……ぐっ。わ、わかってらぁ！』

全然隠れられていないカナンの陰から、ニョキッと首を伸ばす。

『本当かしら？　明らかに、勤勉に頑張るタイプじゃないじゃない？』

『しかも、ミュリエル君は優しすぎるし、カナン君は静かすぎるからな』

『言うことを聞かないでうだうだ文句つける姿が、すでに見えるっスよ』

『そこはもう、ボクらでせっつきましょ。グリルも串焼きも、回避せな』

予定は未定だ。しかし、ミュリエルだけでは困難なことも、これだけ頼もしい仲間がいれば必ず成し遂げられるだろう。

◆◆◆

夜の執務室は紙をめくる音と、時々ペンを走らせる音だけが響く。サイラスが軽く息をつきながら背を椅子に預けたところで、リュカエルがこちらに視線をくれずに口を開いた。

「あと五枚です」

今日の仕事仕舞いまでの残りを簡潔に伝えられ、サイラスは鷹揚に頷いた。真面目に書類の文字を追う翠の瞳と、青年らしさが感じられるようになった横顔を眺める。

「お待たせいたしました。終わりました」

思っていたより短い時間で書類をトントンとそろえたリュカエルは、立ち上がるとサイラスのもとまでやって来る。その時、ノックの音が第三者の来訪を知らせた。

「あ、リュカエル君、遅くまでお疲れ様です」

返事を待たずに扉が開かれれば、姿を現したのはリーンだ。後ろには、グリゼルダも伴っている。

「ん？　おぉ。そなたが我が朋友、ミュリエルの弟御だな。よく似ておる」

リーンを追い越して部屋のなかに進み出たグリゼルダは、リュカエルの隣まで来ると、姉とよく似た面差しにグッと顔を近づけた。

「うん、よい顔だ。私とも仲良うしておくれ？」

思わず一歩下がろうとしたものの、リュカエルがなんとかその場で踏みとどまったことが傍目からもわかった。ニコニコと隣国の王女に望まれては、さすがに拒否はできなかったのだろう。リュカエルは控え目な黙礼をしてから大きく二歩ほど下がると、サイラスの正面をグリゼルダに譲（ゆず）る。

「リュカエル、いても構わない。どうする？」

リーンとグリゼルダの訪問がもう少し遅かったのなら、リュカエルは退出していただろう。機を逃した部下に選ばせるために声をかければ、ほんの少し迷う素振りを見せてから首を振った。

「提出に行ってまいります。そのまま直帰でよろしいですか？」

「あぁ、それで問題ない。お疲れ様」

　書類を抱えたリュカエルは一礼すると、誰がいてもいなくても丁寧に扉を閉める。それを三者三様に見送り、遠ざかる足音に耳を澄ませた。

「上手く追い出したではないか」

　行儀悪く執務机に横座りしたグリゼルダに、サイラスは曖昧な笑みを返すと立ち上がった。応接用のソファに移る。しかしそれを待たず、グリゼルダの台詞は後ろ頭に投げられた。

「見栄えだけは立派な椅子に、兄上が座る気になった」

　振り返らず、また返事もせず、サイラスは一人がけのソファを選んで座ると足を組む。するとまだ立ったままのリーンが、両の掌を見せてグリゼルダをソファへと誘った。

「お従兄殿、怒っているのか？　ここまで話が進んでは、むしろ私があちらにいては邪魔になるからな。周りとの兼ね合いで、こちらに来る予定が急になったことは詫びよう」

　歩きながら話しはじめたグリゼルダは、持っていた手紙をローテーブルに置いてから三人掛けのソファの真ん中を陣取った。

「ティークロート国王である父からだ。ちなみに今回の訪問は表向き、体調不良で里帰りが長引く母に帰城を促すため、ということになっている。だが、建前はもう一つあってな」

　グリゼルダは、今手放したばかりの手紙を指さした。サイラスは急ぐことなく手紙を手に取ると、ざっと目を通す。それから、やはり一人がけに座ったリーンに渡した。すると、素早く

文字を追っていくごとにリーンの糸目は細さを増していく。

「えぇー……。これって僕、まだ狙われている感じじゃないですか」

糸目学者の第一声は緊張感に欠けるが、読んでまず一番に気にしなければならない内容には違いない。手紙には、貸し出していたブレアック・シュナーベルの所在が不明となった抗議と、その補塡としてリーン・クーンの身の借りつけが記されている。

「椅子の主が代わるのを機に、盛り込めばいい」

サイラスの発言については、リーンもすでに織り込みずみだろう。それなのにわざわざ口にしたのは、グリゼルダに聞かせる意図がある。

「それとグリゼルダ、貴女から一方的に告げられた件については、私はまだ頷かない。貴女もまさか、簡単に明け渡したわけではないな？」

「もちろんだ。兄は、あれで食わせものだからな。青林檎の所在はいまだ、お従兄殿と私のもとにのみある。大丈夫だ。そう安い値で引き渡したりしない」

念を押したサイラスの言葉が、グリゼルダには侮られたように感じられたのだろう。少々顔が不貞腐れたものになる。されどその表情は、何か当てつけを思いついたのか、すぐに笑みへと変わった。

「あぁ、そうだった。今宵はミュリエルと女子会の予定だ。というより、これからしばらくミュリエルの隣は、私に譲ってもらいたい。そう長いことではあるまいし、よいであろう？」

「……ミュリエルの同意が、あるのなら」

間を取った数瞬で考えたのは、政治的なことだ。嫉妬心が少しもないとは言わないが、この場面で私事を第一とした判断をくだすほど、サイラスはおめでたい男ではない。そのため、とくに表情を変えなかったサイラスに対し、グリゼルダが片眉を上げた。そんな無言の応酬にリーンが横やりを入れる。

「椅子取りゲームの音楽が鳴り終わるまでは、用心するにこしたことはないですからね。正直、ミュリエルさんと庭にいるのが、王女殿下にとっては一番の安全になると思います」

わざと煽る言い方をしたグリゼルダと、煽られていると知りながら反応を示さなかったサイラス。その二人に挟まれて、リーンが言外にある共通認識をあえて言葉にする形だ。良好な関係を築いている間柄であっても、一番重きを置いているものが違えば、口から出る台詞は違ってくる。

「話を変えよう。貴女はまだ、私達に頼みたいことがあるのだろう？」

「そうして話を向けてくれるのだから、我がお従兄殿はやはり優しいな」

事前に手紙で匂わせてきたため、希望に沿う用意はある。しかし、本人から直接はっきりと頼まれるまでは、先んじてお膳立てするべきではない。そんな考えを持つサイラスの線引きは、こうした時明確だ。

「兄からは、私がカナンに降嫁する確約はもらっておる。だが、できればここより帰る折りに、箔づけとなる手柄を一つか二つ、土産に欲しいのだ」

回りくどい腹の探り合いもなく、グリゼルダは単刀直入に強請った。強く見つめてくる琥珀

の瞳は真っ直ぐで、望むものをつかみ取ろうとする意気はいっそ清々しい。サイラスは予定通り、同席しているリーンに視線だけで言葉を譲った。

「王女殿下は、よい時の運をお持ちですね。実は、僕のところに不要な土産があるんです。ちょうどいいので、それ、もらっていただけますか?」

興味深い提案だったのだろう。グリゼルダが組んだ足に肘をつき、前屈みになった。

「夏に、聖獣騎士団で未開の山を調査したのですが、そこで目を引き心躍るいくつかの発見をしたんです。それで、そのうちの一つの扱いが悩ましくて、ですね」

糸目が確認を取るようにチラリと向けられたので、サイラスは頷きで相槌を打つ。

「乱獲しすぎてなくなったと思われていた植物を、再発見したんですよ。鎮静効果のある、薬草なんですけどね。それを、土産にするのはどうでしょうか、というご提案です」

その薬草はもともと、隣国ティークロートにて発見され独占的に扱われていたものだ。聖獣や竜については第一人者であるリーンだが、薬学は門外漢のため山で見つけた時は半信半疑だったらしい。だが、持ち帰り調べたところ確証を得るに至ったと、事前に報告を受けていた。

そこでサイラスは、思い出して微笑む。山から王城に帰還した時に、湖にて濡れたレグが大きなクシャミをして荷物が爆散した件だ。あの騒ぎを乗り越えて、無事に手もとに残ったのだから幸いだ。

「願ってもない提案だ。有り難くいただこう。サイラス、リーン殿、感謝する」

グリゼルダは満足そうにソファによりかかるが、まだ話には続きがある。

「王女殿下、薬草栽培のお世話もカナン君と一緒にお任せしたいのですが、その辺りは大丈夫でしょうか。何分、極秘に進めたいもので、そうなると人手が」

「何を言うのかと思えば、そんなことはもちろん承知しておる。だが、カナンはともかく私は不調法だからな。手伝ってはくれるのだろう？」

　その信じて疑わない口振りも、信頼の証なのだろう。だからサイラスも、珍しく軽口を挟んでしまった。

「枯らされては、困るからな」

「そこまで不器用なつもりはないぞ」

　すると、打って響く返答がある。たいして機嫌を損ねたわけでもないくせに、グリゼルダは大げさに口を結んで見せた。微笑んでかわせば、これ以上は手応えを見込めないと思ったのだろう。隣国の王女の引き際は素早い。

「長居をしてしまったようだ。ミュリエルが待っていると可哀想だからな。私は行く」

　グリゼルダが立ち上がれば、先だって扉の前まで進んだリーンが振り返った。それをソファにかけたまま見送っていたサイラスは、先ほどとは立場を逆転させて赤い髪を揺らす後ろ頭に声をかける。

「グリゼルダ、最後に一つ」

　肩越しに振り返ったグリゼルダは察しよく、すでに嫌そうな顔をしていた。

「ミュリエルが手本として傍にいる以上、不真面目な生徒ではいられないと思う、が。もし生

半可な気持ちでいると判断した時は、私の裁量で負荷を増やす。そのつもりで励んでほしい」

　お小言ばかりを述べるつもりはないものの、予想を超えるギオの姿を見てしまえば釘を刺しておきたくもなる。減量には当事者のみならず、傍にいる者の意識の改変も不可欠だ。いささか真剣味が薄く感じられる従妹には、本当ならばもっと深く言い聞かせたい。ただ、性格を考慮すればそれが逆効果であることもわかっていた。

「私がここで師と仰ぐのは、優しいミュリエルだけと決めておる。鬼の生徒になど、ならぬよ。ゆえに、牽制は不要」

　案の定な返答に、サイラスは笑みを浮かべそうになった口もとを拳で隠す。ミュリエルが優しいばかりだと思っているのなら、グリゼルダは甘い。きっとどの場面でも、芯の通った彼女の姿を目にすることになる。

「では、健闘を祈ろう」

「ふふん、見ておるがよい」

　ところが互いに自信があるゆえに、どこまでいってもこの場は平行線のようだ。距離を置いて見ていたリーンは、今に限って口を挟まない。とはいえ、どちらの考えを支持するか、それはサイラスからすれば明らかだ。

　糸目をさらに細めたリーンに付き添われ、グリゼルダは退出する。サイラスはソファの肘掛けで頬杖をついた。アトラを背にすれば共にできるミュリエルとの夜は、しばらくお預けだ。そう思ってしまえば、ため息だってつきたくもなる。

（査定に感情を持ち込むつもりは、ない。だが……）

可愛い婚約者との時間を譲るのだ。多少厳しくなるのはご愛敬といったところだろう。

「ギ、ギオさんっ！　な、何も、そんなに急がなくても……！」

　こんなにも貪欲な食事風景が、今までに一度でもあっただろうか。一夜明けた特務部隊の獣舎に、早朝からミュリエルの驚きの声が響く。一匹増えたことで、確かに時間は少々押したかもしれない。だがしかし、今はまだ十分に定時と言ってよい時間帯だ。

　それなのにギオは、一週間振りの食事だとでもいうように激しくがっついている。突き刺す嘴（くちばし）の勢いが凄（すさ）まじく、食事の容器として使っている洒落（しゃれ）た木箱の底に穴があきそうだ。

『早食いするから、食いすぎるんじゃねぇか？』

　なるほど、とミュリエルはアトラの発言に納得した。かくいう白ウサギは、モシャモシャと葉っぱを食（は）んでいる。見えている葉っぱは少しずつ口内に吸い込まれていき、すべてを口に収めると、味わうように奥歯でじっくり咀嚼（そしゃく）する。

（な、なんて魅力的な動きをする、お口なのかしら……。って、今はそうではなくて！）

　冬毛により口もとさえも丸みが増しており、白ウサギの食事風景はいくら眺めていても飽きがこない。しかし、ミュリエルは自身で突っ込みを入れると、ギオに向き直った。ガスガスと

突き刺す嘴の速さに比例して、木箱のなかの穀物も飛び散りながらぐんぐん減っていく。

雨風を凌げる場所で、外敵もなく、食いっぱぐれることもない。であれば、アトラのように余裕をもった食べ方でよいはずだ。レグ、クロキリ、スジオにロロだってよく噛み、それから飲み込むと、ギオの勢いを眺める時間も挟みつつ次のひと口に向かっている。

『嬢ちゃん、おかわりくれぃっ！』

そして、言っている傍からこれだ。

「あ、ありませんよ？　それで、十分な量だと思いま……」

「コォケコッコォォオォォオォッ!!」

「っ!?」

ビリビリビリッ、と獣舎の壁が震えるほどの大音声だ。ミュリエルは持っていた鋤を思わずカランと落とすと、両耳を押さえた。鳴き終わっても、鼓膜の奥に音が木霊し続けている。そんな大声で主張されたことは、『これっぽっちで足りるはずねぇだろぉぉおぉぉぉっ!!』というものだ。

『くだらねぇこと、叫んでんじゃねぇっ!!』

そして今度は盛大なスタンピングにより、ミュリエルの体は中に浮く。せっかく可愛らしく葉っぱを食べていたアトラが、機嫌を急降下させている。続けてギリギリとされる歯ぎしりは、岩をも粉砕しそうな力がこもっていた。

『それで足りねぇのはオマエだけだ！　そんだけ声が出るんなら、十分だろうが！』

そこから言い合いがはじまってしまえば、ミュリエルはおろおろするしかない。それでもまだ、それぞれの馬房から出てこないだけ二匹とも冷静なのだ。その証拠に、レグやクロキリ、スジオにロロは、今のところアトラに任せることにしたらしく、耳を倒してそれぞれの食事と向き合うばかりで目もくれていない。

ならばある程度吐き出してしまった方が、余計な言葉を挟むより早く鎮火するだろう。ミュリエルは獣舎の中心で、悟りを開くために自然体となって立ち尽くした。

するとガチガチコケコケと近場でする大きな鳴き声に混じって、城の厨房で飼っている鶏か、はたまた城下町で飼っている鶏かの声がする。まるで輪唱のように、途切れることなく続く「コケコッコー」は普段なら聞こえていても、素通りしてしまう小さな気づきだ。

（雄鶏は、強いものから順番に朝の一声が許されるって話は、本当なのね……、……、……）

そんなミュリエルの現実逃避も、獣舎の入り口から別の声がかけられたことで途切れた。立っていたのは、隣国の聖獣騎士が制服としている紺のそろいを身につけた、ズボン姿のグリゼルダだ。隣にカナンもいる。並んで立っているもののその距離はぺったりと近く、朝からとっても仲良しだ。しかし、両者共に表情は険しい。

「ミュリエル！　なぜ起こしてくれなかったのだ！　見習い聖獣番生活一日目から、寝坊だなど と……！」

昨晩ミュリエルは、獣舎の脇にある小屋に簡易ベッドを入れて、グリゼルダとお泊まり会をしていた。そこでの会話から、滞在中は聖獣番の仕事を手伝うと宣言されていた。しかし、定

時に起こしてもグリゼルダは一向に目覚めず、仕方なくそのままにしてきたのだ。

とはいえ、話が弾み夜更かしをしてしまったうえに、夜も明けきらぬうちに起きなければならなかったのだから、ある程度の寝坊はミュリエルの予想の内ではある。

女子会という響きに違わぬ姦しさで、楽しい時間であったことは間違いない。しかし、手紙に収まりきらない想いがあったらしく、どんどん声の大きくなるグリゼルダを何度なだめただろう。

獣舎脇の小屋でのろけ話などすれば、聖獣達に丸聞こえである。そうやんわりと訴えても、悪口ではないのだから聞かせておけばいい、と取り合ってはくれなかったのだ。そのためミュリエルは、自らも話したいことがあったものの、もごもごと恥じらいながら聞き役に徹した。

ちなみにカナンは同室に寝るわけにはいかず、ギオを背に夜を越している。朝日が昇る前に迎えにきてくれたため、今まで傍にいることを交代していた。だが、こうして身支度を調えてやって来たところを見るに、なんでもわかっている己の従者にあれこれと手伝ってもらい、事足りたのだろう。

「お、おはようございます。あの、起こしたのですが、グリゼルダ様が、全然起きる気配がなかったもので……」

アトラとギオが大騒ぎしているので声が聞き取りづらいと、ミュリエルは獣舎の入り口に駆けよった。そして通り一遍の申し開きをすれば、思うところがあるのだろう。それ以上の指摘を受けることはない。

「過ぎたことをどうこう言っても仕方あるまい。いいか、今からだ。私は今からとても頑張る」

鬼気迫る様子のグリゼルダに、ミュリエルは思わず一歩引いた。ここまで緊迫感が漂う場面ではないように思う。しかし、連れだったカナンとて真剣だ。

「ミュリエル殿、申し訳ない。俺も、今から頑張らせてもらう」

二人の気迫に押されて、ミュリエルはとにかく頷いた。特別獣舎の馬房に身を置く間、ギオの世話はカナンが担当となり、グリゼルダはその補佐だ。今朝は一匹だけ朝ご飯が遅れては可哀想だとミュリエルがすませてしまったため、二人はそれについて謝罪しているのだろう。

「グ、グリゼルダ様は慣れないことですし、カナンさんも護衛と従者のお役目が優先なので……。あの、お気になさらないでくださいね？　私に任せていただけるところは、頼ってくださると嬉しいです」

今言った通り、グリゼルダは聖獣番の職務にはじめて触れるところであるし、カナンはグリゼルダの護衛やある程度の世話、それに日中はサイラス達聖獣騎士団との訓練と、まったく暇な身の上ではない。ギオにかかりきりになることはできないだろう。そのためミュリエルとしては、朝ご飯などは問題のないお手伝いの範囲だ。

「それに、今日の予定では、そろそろ訓練のお時間ですし」

そういえばいつの間にか、後方で繰り広げられていた鳴き声合戦が終結している。これならばなめらかに予定に移れそうだと、ミュリエルは振り返った。すると地面にのっぺりと広がったギオが、切なげな様子で地面の敷き藁を食んでいた。それも、か細い鳴き声を零しながら。

『ひもじぃ……。ひもじぃんだよぉ……』

なんという悲壮感なのか。この場面だけを切り取って見れば、虐待を疑われかねない有様だ。

「元気に鳴いていたかと思えば、もう疲れてしまったのか？　そうかそうか。だが、ギオ。頑張らなければならぬのは、これからだぞ？　さぁ、クッキーだ」

「っ⁉　待っ……、あっ‼」

すたすたと近づいたグリゼルダを止める隙間（すきま）はなかった。ポケットから小ぶりな缶を取り出すと、なかからクッキーをつまむ。溶けていたはずのギオは目にも留まらぬ速さで固形化すると、ポーンと投げられたクッキーを一瞬にして嘴で捕らえた。

『けけけっ。うんめぇ』

丸呑みしたクッキーの味は、ちゃんとわかるものなのだろうか。そんな声にならない脳内の突っ込みは、間髪いれぬ絶叫にてかき消された。

「ガッチガチガチィッ‼」

「ブブフォォオォオッ‼」

「ピィィイイィイッ‼」

「ワンワンワンワンッ‼」

「キュキュキュキュキュッ‼」

特務部隊からの猛烈な抗議だ。初対面の折にもこのくだりで、アトラ達の怒りの導火線に火がついた記憶は薄れてはいない。ならばなぜ、グリゼルダは同じ轍（てつ）を踏んだのか。それは忘れ

ていたというよりも、このギオとのやり取りがグリゼルダにとっては日常的すぎたのだと思われる。ミュリエルは、ギオの丸さを作り出した原因をここに見つけた。

「お、おぉ……。そ、そうだ、そうであった。ギオにだけでは不公平であったな。どれ、挨拶代わりに皆にも配ろうではないか」

　グリゼルダの発言に、ミュリエルは反射的にギオへと視線を走らせた。以前は他者にクッキーをわけることなど絶対できない、といった態度を取っていたギオだ。鋭い嘴を今にも振り下ろすのではないかと肝が冷える。しかし、カナンから静かに見つめられたギオは、足踏みはしたものの大きく動くことも文句を言うこともない。

　そこに思わぬ成長と信頼関係を見つけたミュリエルは、人知れず笑顔を浮かべた。グリゼルダは王女らしい口調で挨拶を告げつつ、アトラ達を順に回るとクッキーを渡していく。なごやかな様子に引き込まれ、うっかり微笑ましく眺めかけたミュリエルは、途中でハッとした。

「そ、そこまでです！　そこまでですよ、グリゼルダ様！　それで終わりにしてください！　だって今は、クッキーをあげるような場面ではなかったです！」

　気づいてしまえば見過ごすことなどできない。ミュリエルから聞いたことのない大きな声で指摘されたグリゼルダは、ビクッと体を跳ねさせた。缶のなかでクッキーも一緒に跳ねる。驚かせてしまったが、これ以上の過剰な栄養の摂取は阻止できただろう。しかし、ミュリエルがつこうとした安堵の息は途中で止まる。

『ぐっ……、ぺっ、ぺっ。み、水……』

「っ⁉」

　クッキーを口にしたアトラ達が、そろって顔をしかめたのだ。しかも、口に入れたものを飲み込まずに吐き出し、全員そろってすぐに水で口直ししている。

『なんだ、コレ。口のなかが、やべぇ……』

「っ‼」

　水を飲み終わると、アトラを皮切りに全員が同じようなことを訴える。ミュリエルは血の気が引く思いがした。慌ててグリゼルダに駆けよると、おうかがいを立てることもせずにクッキーの缶を奪ってなかを改める。見た目はなんの飾りけもないクッキーだ。しかし顔をよせた途端に、濃厚なバターと甘い香りがミュリエルの鼻にも届いた。

「グ、グリゼルダ様！　もしかして、これ、人間用のクッキーですかっ⁉」

「うっ、あ、あぁ、その、うん……」

　仰け反るグリゼルダにお構いなしに、ミュリエルは質問を重ねた。

「材料はなんですか？　卵にミルクにバター、小麦粉と砂糖、あとは？」

「す、すまん、わからぬ」

「どこのものですか？　どこで聞けばわかりますか？」

「えぇと……」

　言い淀むその時間を待つことができずに、ミュリエルは勢いよくカナンを振り返った。

「カナンさんっ！」

「姫様が、ティークロートで贔屓にしている菓子店のものだから……」

ミュリエルの頭がグルグルと回転する。正確な材料を知るには時間がかかる。だが、ギオが美味しいと言ったのだから、鳥類のクロキリは平気である可能性が高い。しかし、アトラは、レグは、スジオにロロは、果たして同じように大丈夫なのだろうか。

ミュリエルはクッキーを一つつまむと、口に放り込んだ。香りでもわかったが、バターも砂糖もふんだんに使われている味がする。そのまま味覚に全神経を集中させるものの、引っかかりを覚える香辛料などの風味は感じられない。

『ミュー、平気だ。食った瞬間に舌が粘ついたから、気持ちわりぃって思ったんだけどよ、別に変なもんが入ってる感じはしなかった。ほとんど飲み込んでねぇし、心配すんな』

「っ！　アトラさんっ！」

ミュリエルはクッキーの缶をグリゼルダに押しつけるように渡すと、アトラの馬房に駆けよった。顔を近づけてくれる白ウサギに、両手を伸ばして表情をうかがう。注意深く普段との違いを探すが、今のところ申告通り変わったところは見受けられない。

「み、皆さんはっ⁉」

それぞれの馬房を回り、それぞれの様子を入念にうかがう。誰もが普段となんら変わりがないことを確認してから、もう一度アトラのもとまで戻り、さらに白ウサギを見つめた。

『大丈夫だって。問題ねぇ。安心しろ』

ヒクヒクと鼻を動かすアトラがいつも通りのぶっきらぼうさで言った台詞に、ミュリエルは

やっと安心した。すると膝から力が抜けてしまい、ヘナヘナとその場に座り込む。

舌が粘ついて感じたのは、きっと味が濃すぎたのだろう。歴代の聖獣番が監修し、ミュリエルが常に用法用量を守った聖獣用のクッキーを食べ慣れているアトラ達には、人間用のクッキーなど油の塊を口にするのと同じだったのかもしれない。

「ミュリエル……、その、すまぬ……」

意気消沈したグリゼルダとカナンが近よってきて、ミュリエルは顔だけを上げた。急激な緊張状態から気が抜けてしまったため、しばらく立ち上がれそうにない。

「い、いいえ、こちらこそ、気が動転してしまい、先ほどは失礼な態度を……」

「いや。私のしたことが、それだけのことだったのだろう?」

今にも泣いてしまいそうなほど情けない顔をしている王女殿下に、ミュリエルはなんと言葉をかけていいのかわからなくなった。しかし、事が事だけに心を強く持ち、注意点の確認を今一度する。情けなくも座ったまま話すミュリエルに、グリゼルダはただ静かに頷き続けた。

「本当にすまなかった。その方達もだ」

すべてを聞き終わったグリゼルダは、王族であるというのに頭を下げる。続けて、ポツポツと今に至るまでの経緯を口にした。

「ティークロートに帰り、最初は融通してもらった指南書にあるレシピでクッキーを作ったのだ。だが、ギオの反応がよくなくてな。喜んだ姿が見たかったがゆえに、人間と同じものを与え続けてしまった」

そんなグリゼルダの傍に影のように控えていたカナンも、さらに深々と頭を下げてから同じように謝罪を口にする。

「それは、俺の罪でもある。姫様とギオが喜んでいるのが嬉しくて、いけないとは思いつつも、止めることがどうしてもできなかった。申し訳ない」

ミュリエルがヨロヨロと立ち上がろうとすれば、すぐにアトラが鼻先で支えてくれた。なんとも締まりのない体勢だが、まだ話を終わりにすることはできない。今の件についてわかってもらえても、聞きたいことがまだあるからだ。

「あ、あの、もう一つだけ、よいでしょうか？　わからないことが、あって……。えっと、朝ご飯が終わったばかりなのに、なぜクッキーをあげたのでしょうか？」

「なぜ、と問われれば『褒美』だ。融通してもらった指南書にも、褒美は必要だと書かれていたと思うのだが」

すっかり自信がなくなってしまったのか、グリゼルダの声が小さい。

「えっ、その、ご褒美は必要ですが……。先ほどは、ご褒美をお渡しするような場面ではなかったと思うんです」

「だが、これから訓練を頑張るのであろう？」

ミュリエルはここにも理解の齟齬（そご）を見つける。そして思う。昨晩は女子トークで盛り上がったが、それよりももっと取り上げなければならない話題があった、と。まず必要だったのは、聖獣番としての心得のすり合わせだ。

「えっと、訓練は日常的なものですので……。ご褒美となると、急な任務で無理をお願いした時や、目覚ましい活躍があった時などにあげるものかな、と思うんです。日々の訓練の前に必ず食べるのであれば……、それはご褒美ではなく、オヤツではありませんか？」

「……なるほど。正論だ」

深々と納得したグリゼルダに、ミュリエルはホッと息をついた。だが、王女殿下にはまだまだ考えを改めなければならないことが、たくさんありそうだ。

それはカナンも同じだ。ミュリエル程度の付き合いでは仲間意識があろうとも、この静かな面差しが何を考えているかなど皆目見当もつかない。だが、彼の意識改革もきっと必要だ。何せ、ギオのパートナーはカナンなのだから。

もちろん、何かを偉そうに教えるほど、己も優れているわけではない。とはいえ、聖獣が関わることに関してだけは譲ってはいけないと、ミュリエルは唇を引き結んだ。

それぞれの思いからか、空気がわずかに重い。しかし、そこに空気を読まない黒ニワトリの声が響いた。

『じゃあ何か？　オレはこれからクッキーすらもらえなくなるってことかぁ？　朝飯も減らされたのに⁉　それは勘弁してくれよぉ！　ひもじくて死んじまう！』

地面に腹ばいになったギオは、そこからさらに斜めとなる変な体勢をとると、駄々をこねるように脚で敷き藁を後ろに向かって蹴りはじめた。整えてあった藁がザパザパと盛大に乱れていく。コケーコケーと鳴く声は悲しそうではあるが、芝居がかってもいた。

「昔の人は、言いました。腹八分が、長生きのもとだ、と」

ミュリエルはわざと厳めしい顔を作ると、重々しく口を開いた。それが逆にこの場の空気をよくすると信じて。全員をぐるっと見回せば、皆の視線はすでに自分へと集まっている。

「健康に、楽しく幸せな毎日を長く続けたいのなら、食べすぎはよくありません。食を教訓とした昔話だって、今でもいっぱい残っているでしょう？　たとえば……」

ミュリエルは乞われる前に、お話し会の開催を決めた。かいつまんで聞かせるのならどれも短い話のため、いくつかをまとめて紹介する。食っちゃ寝を繰り返した者が豚になり、逆に食べられてしまう話。拾い食いしたものが大蛇の好物だったせいで、丸呑みにされてしまう者の話。軽い気持ちでお供え物に手を出した者が、神罰で銅像にされる話、等々。話している間に調子が出てきて、笑顔が浮かぶ。

「興味深くはあるのだがな、ミュリエル。私はその手の見識がまったくない。ただ、あまりに荒唐無稽に感じたぞ。なぁ、カナン？」

「そう、ですね。俺も、あまり馴染みのない話です」

グリゼルダとカナンの言いように、ミュリエルは笑みを引っ込めるとポカンと口をあけた。王女殿下は盛大にやらかしたあとのため語調は控え目だが、今ひとつ響いていない様子だ。そんな主従を見てしまえば、二の句がつげない。その様子を論破されたのだと勘違いしたのか、調子に乗りやすいギオが高らかに鳴いた。

『嬢ちゃんの作り話にしては上手いもんだなぁ！　けどよ、言い負けたんならクッキーは解禁

だよなぁ？』

『んなはずあるか』

言葉尻にかぶせる勢いのアトラの突っ込みに、ギオは渋い顔をしたあと嘴をわざとらしく鳴らして閉じる。ミュリエルの代わりに白ウサギがきっちり締めてくれるため、黒ニワトリの鼻っ柱が伸びすぎることがない。

『それに、せっかくミューが話してくれたんだ。まずは礼をしろ。有り難がって喜べ』

そうは言うものの、ミュリエルは気づいていた。アトラからの感想がないことを。きっと白ウサギにとっても琴線に触れる内容ではなかったのだ。そのため、塩辛い気持ちになる。

『荒唐無稽なところを突っ込みながら楽しむものなのよ、ミューちゃんのお話は』

『うむ。そもそも真面目に考察をするのは、野暮というものだ』

『でも、ほら、そこはジブン達との付き合いの差ってやつっスよ』

『ミューさんの言動の味わい方は、こう……、常連でないと難しいもんです』

そして、率直な見解が骨身にしみる。誰の心にも響かないお話し会を開催してしまったことに、ミュリエルは意気消沈した。がっくりと肩を落とす。それに気づいているはずなのに、あえて触れずに話題を移したのはアトラの優しさだろうか。

『とにかく！　あんな油の塊を食ってたら、そんだけ肥えるのも納得だ。いいか？　うだうだ言うのは今すぐやめろ。これ以上丸くなったら、蹴って転がすからな』

しかし、移した先がよくなかった。これをきっかけに、再び言い合いがはじまってしまった。

『蹴って転がす、だとぉ⁉　ずいぶんな口、聞くじゃねぇかぁ⁉　あぁん⁉』

『凄んでも、締まらねぇな。そんな丸々としたヤツに何言われても、怖くもねぇ』

『んだとぉ⁉　こんっの、ウサギちゃんがよぉっ‼』

あ、と思った時には、いつもながらにもう遅い。嘴から出た言葉は、長い耳にきっちり吸い込まれた。

『……おい。今、なんつった？』

スタンピングがされたわけでもないのに、その声はズンッと肩に乗るように重く響く。

『表へ出ろ、トサカちゃん！　オマエの体で、楽しくボール遊びしてやる‼』

禁句には禁句で返す。しかも倍にして。

『っ⁉　ボ、ボ、ボール、だとぉ⁉　こ、このオレ様の魅惑の我が儘ボディを、言うに事欠いて、ボール……‼　ゆ、許せねぇ、受けて立つぜぇ！　可愛い可愛いウサギちゃぁんっ‼』

それぞれの馬房を踏み越えることだけはしなかった二匹が、同時に柵を跳び越えて、獣舎の中央通路で相対する。頭を低くした臨戦態勢に、ミュリエルは泡を食った。話の流れなどまったくわかっていないグリゼルダとカナンも、驚きの表情で焦りをみせる。

『大丈夫よ、ミューちゃん。サイラスちゃん、来たわ』

そんなレグの鼻息があと一瞬遅かったら、ミュリエルはどうしていただろう。いつだって困った時はそこにいてくれるサイラスの登場を知り、己では気配すらも感じられないうちから獣舎の入り口を振り返った。

「皆、おはよう。朝から気合い十分のようだな」

一触即発の現状を目の前にし、サイラスの落ち着きようは尊敬に値する。ちょっと潤んだ瞳で見つめれば、いつも通り余裕のある微笑みを向けられた。スタスタと長い足で進んできたサイラスは、ミュリエルの頭にポンッと一度掌を置いてから、とくに声を張ることなく指示をする。

「鞍はいらない。アトラ、そのまま訓練場に行こう。カナン、ギオ、ついて来い」

ギオをにらむためにすえられていたアトラの鋭い眼光が、サイラスのわざとゆっくりと流した視線を追う。その自然な流れに沿うように、アトラは瞬きの間に跳躍した。鮮やかにサイラスを背中に拾うと、相手が反応もできない速度で隙間を縫うようにギオを飛び越す。続けて、先に着地した前足だけで前身をひねると、獣舎の入り口に対して横付けの格好となった。

紫の瞳は楽しげに、赤い瞳はキレ気味に、それぞれの相手となるものを誘う。言葉はなかったが、微かにあごを上げて目を細めたその顔が、何よりも雄弁だ。

「……ギオ」

『おうっ‼』

きっちり誘いに乗ったカナンとギオの動きも、なかなかに速い。黒ニワトリが丸い体をしているため、身のこなしに重量は感じる。だが、十分に互いを把握した動きだ。

そうなると声をかける暇もなく、それぞれの姿はあっという間に見えなくなってしまった。

「おはよう！　出遅れてしまったな！　レグ、私達も行こう！」

『はぁい！』

飛び出していく者を邪魔しないように脇によけていたのか、獣舎の入り口からひょっこりと男装の麗人、レインティーナが顔を出す。のぞくような体勢のため、サラサラの銀髪が肩から零れて揺れていた。突っ立っていたミュリエルは、慌ててレグの馬房に駆けよると柵をあけた。飛び越えられる聖獣も多いが、レグは確実に突き破る。

前に出ていった二匹と違い、巨大イノシシは準備運動程度の並足でご機嫌に進む。大きな背に鞍はなく、またそこにのぼるためのベルトもない。レグが脚を止めることなく鼻を下げると、レインティーナは自分に向かってきた鼻面に手を置いた。巨大イノシシが顔を振り上げれば、動きに逆らわず男装の麗人の体は跳ね上がる。

あ、と息を飲んだのは一瞬で、レインティーナは慣れた様子でレグの背に騎乗した。後ろ姿のまま手と尻尾が振られる。挨拶代わりのようだ。

「おはようございます。姉上、今日の訓練は鞍なしですか？」

「えっ？　あ、おはようございます。えっと、私は、お聞きしていません」

呆然と見送っていたところに、新たな人物から声がかけられる。今度は弟のリュカエルだ。挨拶の次に業務確認をしてくる辺り、真面目である。きっと、今し方出ていったレグの様子を目聡（めざと）く確認したのだろう。

「スヴェン、行ける？」

『もちろんっス！』

姉の返答が曖昧だったため、先輩に倣うことにしたらしい。ミュリエル達は会った時から変わらずスジオと呼ぶが、気弱なオオカミの本名は、絆を結んだ時からスヴェラータ・ジ・オルグレンだ。彼をスヴェンと呼べるのはスジオの希望もあり、パートナーであるリュカエルだけになっている。

柵を跳び越えたスジオは、リュカエルの手前でわずかに速度を緩めた。しかし、背の毛をリュカエルがつかんだと同時に身を跳ね上げ、沈ませる。その反動で上手く騎乗した弟の動きに、ミュリエルは感心した。この二者も、息つく間もなく獣舎を出ていってしまった。

『慌ただしいことこの上ないな。もっとスマートにできないものか』

『勢いで押し切らんと、ギオはんがダレてまうし。仕方ありません』

いまだパートナーの決まっていない気難しいタカと、本職が学者であるリーンをパートナーに持つ秘密兵器のモグラは、ここから自由時間となる。

驚くほど静かになった獣舎で一つ息をついてから、ミュリエルは気合いを入れるために腕まくりをした。あっけにとられているグリゼルダに、笑顔で声をかける。

「まずは、ギオさんが盛大に散らかした敷き藁から片付けましょうか」

「あ、あぁ、そうであったな。何やら、圧倒されてしまってな……」

さもありなん。されど、聖獣番の業務を体験するのなら、ここから先だって驚きの連続になってしまうだろう。

2章　秋に園芸を嗜(たしな)むのもまた一興

　次の日の朝、ミュリエルは大変既視感のある光景を目にしていた。

「あ、あの、グリゼルダ様、無理せず休憩してくださって、大丈夫ですよ？」

　そこには、なんとか定時に着替え終わって獣舎に到着したものの、生まれたての仔鹿(こじか)のように足を震わせるグリゼルダがいる。昨日(きのう)も昼には体力が尽(つ)きてしまいぐったりとしていたし、夜は女子会をする余裕などまったくなく泥のように寝てしまっていた。

　そのためミュリエルとしては、ちゃんと起きられただけでも拍手を送りたい。しかも王女殿下はこんな時こそカナンに抱っこしてもらえばいいものを、ガクガクと震えながらも、なぜか頑(かたく)なに己の足で立っている。

「だ、駄目だ。これ以上の醜態(しゅうたい)は、見せられぬ」

　語調は強く、琥珀(こはく)の目には固い意思がこもっている。しかし現状、これでは何一つ聖獣番の業務などこなせないだろう。恥を晒(さら)すのはミュリエルの十八番(おはこ)。グリゼルダの気持ちが少しでも軽くなればと、自身の聖獣番生活のはじまりにおきた顛末(てんまつ)を語って聞かせた。己も生まれたての仔鹿状態で、何から何まで聖獣達自身にやらせてしまった過去がある。

「ですので、今のグリゼルダ様の状態は、仕方のないものだと思います」

獣舎の入り口付近に樽を置き、ミュリエルはそこをグリゼルダの席とした。それでもどうしても仕事が欲しいと言うため、小物類の手入れをお願いする。せっせと布で道具を磨きはじめたグリゼルダに微笑んでから、ミュリエルはカナンと共に業務に取りかかった。

するとどうしても気になるのは、ご飯を用意されても地面と仲良くしている黒ニワトリだ。こちらも昨日のお昼の時点で朝の威勢をなくし、すっかり大人しくなっていたのだが、一夜明けても持ち直さないらしい。

めっきり口数が減ってしまったので心配だが、アトラ達が放っているのでミュリエルも従うことにしていた。カナンがあの手この手で労っているため、それ以上に己が手を出すのはおせっかいだと思ったのもある。昨日一日で蓄えた脂肪がたいして燃焼するとは思えないが、ギオの顔は心なしかげっそりしていた。

「おはよう。今朝の様子はどうだろうか」

「あ、サイラス様、おはようございます。今日も問題なく、定時です！」

我らが団長の登場に、グリゼルダはより力を入れて道具を磨き、カナンは馬房のなかでギオへの語りかけの声を心待ち大きくする。それを薄い微笑みを浮かべてひと通り見たサイラスは、なぜかミュリエルの頭をなでた。

「あ、あの……？」

「やはり君は、優秀だな」

褒められる理由はわからないが、柔らかい微笑みを向けられるのは嬉しい。サイラスは頭を

なでたついでに、栗色の髪を耳にかけてくれた。頬を包む位置に来た大きな手が心地よく、思わず擦りよりそうになる。しかし、直前で踏みとどまった。死角になっている気もするが、ここには隣国の主従がいる。

それでも、名残惜しいと思う気持ちが顔に出てしまったのだろう。サイラスは笑みを深めるとミュリエルの耳をつまみ、縁を一度だけたどった。くすぐったさに首をすくめた時には、耳も頬も染まっている。それに満足したのか、紫の瞳の色は深い。

「今日も鞍は必要ない。行こうか、アトラ」

いつもより引き際が早かったのは、サイラスにとって今はこれ以上踏み込む場面ではなかったからだろうか。自身の白ウサギに声をかけた時には、あとを引く艶っぽさは欠片もない。

（……、……、……はっ！　も、物足りないとか、そんなこと、全然、思っていませんよ！）

ミュリエルは変な時間差をつけて、心のなかで自分に対しての言い訳を叫ぶ。

そんなことをしているうちに、アトラはサイラスと共に真っ先に獣舎から出ていってしまった。ただ、歩みを止めることなく、通りすぎ様に紫と赤の瞳はカナンとギオを流し見ていく。

それまで脱力して溶けるように伸びきっていたギオだが、眼光だけを鋭くすると立ち上がった。わずかによろめいたが、カナンと連れだって文句を言わずに獣舎をあとにする。いるだけで騒がしい黒ニワトリの寡黙さは、ミュリエルの目には異常事態に映った。

「ギ、ギオさん、昨日とは雰囲気が、全然違いますね……」

呟くミュリエルに、ブフンピィワンキュ、と鳴き声が返った。

『アトラにね、コテンパンにやられちゃったのよ』

『うむ。見に行ったが、あれではぐうの音も出まい』

『ダンチョーさんの鬼采配も、全力で向けられてたっスからね』

『しかも、アレでいつもの三割やいうとこを、忘れたらあきません』

なんとなく予想はついていたので、あえて聞くようなことはしなかった。だが、アトラとギオがいなくなったことで、昨日の顛末を教えられる。

現場を見ていないミュリエルだが、件の夏合宿を経たことで、ギリギリを攻めるサイラスの采配にも多少の想像が及ぶようになっていた。走り込みで倒れても次までの休憩はほぼ存在せず、打ち合いで倒れても名前を呼ばれれば当然のように起き上がる。それは、なかなかに過酷な時間だ。

(ギ、ギオさん、カナンさんと一緒に、頑張ってください……！　お帰りになったらすぐ休めるように、馬房はしっかり整えておきますから……！)

ミュリエルは心のなかで精一杯の声援を送った。そうこうしているうちにレインティーナとリュカエルが来たので、レグとスジオも訓練場へと向かっていった。

秋風は日増しに冷たさを増すが、寒さを感じる時間はない。何しろ聖獣番の業務は、終始体を動かしてばかりだ。今一度気合いを入れるために天井を見上げてから、ミュリエルはグリゼルダと共に普段通りの流れで各々の仕事に手をつけた。

お昼の休憩を終えれば、聖獣達も庭に帰ってくるはずだ。しかし、方々で好き好きにしているらしく姿が見えない。ブラッシングをしてほしいなどの要望があるか、ミュリエルの方に用事があって呼ばない限りは、夕方まで遭遇しないこともままある。本日は鞍を外す工程もないため、獣舎によることもなかったはずだ。そのため、見当たらないことは別段心配するようなことではない。

ただ、そうなると聖獣番にはほんの少し自由時間が増える。そんな時も何かしら仕事を見つけてきてミュリエルは動くのだが、隣にいるグリゼルダを思って今日はやめた。

「あ、あの、グリゼルダ様……。午後はお部屋にさがっては、いかがでしょうか？　あの、私、お部屋までご一緒しますので……」

震える手で足をさする王女殿下を見かねて、ミュリエルは岩に背を預け、並んで座っていた芝から腰を上げかけた。

「よい。カナンとギオも頑張っておるのだ。私も共に乗り越えたい。優しいそなたは気になるかもしれんが……、見守ってはくれぬか？」

ミュリエルはグリゼルダのことを、もとより尊敬している。自分より何でも知っていて、何か不足の事態があっても軽く手を振っていなしてしまえる、そんな大人の女性だと思っていた。そんなグリゼルダが心細そうな顔をしたことに、心をわしづかみにされる。

「み、見守りますし、お手伝いだってしてします！」

当初より何でも協力するつもりでいたミュリエルだったが、まずは手はじめに王女殿下の向かいに陣取り直すと、足を揉むことにした。

「わっ、や、やめよ、ミュリエル！　そんなところを揉んではならぬ！　う、んんっ！」

制止の声に手を止めかけたミュリエルだが、揉む加減を調節すればグリゼルダの体から力が抜ける。しかし、身をひねって倒れた王女殿下は、乱れた赤い髪に隠れて顔が見えない。

「あ、あの、いかがですか？　ここ、とか。こうすると、気持ちがいいと思うんです」

「あ、あぁ、気持ちいい！　あっ。も、もう少しだけ、強くても、よい。……んっ！」

「……よさそうですね。ですが、痛かったら言ってくださいね？　優しくしますから」

「よ、よいのだ。痛いくらいが、気持ちがいい。もっと、しておくれ。……あぁっ！」

グリゼルダの申告を頼りに、ミュリエルは王女殿下の足を揉みほぐす。

「ミュリエル！」

「姫様！」

「っ⁉」

岩陰から突如大きな声で呼ばれたうえに、サイラスとカナンが現れる。息が止まる勢いで驚いたミュリエルは、それまで加減していた指先にギュッと力を入れてしまった。

「いっ⁉　痛い痛い痛い痛いっ‼」

「っ⁉　も、申し訳ありません！」

背中をそって悶絶したグリゼルダの叫びに、ミュリエルは慌てて手を離した。それから、強

くつかんでしまった部分を何度もさする。

「マッサージをしていたのか……」

「……そういうのは、俺がします」

サイラスが脱力したように呟けば、カナンはミュリエルの場所に取って代わり、グリゼルダを助け起こした。はっきり涙目になっているグリゼルダに再度謝れば、雑な感じでなでられた。どうやら許してくれるらしい。

「君達に見せたいものがあって、呼びに来たんだ」

「見せたいもの、ですか？」

サイラスが差し出した手を、ミュリエルはためらいなく握って立ち上がる。距離が近づけば、大きな手は王女殿下によって乱された栗色の髪をすいて直してくれた。

サイラスの顔は、なんだかとってもよいものを見せてくれそうな表情だ。それにつられて、ミュリエルも期待に早々と笑顔を浮かべる。

「行こうか」

「えっ⁉　あ、あの、サイラス様⁉」

言った途端に横抱きにされたミュリエルは、反射でたくましい肩につかまる。並んで立つよりもさらに近くなった顔が、ふっと吐息を零しながら笑った。サイラスは内緒話をするためか、顔を傾けてミュリエルの耳に唇をよせた。

「私が君を抱き上げないと、意地を張る者がいるからな。しばらくは私の腕のなかで、いい子

にしていてくれないか？」

低い声が耳をかすめると、たわいない内容なのに体温が上がる。ミュリエルはコクコクと頷くと縮こまるようにしてサイラスの腕に収まった。確認しなくても、歩き出した後ろをグリゼルダもカナンに抱かれてついて来ているのだろう。

「抱かれるのが、上手くなったな」

「っ！」

だしに使われているだけだと納得しかけていたミュリエルは、油断していた。そのため、無防備な耳に囁かれた響きが、吐息の熱と共に体の奥深くに届いて溜まる。しかも、それは一回ではすまなかった。

「身を固くしていた頃も、可愛らしかったが」

「っ‼」

「君も、嫌ではないだろう？」

「っ⁉」

「私に抱かれるのは」

「っ‼」

言葉選びと語順もさることながら、サイラスの低くゆったりとした声は、真昼の庭には刺激が強すぎる。

（だ、だ、駄目だわ……。急に、全部が、恥ずかしい……。わ、私は、いったい、どうすれば

（……、……、……）

為す術のないミュリエルは、瞬きもせずに目の前にあるサイラスの黒いネクタイを熱心に見つめる。抱っこをした拍子にすこし持ち上がってしまったらしいネクタイの位置を、いたたまれなさと手持ち無沙汰から直しにかかった。

すると白シャツ越しに、小さく堅い感触がする。青林檎のチャームだ。そう気づいたミュリエルは、人差し指で何気なくコロコロと転がした。

「悪戯とは、珍しいな。おしおきが、必要だろうか」

喉を鳴らして笑ったサイラスが、紫の瞳の色を濃くする。その色に艶っぽい気配を察したミュリエルは、火傷をしたように勢いよく手を引くと、自身の胸もとに隠れる葡萄のチャームを代わりに握った。その仕草で、対になるものがそこにあるとサイラスも知ったのだろう。ますます笑みを深めた。

「残念だが、目的の場所に着いてしまったようだ」

紫の瞳の動きを追って、ミュリエルもその先を見やる。そこは、獣舎とその隣に建つ小屋からほど近くの木々の間だ。しかし、木立に紛れて何かがある。ただ庭が続いているだけの場所だったはずだ。そう昨日までは。ミュリエルは目を瞬かせると、よりよく見ようとグッと眉間に力を入れた。

「こ、小屋が……。あっ。小屋ではなく温室、ですか……？」

秋の淡い日差しを受けて、木立の間から大きな硝子の窓が光りを弾く。サイラスの期待通り

に驚いたミュリエルに、紫の瞳は楽しそうに細められている。

「おっと皆さん、おそろいでちょうどよいところに。だいたい整ったところですよ」

歩を進めることで温室の全容を前にすれば、なかからいそいそと出てきた糸目学者が出迎えてくれる。簡素な荷車ならくらく通過できそうな余裕のある入り口の横には、黒パンに擬態したロロも丸まっていた。温室の大きさは、ギオがパンパンに収まっていた巨大寝台の三倍ほどだろうか。ただし、天井はもう少し高い。ミュリエルが寝起きしている小屋よりはずっと大きいため、かなり立派な温室だ。

（こ、こんな大きいもの、いつの間にできたのかしら……。ぜ、全然気がつかなかったわ……）

まるで夢か幻を見ているようで、言葉が出てこない。しかし、ここまで驚いているのはミュリエルだけだ。どうやら己以外は承知ずみだったらしい。

さらにはサイラスから、ここでは山から持ち帰っていた薬草の栽培と研究をするのだと説明を受ける。秘密裏に事を進めたいがために、夜中のうちにモグラを主戦力に、他の小型聖獣達も手伝ってリーンの邸宅にあった温室を一気に移築したのだという。

誰にも気がつかれることなく木立のなかに建てられた温室は、城の上層階から見てもかなり見つけにくくなっているようだ。獣舎やその脇に立つ小屋、または水場から遠いと不便になるが、その辺りはまったく問題なく、なかなか使いやすそうな立地だ。

「では、なかに入ろうか」

横抱きからおろされたミュリエルは、背に添えられた手で促されると温室に足を踏み入れた。

グルッと一度見渡してから、同じ動きをゆっくりともう一度する。

憩いの場としての用途のない温室は、間取りが整然としていた。四角四面の道と六つにわかれた高さのある花壇に、記録を取るだけの質素な机周り、そして必要な道具を過不足なくそろえた棚、それだけだ。

それでもミュリエルの翠の瞳には、それらがとっても素敵に映った。採光を目一杯取るための大きな硝子張りの壁や天井と、それを支える柱の簡素な組み合わせ方は、いかにも「研究」という香りが強い。しかも「秘密」となれば、なんとも心が踊るではないか。

「あっ。で、ですが……、なぜ急に、薬草の栽培と研究をすることになったのですか？」

ミュリエルは隣にいるサイラスを見上げて聞いたのだが、説明を引き受けたのは自らの足で立っているグリゼルダだった。そして知ったのは、グリゼルダがティークロート唯一の聖獣騎士であるカナンに降嫁するために、箔づけを欲しているということだ。

「では、今回いらした目的は、それだったのですね」

そんなふうに早合点したミュリエルに、グリゼルダは首を振る。

「いや、違う。家がうるさいゆえ、こちらに避難してきたのだ」

「えっ。ひ、避難、ですか？」

グリゼルダが「家」と言ったのなら、そこは「王家」に他ならない。きな臭い気配にミュリエルが顔を強ばらせると、王女殿下からはすぐに安心させるための補足が入る。

「政治的な兼ね合いもあってな。まぁ、それはこちらの話だ。そなたが気にすることではない」

　おざなりに振った手が、いかにも些事であることを物語っている。サイラスを見上げてみれば、一つ頷いてくれた。ならば、ミュリエルが気を揉むことはないのだろう。そうなると、気になるのは別のことだ。

「ここはリーン殿を中心に、グリゼルダとカナンが担当することになっている。だが……」

　翠の瞳がキラキラと期待に輝いているのを見て、サイラスが思わずといったように笑った。

「興味があるのなら、もちろん君が出入りしても構わない。もし手伝いたい気持ちがあるのなら、無理のない範囲でお願いできるだろうか」

「はい、ぜひ！」

　ここを目にして話を聞いた時からすでにやる気満々だったミュリエルは、元気よくお返事をした。これをもって、ティークロートの面々がいる間、ミュリエルのお役目は減量の手伝いと薬草栽培との二本立てになったことになる。

「ミュリエルさんも手伝ってくれるのなら、心強いです。ではでは、さっそく植え替えをしましょうか。まずは仮植えしたところまで、薬草を取りに行かなくては。ご足労、願えますか？」

　気持ちを新たにしたところで、リーンからお声がかかった。

　それから連れだって向かうのは、糸目学者がこっそりと薬草を育てていたある場所だ。そこ

はなんと、湖上ガゼボを催す件の湖の畔だという。机仕事のあるサイラスは執務室に向かうというので別れると、ミュリエルはリーンの先導を受けながらグリゼルダとカナンと共に湖の畔に向けて出発した。

普段であれば歩いていく距離だが、膝が笑っているグリゼルダにはつらいだろう。カナンによる抱っこを勧めたのだが、いつもなら自分から手を伸ばすくせに頑なに拒否をする。もとよりロロが土つきの薬草を運ぶため、荷馬車を引いてくれることになっていた。そのため、その荷台に田舎のお嬢さんよろしく、グリゼルダとミュリエルは後ろ向きで座らせてもらうことにした。

リーンとカナンはその両脇を歩く。ガタゴトと呑気に揺れるリズムが、とても平和だ。

「ミュリエル、その……。あの、な……？」

その途中で、こそっと内緒話のようにグリゼルダから耳打ちをされる。ミュリエルからも耳をよせたが、続きが聞こえてくるまで珍しく時間がかかった。

「あっ。もしかして、お尻が痛いですか？」

思いついて小声で聞いてみれば、グリゼルダは恥ずかしそうに頷いた。

「では、揺れが来る、と思った瞬間に両手を座面に突っ張って、少しお尻を浮かせると楽になるかもしれません」

もちろんクッションは敷いているのだが、聖獣の背や豪華な馬車と比べれば、容赦のない硬い振動に不規則に襲われることになる。ミュリエルはこの小技を無意識に使っていたため、教

えてあげるのが遅れてしまった。己の気遣いのなさに眉を下げるも、グリゼルダが気にしたのは別のことだった。

「もとより、そなたには一目置いていたのだが……。初日はさておき、昨日に今日とたった二日で、上方修正が止まらぬ。これまで私とミュリエルは、運動できない同盟に共に加入していると、疑わずにおったのだ。だが、それは私の勘違いであったのだな……」

「えっ、あ、あの、運動は、相変わらずできませんので、その……」

生活の知恵的なものを披露しただけなのに、意気消沈されてしまったミュリエルは、とても困った。もっと他に言うことはあったはずだが、口からはくだらない言葉しか出てこない。しかし、続けてグリゼルダが深く考え込んでしまったため、話しかけることが憚られる。

「はーい、到着しましたよ。ロロ、お疲れ様でした。ありがとうございます」

荷台でされた会話が小さなものだったからか、リーンの声は場違いにも明るい。だが、今はそれにとても助けられた。素早く荷台に回ってきたカナンが、グリゼルダに手を貸している。それを微笑みながら横目で見たミュリエルは、無様にならないように気をつけながら自分でおりた。

ロロに労いの抱擁をしていたリーンが、体勢を戻して誇らしげにニッコリ笑う。芝居がかった動きで示されたのは、ほぼ足もとだ。

「一時のものとなりましたが、こちらが僕の朗らか薬草園です！」

ババーン、と立派な効果音がつきそうな口振りだが、そこはよく見知った草が数種類乱立し

ているだけのただの草地だ。言われなければわからないほど、周りと一体化している。

「雑多だな。これではどれが目的の薬草なのか、わからないではないか」

カナンのエスコートを受けたままのグリゼルダは、率直な感想を口にした。そして、カナンからとくに口添えはない。せっかく誇らしげに紹介してくれたリーンが傷ついては大変だと、ミュリエルは露骨さを薄めるような感想をひねり出した。

「あ、あの、なんと言いますか……。自然味のあふれる作風、ですね？」

それに、いかほどの効力があったかは定かではない。しかし、リーンは別段気分を害しているようには見えなかった。

「お二人とも、さすがのご慧眼です。これなら、誰も貴重な薬草だなんて思わないでしょう？」

とても好意的な解釈で褒めてくれたリーンに、そんな意図で発言したわけではない女子二人はなんとなく目配せをする。運動できない同盟への加入には疑問を呈されたものの、ここでは己の目が節穴であることを互いに確認し合った。

「土も水も変わってしまったので、失敗する確率の方が高いと思っていたのですが、上手く根付いてくれました。成長の早い薬草で、植えたばかりの時は足首丈だったんですよ」

そんなやり取りが行われていると知らないリーンは、しゃがみ込むと一つの草に手を伸ばした。そっと葉をつまんで状態を確かめている。ミュリエルとグリゼルダは互いの顔を眺め合うのはやめて、足もとへ視線を落とした。

見慣れない草は今リーンが触っているものだけだったので、どれが薬草かのおおよその見当はついていた。高さは膝丈ほど、根もとからすぐに数本の太い茎にわかれる株立ちの形で、それほど大きくはない卵形の葉がついている。ここまででは、他の草との特異性は少ない。

注目すべき点は、軸となる中心の茎にとても小さな水色のふわふわしたものがついていることだ。気になってしまいそこばかり見ていれば、リーンからちょうど追加の説明が入る。

「見てください。この水色の花。面白いでしょう？　伸びた茎の先で咲くのではなく、一番太い中心の茎にくっついて咲くんです。ここから青い実になるのですが、熟れると青い皮が裂けて白い果肉と黒い種が一つ飛び出すんですよ。その見た目が、目玉みたいでこれまた面白いんですよね。あ、効能は鎮静と消炎です。最も作用が高いのは種で、次いで実となります。ですが、葉や茎にも成分は含まれているようです」

饒舌なリーンの説明に脳内でその様を想像したミュリエルは、少々ひるんだ。

（め、目玉みたいな、実……？　この水色の花の部分が、すべて実になるのよね？　そ、それって……）

花だと知った水色のふわふわは、茎にかなりの密度で咲いている。

「それは本当に面白い、のか……？」

リーンに聞くべきはずのその言葉を、グリゼルダはミュリエルに向かって言っている。同じものを想像したに違いない。ミュリエルは控え目ながら小刻みに首を横に振った。茎にびっしりとくっつく目玉を面白いと思える感性は、持ち合わせていない。

「この薬草は優秀なんです。先ほどお伝えした通り成長が早く、なんと四季成りなんです。そのため、一年を通して実を採取できるんですよ。素晴らしいと思いませんか！」

リーンは意気揚々と説明を締めくくる。するとロロが興味を持ったのか、鼻先を薬草に近づけた。

『んぁっ!! めっさ苦い匂いがします！ これはアカン!!』

ブルブルッと震えると、ロロは珍しく素早い動きで後退った。その動きが可愛かったのか、リーンがみるみる頬を紅潮させる。

「い、今の動き！ 皆さん、見ましたかっ!?」

すごい勢いでこちらを見て意見を求め、これまたすごい勢いで最愛のモグラへ視線を戻す。かっぴらかれた糸目は潤み、染まった頬は緩みきり、興奮のしすぎか伸ばしかけの手ごと体が震えている。

「あぁぁっ!! なんて、なんって可愛い仕草だったんでしょうかっ！ ロロってば、苦い匂いでもしたんですか!? それだったら可哀想ですが、可哀想なのですがっ!! 僕は心臓を打ち抜かれてしまいましたよっ!!」

瞬間的に薬草のことなど、どうでもよくなってしまったのだろう。ロロの可愛さを目の当たりにした糸目学者は、偏愛を爆発させた。どう動いたらそうなるのかわからない直線的な動きで、ロロに超速で抱きついている。

こうなってはしばらく話など進まないだろう。苦い匂いの衝撃から立ち直れないロロには申

し訳ないが、リーンのことは任せるしかない。

できた隙間時間で、ミュリエルはもう一度薬草に目を向けた。青くて苦いのなら鎮静の効果に相応しい気もするが、成長後の見た目を思えば恐怖で興奮しそうである。

「……姫様」

「ん？　カナン、どうかしたか？」

リーンの奇行に慄いているグリゼルダと違い、カナンは静かな佇まいを崩さない。厚い前髪の奥の瞳は、しげしげと薬草を観察しているようだ。いつも己の姫様のことばかり気にかけている従者にしては、珍しい反応に思えた。

「これとよく似たものを、見たことがあります」

「えっ!!　カナン君、それは本当ですか!?」

カナンの発言と、急にこちらの世界に戻ってきたリーンに対して、ミュリエルは二度びっくりした。しかし、リーンはそんなのお構いなしだ。

「どこで見ましたかっ!?　最近ですか!?　昔ですか!?　どちらにしろ、それ、大発見かもしれませんよ!!」

衝撃から立ち直ったロロから離れ、リーンがツカツカとカナンへの距離をつめる。勢い余って額をぶつけそうなほどだが、カナンは躊躇わず、大事な姫様を糸目学者から遠ざけるために自分の体を割り込ませた。それから、手を引いて抱きよせたグリゼルダに視線で確認を取り、頷きをもらってから口を開く。

「……ティークロートの竜モドキが見つかった谷、です」

ティークロートで竜モドキが見つかったことも、その竜モドキには翼があって凶暴なことも、ミュリエルは見知っている。グリゼルダの母であるヘルトラウダが、交渉の場で見せてきたことがあったからだ。ただ、谷で見つかったという話は初耳である。

(あ、だけれど、ワーズワースの山とティークロートの谷、どちらも竜モドキの生息地なら、そこには少なからず関連性がある、と言えるかもしれない、わよね……?)

場所の違いはあれど、近しい生き物が生息しているのならば、自然環境が似通っていてもおかしくない。ただし、己の浅知恵よりは学者であるリーンの意見が重要だ。そのためミュリエルは、大人しく話を聞こうと口は開かずに視線だけを動かす。すると、いつの間にか真面目な気配を帯びたモノクルの向こうの糸目に気がついた。

「えぇと。これって、僕が続きを聞いても大丈夫なヤツですか?」

ずいぶんと声の調子を落としたリーンに、政治的な兼ね合いが出てきてしまったからだとミュリエルが気づけたのは、糸目がグリゼルダに向けられていたからだった。それなのに、王女殿下はあっさりと所在を暴露する。

「ティークロートの竜モドキが発見された谷は、ワーズワースとの国境にある領地のものだ」

続きを聞けたことが意外だったのか、糸目が少しだけ開いた。ミュリエルはそれを見逃さなかった。

「あ、あのっ、お話の腰を折ってしまい申し訳ないのですが、わ、私は、耳をふさいでいた方

がよいでしょうか……？」

　グリゼルダの信用がミュリエルにもあるのは知っている。だからこそ、もしかしたら普通は聞かせられない話を、この場でしてしまうかもしれない。そんなふうに考えて思わず口を挟んでしまった。指示を仰ぐつもりでグリゼルダの次にリーンを見れば、少し考えてから糸目学者は探るような言い回しで言葉を重ねる。

「あー……。それってこっそり調べに足を踏み入れる伝が、あったりしますか？」

「あるな」

「では、やはり？」

　最後に何を確認したのか、リーンの問いかけにグリゼルダが頷く。なんのことかわからないミュリエルはカナンを盗み見てみたが、表情が乏しくて参考にならなかった。このままわかる者だけで会話が完結するのならば、そういう判断なのだろう。納得して気を緩めていると、またもやあっさりと情報を詳らかにしたのはグリゼルダだ。

「竜モドキが見つかった谷は、我が母、ヘルトラウダの輿入れと共にティークロート領となった地にあるのだ。ゆえに、伝はあると言った。気にするなミュリエル、私はそなたに聞かれても気にせぬ」

　そういうことではない気がしたが、絶対的に信頼のこもる眼差しを向けられてしまえば、それ以上何か言うことはできない。ミュリエルが曖昧な笑みを浮かべたまま固まったからだろう。リーンが気にしなくても大丈夫、と何度か頷いている。

「私から母に、まず面会の申し入れをしよう。何か面倒な条件をつけてくるやもしれんが、取りつく島もなく拒絶されることもなかろうよ」

満足する結論に達したグリゼルダは、カナンから一歩離れると腕を組んで仁王立ちした。

「そうと決まれば、さっそく薬草の植え替えに移ろうではないか。さぁ、作法を教えておくれ」

仕切る声はしっかりしているが、体のほうがすぐによろめく。カナンに支えられなければ、立つこともままならないらしい。グリゼルダが無理をするため、ミュリエルも控え目に手伝うにとどめた方がよさそうだ。

茂る薬草を土ごと掘り上げて、荷台に載せていく。それでも、リーンとカナンが手早かったため、たいして時間はかからなかった。働いたら負けだと思っているロロにも労働を課してしまうのは、いささか申し訳ない。だが、これには大助かりだ。

そしてこうした場面でこそ、ご褒美としてクッキーをあげるのが適切だ。これは、よい実例を見せられそうだ。ミュリエルは庭に戻ってからの算段を、行きと同様グリゼルダと共に荷台で揺られながら、ホクホクとつけた。

温室の前まで戻ってくると、まずは周囲の警戒を怠らずに、素早くロロにご褒美を渡す。グリゼルダとカナンに納得してもらえば、小さなことだがミュリエルも嬉しくなった。

その後は、実母への手紙をしたために行ったグリゼルダとカナンとは別れ、ミュリエルは自分の職務に戻る。といっても、まだアトラ達の姿が見えずご用命もないので、リーンと共に薬草の植え替えをすることにした。薬草の数は多くなく、夜中のうちに花壇の土は柔らかくされていたため思ったほどの手間はかからない。

終わってしまえば、リーンは頭脳労働をするために執務室に行くと言う。見送りついでに獣舎と小屋の近くまで共に歩いたが、グリゼルダとカナンはまだ戻ってこない。それを確かめてから、ミュリエルは一人温室へ踵を返した。

すると離れた時間はわずかだというのに、温室に沿って巨大な茶色い毛玉が鎮座していた。庭の主は聖獣で、この温室も庭の一角にある。だから、ここにレグがいてもおかしいことではないのだ。しかし。

「あ、あの、レグさん？　い、いったい、何をしていらっしゃるんですか？」

ミュリエルの目に映るのは、温室の入り口にお尻をはめ込んだ巨大イノシシの姿だ。目はつぶっており、場所のおかしさがなければ昼寝をしていると思うところである。

『あら、ミューちゃん、ちょうどいいところに。ご一緒しましょ？　昨日の夜、造りはじめた時から気になってたんだけど……。ここ、あったかくっていーい気持ちなのよねぇ』

長い睫毛を瞬かせたレグからお誘いを受ける。ほんのり肌寒い陽気のためか、温室で暖をとっていたらしい。はたしてお尻だけを入り口にはめて、どれほど体が温まるのだろう。

『って、もしかして、ここ使う？　じゃあ、邪魔しちゃ悪いわね。どくわ』

「あっ、いえ、とくに使う用事はないのですが……。あら、レグさんお顔が砂っぽいですね」

まったりしている顔の近くに立ってみれば、訓練を頑張ってきた証か少し汚れている。もともと砂や泥を好むレグはこの手の汚れは頓着しないが、目に入ってしまいそうなのはミュリエルが気になる。そのため、のっそりと立ち上がったレグを伴って獣舎に戻ることにした。

この時は、このやり取りと似たことを何度も繰り返すことになるとは思わなかったのだ。

「ク、クロキリ、さん？　あ、あの……」

『うむ。温室というのは、よいものだな。暖められて、よい具合に胸毛がふくらむ』

尻尾や頭だったら無理のない体勢で入れそうなのに、無理矢理胸を押し込むクロキリ。

「ス、スジオ、さん？　えぇと……」

『見て見て、ミュリエルさん！　ジブンの前脚、こんなところまで伸びるっスよ！』

なんの競技なのか、限界まで伸ばした両の前脚を突っ込み、全力で尻尾を振るスジオ。

「ロ、ロロさん、まで……」

『えっ？　だって、ボクだけやらへんのも、なんかなぁ思うて』

入り口はふさいでいるものの温室を味わっている様子はなく、一応参加した感が満載なロロ。

温室の様子を気にすれば、いずれかの聖獣と遭遇する。用事により再びその場を離れても、戻れば同じような場面に出くわすことの繰り返しだ。

「あの、アトラさんは、お試しにならなくて大丈夫ですか？」

だからこそ、いつもの芝の上に伸びていている白ウサギに、順番が回ってきていないことが気に

なってしまった。するとアトラは、億劫そうにつぶっていた目をあけ、鼻をひくひくとさせる。

『もう試した』

「えっ⁉」

思ってもみない返答に、ミュリエルは驚いた。すると、瞬間的に気になることができる。

「ど、どのように、ですか……？」

なぜその場に遭遇できなかったのか。入り口から押し込まんばかりに白い毛玉がはみでていたのなら、それは是非とも見たかった。耳か、おてか、はたまたお尻か。想像することは容易だが、実物の破壊力には絶対に劣る。

しかし、ミュリエルが何を考えたのかアトラは察知したのだろう。嫌そうに鼻にしわをよせたあと、寝返りを打ってそっぽを向いてしまった。この強面白ウサギは、格好いいという褒め言葉は受け付けても、可愛いという褒め言葉は受け取らない主義だ。

ミュリエルが謝ろうかどうしようか迷っていると、カナンに抱っこされたグリゼルダが帰ってくるのが見えた。

「すまぬ、限界であった。これ以上意地を張ると迷惑になると思ってな。よいか？」

許可を取る必要などないのだが、そんな前置きを飲み込んでミュリエルは頷いた。

「もちろんです。それに、あの、グリゼルダ様は聖獣番生活当初の私より、ずっと頑張っていらっしゃいますよ？　ですので、もっと自信を持っていいと思いますし、ご自分を褒めてあげてもいいと思います」

思うままを伝えれば、真偽のほどを確かめるようにグリゼルダが首を傾げる。それに対し、ミュリエルはもう一度しっかり頷いた。

「それにカナンさんも、グリゼルダ様が頑張りすぎるのは、気が気ではないでしょうし……」

寡黙な従者に話を向ければ、グリゼルダとカナンは見つめ合って視線で会話をしている。この二人は、こうして言葉以外を使って会話をすることが多い。互いを知り尽くしているからこそ、何を伝えなくても体の方が自然に動くのだろう。まるで、サイラスとアトラのように。

もとよりそのような関係を素敵だと思っていたミュリエルだが、隣国の主従の間にそれを見つけたことでふと思う。自分とサイラスはどうだろうか、と。

「ギオの姿が見当たらんな。母の許可を得たら、ギオにもカナンを背に乗せ、頑張ってもらわねばならぬ。ゆえに、事情を説明して頼まねばと思っておったのだが」

しかし、グリゼルダの呟きにより思考は深みに沈む前に中断された。

「……訓練がかなり厳しく、アトラ殿との力量の差に落ち込んだ様子でした。独りの時間を持つのがいいかもしれないと、傍を離れたのですが」

苦笑いとわかる表情を浮かべたカナンが、白ウサギに目を向ける。アトラはそっぽを向いたままひげをそよがせ、どこ吹く風だ。

「温室にも、いらっしゃいませんでしたしね」

聖獣達があれだけそろって興味を引かれたのだから、ギオにだけ面白味のないものだったとは考えにくい。ミュリエルが悩ましく思っていると、アトラがギリギリと歯ぎしりをした。

『寝台のなかで、いじけてるんだろ』

　白ウサギを振り返れば、長い耳と赤い目は巨大寝台がある方へと向けられていた。アトラによりギオの居場所はあっさりわかったが、グリゼルダとカナンへの説明にはひと工夫必要だ。

「えっと、アトラさんが……、お、お耳とおめめで、ギオさんがいるのを、教えてくださっているようです」

　おかしくないか考えながら口にするため、説明がいつにも増してたどたどしい。アトラとミュリエルを、王女と従者がまったく同じ動きで見比べた。すると白ウサギがすくっと立ち上がる。どうやら巨大寝台まで先導してくれるらしい。

　鉄脚により横倒しになっていた巨大寝台は向きを直されたものの、庭の中途半端な位置に置き去りにされている。現在は帳のすべてがおりており、沈黙が保たれていた。名前を呼びながらカナンが帳をめくると、どこの部分かわからない黒い羽毛があふれ、ついでに微かなうめき声が聞こえた。

『……死ぬぅ。オレは、もう、死ぬぅ』

　そのうめき声は、誰かに向けて零されるものではない。グリゼルダとカナンがそれぞれ名前を呼んだり話しかけたりしても、聞こえてくるのは一律これらの言葉だけだからだ。

『あんな程度でへばるなんて、運動不足すぎるだろ。ってか、あれでいつもの三割だぞ。準備運動に毛が生えただけの訓練で動けなくなるヤツなんて、はじめて見た』

　ミュリエルのみが受け取る追加情報には、慈悲がない。先のカナンの発言と照らし合わせれ

ば、両者の感覚の差が一朝一夕で埋まらないことは歴然としていた。

「き、昨日の、今日ですし、慣れるまでは……。な、なかなか、おつらいですよね」

グリゼルダとカナンは、あの手この手で寝台につまっているギオに声をかけ続けている。しかし、今にいたるまで成果は出ていない。

訓練の采配は、当然何事の見極めも得意なサイラスが行っていたはずだ。だから三割は適切なのだろう。だが、それはギリギリの線を攻めていると考えられる。そのため、たとえ半分にも届かない三割でも、ギオの現状が忍ばれた。

(少しでも、ギオさんの気持ちを軽くしてあげられたら、いいのだけれど……)

一向に顔を見せてくれる気配のないギオを前に、ミュリエルは考える。減量を目標に掲げた黒ニワトリを、食べ物で釣るのはもっての外だ。それ以外で聖獣が喜ぶとしたら何か。ミュリエルが真っ先に思い浮かべたのは、ブラッシングだ。

ということで、ひと声かけてからミュリエルは単独獣舎にとって返し、厳選したブラシ二本を手に急いで戻る。息も整わぬうちに、それをグリゼルダとカナンに渡した。

「……ギオ、ミュリエル殿推薦のブラシをお借りした。試してみないか」

黒ニワトリからの返事はないが、カナンは行動をおこす。すると、グリゼルダもそれに倣った。二人は手にもったブラシで巨大寝台の入り口よりあふれる羽毛をすいていく。するとどうだろう。最初こそなんの変化もなかった黒い羽毛が、入り口より徐々に溶け出してくるではないか。

『カナンに姫サン、それ、クッソ気持ちいい……。もっとやってくれぇ……』

やはりパートナーとお気に入りの人間からのブラッシングは、格別なのだろう。しかもミュリエルが選別した二本のブラシは、こだわりの強いクロキリもお気に入りの一品である。締まりのない鳴き声が漏れはじめたと思えば、とろんと顔が出てくるのは早かった。

もう大丈夫だろう。そう判断したミュリエルは、渡した二本とは別に持ってきていたブラシで、白ウサギの毛をすくことにした。耳の横に手を伸ばしたのだが、アトラが顔を上げたので、あごの下にブラシをあて直す。

ギオはすっかり夢見心地だ。ヌルンと体が寝台の入り口から溶け出せば、丸々とした全身がタプンと地面に溜まる。鳥類の動きを表現するには不適切な効果音のはずだが、今の黒ニワトリには似合ってしまう。一瞬でも可愛いと思ってはいけない。一緒にいる者が気を引き締め続けることもまた、減量を成し遂げるには必須なのだから。

ギオが場所を取った分だけ大きく後退しながらも、グリゼルダとカナンのブラシをかける手は止まらない。黒ニワトリが脱力しきったことで悲しみの気配は霧散し、辺りには安穏とした心地よさだけが流れている。話を切り出すのなら今が最適だっただろう。珍しく率先してカナンが声を発した。

「……ギオ、頼みたいことがある。出発の日程はまだ先のことだが、ティークロートとワーズワースの国境にある谷へ、調査に行くことになった。その時に、お前の背と脚を貸してくれないか」

　空気感を損なわないよう配慮した、いつも以上に小さな声だった。だが、その発言により体勢はそのままなれど、ギオのうっとりと閉じていたはずの目がカッと開く。

『い、嫌だ。今だって体がバラバラになりそうなんだぞ？　先のことっていつだよぉ。オレはしばらく動けねぇぞ。動けるはずもねぇ』

　当初の威勢のよさは幻だったのか。コケーコケーと聞こえる鳴き声は力の入らない半泣きで、プルプルと赤いトサカも頼りなく揺れる。ここでもし勢いよく拒否したのなら、まだ元気があると判断できた。しかし、どうやら本当に限界らしい。

「ギ、ギオさん……。おつらいですよね……。私も激しい筋肉痛の経験者ですので、お気持ちは、痛いほどわかります……」

　途端に可哀想になってしまったミュリエルは、アトラの毛をすいていた手を止めて、しみじみと頷いた。すると現在進行形で気持ちのわかるグリゼルダも、深々と頷く。

「ギオも体が痛いのだな。わかるぞ。私もまさに今、立っているのがやっとだ」

　噛みしめるようにグリゼルダが言えば、ギオがパチリと瞬く。それからすぐに、ダラリと地面に横たえていた首の位置をずらすと、肩の場所を調節した。何をしているのかと思えば、王女殿下の寝椅子になるつもりらしい。カナンはさっとグリゼルダを抱きかかえると、ふわりと黒ニワトリの肩口、居心地のよさそうな羽毛のなかにおろす。

「すまぬ。疲れているのは、私だけではないというのに。だが、カナンとギオの気遣いはとても嬉しい」

わずかに起き上がろうとしたグリゼルダだったが、すぐに色艶のよい黒い羽毛の魅力に屈した。ふわふわと包まれてしまえば、幸せそうに微笑むこと以外をするのは難しい。

なんとも見栄えのする絵面だ。美女は微笑み、傍らには乱れた赤髪を不器用ながらも嘴ですく黒ニワトリと、御前に跪いてふくらはぎのマッサージをはじめた従者がいる。

（わ、私も、お飲み物などをお持ちした方が、いいかしら……）

そんなことをミュリエルがすんなりと思う程度には、それぞれが堂に入った様子だ。ただ、カナンはさておき、ギオまで甲斐甲斐しいことは驚きだ。ミュリエルはキョロキョロと翠の瞳を動かした。自分も仲間に入れる役目が欲しい。飲み物をすぐに用意するのは難しいため、代わりとなるものを探す。

『オレ、ここで姫さんと留守番してるわ。その方がカナンも安心だろぉ？』

少し向こうで色づく大きな葉っぱを見つけ、ミュリエルが扇に見立ててあおごうと思いついたところだった。極度の疲労で顔を上げ続けることができないのか、地面を枕にした黒ニワトリがココッコと鳴く。

もっともらしいことを言ったギオだが、要は『これ以上体を酷使するのは無理』ということだ。しかも、聖獣の言葉がわからないグリゼルダとカナンには当然通じない。こんな時、不自然にならないように間を繋ぐのはミュリエルの役目だ。

ところが、なぜかアトラに襟をくわえられ、そのまま眉間を転がされてしまった。二回転して収まったのは白ウサギの背だ。

『まだ先だって言うんだから、それまでに体力をつければいいじゃねぇか。それに、オマエが行かねぇでどうすんだ。カナンは行くんだぞ？　それともアレか。自分のパートナーが他のヤツの背に乗っても、気にならねぇのか』

責める気配は微塵もなく、純粋な疑問としてアトラは聞いたようだった。だからギオも過剰な反発はしない。さらには冷静だった分、黒ニワトリはその状況をしっかり考えたのだと思う。ミュリエルはのそのそと腹ばいになると、白ウサギの両耳の間からひょっこり顔を出した。ギオと目が合って互いに瞬きをして見つめ合う。

『……、……、……行く』

結構な葛藤があったようだが、言った瞬間にギオは気持ちを切り替えたようだ。重そうではあるしガクガクしているが立ち上がる。その時に首をくねらせて、グリゼルダが落ちないように背へとすべらせる気遣いつきだ。

「行ってくれるのだな？　ギオ、そなたはとてもいい子だな。頑張り屋で、思いやり深い」

『っ！　お、おうおう、そうだろ？　もぉっと褒めてくれぇ。ってか、もぉっともぉぉっと褒め称えて、オレのやる気に火をつけてくれっ。じゃねぇと、今にも脚が折れそうだぁ』

根が単純なギオは、おだてられると乗せられやすい性格だ。グリゼルダがとても嬉しそうに笑っただけで、弱気な発言のなかにも巻き舌気味の癖の強い話し方が見えてくる。

「ギ、ギオさん、さすがです。立派です。トサカも真っ赤で、素敵です！」

そのため、持ち上げるならば今だとミュリエルも声をそろえた。

「うむうむ。しかも、これほど美声のニワトリは他にはいまい。誠によい声だ！」

　すると、負けじとグリゼルダも褒め殺しにかかる。

「お、おみ脚も相変わらずたくましく、かぎ爪の鋭さもご健在ですね。今も十分強そうですが、訓練を続ければ、磨きがかかること間違いなしですよ。先がとっても楽しみです！」

「な、何！　これ以上強くなってしまうだと!?　漆黒に輝く翼を広げたギオの勇姿、見える。見えるぞ！　調査に出る姿は、さぞ勇ましいだろう。これは吟遊詩人に歌わせねばならぬな！」

　まるで掛け合いのように二人で褒め称えながら、ミュリエルはチラチラとカナンをうかがった。何度もギオとの間で視線をいったりきたりさせて、ぜひ王女殿下に負けぬ勢いで褒めてほしいと合図を送る。しかし、いったんは目が合ったものの、いまいち伝わらなかったようだ。

だが、カナンはすぐに褒め言葉を口にした。そのきっかけになったのは、グリゼルダの視線だったと思われる。わかっていたことだが、グリゼルダがニッコリ笑いかけながらたった一度視線を動かしただけで、この従者には言葉を何度も往復する以上の効果があった。

「……ギオ、ありがとう。いつだって、お前は頼りになるな。俺は幸せ者だ」

『っ!!　おうおうおうおうっ！　そうだろそうだろぉ？』

　グリゼルダに褒められた時点で赤いトサカは倒れていなかったのだが、カナンにも褒められたことで張りが出て赤い色がより鮮やかになる。ギオは眉間でカナンをグイグイと押し、背中に乗れと態度で示した。運動神経皆無の王女殿下が落ちそうになっていたこともあり、忠実な

従者は支えるためにサッと騎乗する。

　黒ニワトリはお気に入りの二人を乗せて気分が持ち上がったようで、黒い羽毛をふくらませて包み込んだり、翼を右に左に開いては尾羽を震わせていた。そのとても仲良しな様子に、ミュリエルの胸は温かくなる。

「ミュリエル、ほれ、アレはこの場合、よいのか？」

「え？　アレ、ですか？」

「アレといったらアレしかあるまい。アレだ」

　微笑ましく眺めていると、笑い声の合間にグリゼルダから聞かれる。前後に会話がなく唐突だったため、ミュリエルには思いつくものが出てこない。するとグリゼルダは音を出さずに口だけを言葉の形に動かした。赤い紅の引かれた唇、それが形作るのは甘くてサクサクで減量の敵となるものの名前だ。

「あっ！　あーあーあー、アレ、ですね！　無事帰城したら、よいと思います。道中も、もしかしたら大丈夫かもしれませんが、それはサイラス様の指示に従っていただければと思います」

『っ!?　クッキー!?　今の、クッキーの話だなっ!?　なっ!?　なぁっ!?』

　なぜバレた。素直なミュリエルの顔には大きくそう書いてある。そんなミュリエルを背に乗せたまま、アトラは赤い目をスッと細めた。

『先払い！　先払いにしようぜ！　オレ、頑張るからよぉ。十枚、十枚はくれよなっ!?』

なんとも嬉しそうにその場をグルグル回りはじめたギオに、背中に乗ったままの二人も楽しそうだし幸せそうに微笑み合っている。激しくなった動きがグリゼルダの負担にならないよう、カナンがしっかりと抱きしめたことで近づく顔は、あと少しで唇が触れてしまいそうに近い。

（な、なんだか……、なんと言うのか……、わ、私、とても……、……、……）

仲がよいのは何よりだ。何よりなのだが。ミュリエルは体から力を抜くと、アトラの耳の間に情けない顔を埋もれさせた。すると、体を囲うように長い耳がパタパタと上下する。

呆(あき)れ顔の白ウサギは、億劫そうに立ち上がった。白い冬毛に向かって深呼吸をしているミュリエルの代わりに、歯音を鳴らしたのはすぐのことだった。

本日の業務終了後。グリゼルダは本来与えられている貴賓室で寝支度を調えるため、カナンと共にさがっている。だが、準備が終わり次第獣舎脇の小屋に戻ってくるだろう。ミュリエルもその間に、同じように支度を終えていなければならない。しかし、すぐにそうはせず、今しかないとサイラスの執務室への道を急いでいた。
（こ、今夜は、というよりは、しばらくはグリゼルダ様と、朝も昼も夜も一緒だから……）
意識して持とうとしなければ、サイラスとゆっくり会う時間がない。今日一日がとても長く感じたミュリエルは、とってもサイラスが恋しくなっていた。朝も顔は見たし、なんなら昼は

人前であるにもかかわらずそれなりの接触をした。しかし、間近で仲睦まじい主従を見ているせいか、すっかりあてられてしまったのだ。

とはいえ少し前のミュリエルならば、終業後であっても私的な理由で執務室に突撃するなど、二の足を踏む行為である。だが、もじもじと遠慮をしたりそわそわと我慢をしたりして、それがアトラ達に見つかったならば、言われることなど決まりきっていた。そして結局、己も言われた通りに行動するのだ。ならば、最初から自分で決めて来てしまう方がよほど潔い。

「どうぞ」

決意を持って来たミュリエルが迷いなくノックをすれば、返答も素早い。ただ声の出所は、扉のすぐ向こう側ではないようだ。声の遠さにサイラスから扉を開いてくることはないと思ったミュリエルは、執務室を訪ねてはじめて自らドアノブを回した。

「こ、こんばんは。あっ、ま、まだ……。お仕事中、でしたね……」

「いや、ここで今日の分は終わりだ」

目が合って微笑まれるが、紫の瞳はすぐに手もとの書類に落ちてしまう。しかし、気遣っての発言ではなく本当にそこで終わりだったらしい。ペンを軽く走らせたサイラスがその書類を脇に重なったものにまとめれば、机は綺麗(きれい)になる。

「で、では、少しだけ、お時間をよろしいでしょうか？」

「もちろんだ」

掌(てのひら)でソファを進められたミュリエルは、とくに考えたりせずに三人がけのソファに腰かけ

た。

「何か、飲むか？」

「い、いえ、お構いなく。グリゼルダ様をお待たせしたら、申し訳ないので……」

グリゼルダは寝支度にそれなりの時間をかけるが、ミュリエルが聖獣番の制服姿でここに来てしまった時間を差し引けば、あまりゆっくりはできない。

「何か、困りごとがあったか？」

当然のように隣に座ったサイラスが、微かに首を傾げる。さらりと黒髪が揺れて、その何気ない仕草にミュリエルは見惚れた。紫の瞳には己だけが映っていると気づけば、きっと翠の瞳にもサイラスだけが映っているだろうと知る。

今この瞬間、互いを独り占めしている。その事実だけであっという間に心が満たされた。質問になかなか答えられずに沈黙が続いても、サイラスが気にしないのでミュリエルにも焦りは生まれない。多くの人にとってはのんびりすぎるこのなんとも言えない間が、二人きりでいる時はちょうどよい。

「彼らの様子は聞いている。君の采配が素晴らしいことも」

穏やかに微笑んだサイラスが、ミュリエルの頭に優しく右手を置いてから、ゆるゆるとなでてくれる。労う声は、ゆったりと低くて心地いい。なでられるままに身を任せ、軽く目を伏せる。すると、膝の上に置かれた左手に目が留まった。引よせられるように、その手に触れる。

ミュリエルが手を取れば、サイラスは好きにさせてくれるつもりのようで、はなから力は抜

けていた。それをいいことに掌が上になるようにひっくり返す。いつもミュリエルを大事にしてくれる手だ。そう思うだけで、ただ手を握っただけでもドキドキする。そうしてしばらく眺めてから、ミュリエルはやっと自分がまだここに来た理由を告げていないことに思い至った。

「サ、サイラス様……、あのっ、わ、私……」

思った途端に、勝手に慌てるのがミュリエルだ。気持ちがはやるせいか、体も落ち着きがなくなる。すると、今度はそんな状態になっている自分が急に恥ずかしくて、ほんのり涙目になった。身の置き場のなさは手持ち無沙汰へと繋がり、サイラスの掌を無意識にスリスリと親指でなでていた。

「が、我慢、できなくて……」

「っ⁉」

熱心になでる掌を見つめているミュリエルは、サイラスが目を見開いたことに気づかない。

「いけないと思いつつ、来て、しまいました……」

そこで、そっと上目遣いでサイラスをうかがった。

「サイラス様なら、こんな時……、応(こた)えてくださると、思ったから……」

しかし、我が儘(わがまま)を言っている自覚があるため、視線が定まらない。再び目を伏せたミュリエルは、サイラスの手をキュッと握った。

「し、知っていたはずなのですが、グリゼルダ様とカナンさんが、とっても仲良しで……。それで、あのっ、私も、サイラス様のお顔が見たくなってしまって……」

ここへ来た理由を言い切ったミュリエルは、おずおずと顔を上げる。紫の瞳は、やはり己のみに注がれていた。

「えっと、今、独り占めできて、嬉しいです。ありがとう、ございます……」

はにかんだ微笑みを浮かべるミュリエルに、サイラスはソファの背もたれに肘をついた。そして、その手で顔を覆う。

「あ、あの、サイラス、様？」

「……不公平だと、思う」

「えっ？」

覆った指の隙間から、紫の瞳が斜めにミュリエルを見つめる。ゆっくりと顔を見せたサイラスは、ソファに乗せた腕でそのまま頬杖をついた。綺麗な顔は、言葉通り不服そうだ。

自分の欲求のために執務室に押しかけたのは、よくないことだったのだ。そう考えたミュリエルが謝罪しようと口を開きかけたのと、ソファについた肘に体重をかけてサイラスが身を乗り出したのは同時だった。

言葉を発するために無防備になっていたそこに、唇が触れる。ごく軽く重なった唇は、戯れのような可愛らしい音を残してすぐに離れた。恥ずかしがる隙もなく行われた口づけに、遅れてじわじわと頬が染まる。すると一転して、サイラスは満足そうに微笑んだ。

「この程度でも、君にとっては『悪いこと』になってしまうだろうか？」

「えっ……、……、……」

たっぷり瞬き三回分考えてから、ミュリエルはボンッと発火した。仕事をするべき執務室で恋人同士の甘い触れ合いをするのは、悪いことをしているようである。そう言ってサイラスの口づけを拒んだ夜のことが、ありありと脳裏に浮かんでくる。思わずといったように自らの唇に指先で触れたミュリエルを、サイラスは吐息を零すように笑った。

「君の主張は、正しかったかもしれない。とても困っているんだ。ふとした瞬間に目に映るこのソファは、君との夜を……、私に思い出させる」

ゴクリと唾を飲み込んだミュリエルの、翠の瞳には涙の膜が張る。かなり語弊がある。確かに口づけはかわしたが、それ以上のことは誓ってしていない。たとえその口づけが、今した子供だましのようなものではなく、深く長いものだったとしても。さらには、たとえ口づけの間、サイラスの手が耳や首筋、背中や肩をなでていたとしても。

「平等を期すために、君が昼間過ごす場所でもこうして触れようか。……どこがいい？」

「っ⁉」

ゆったりと微笑んだサイラスは、頬杖の姿勢に戻る。しかし、驚きになでるのがおろそかになっている掌は、今は逆にミュリエルがなでられていた。たまに指の間や手首をたどってみては、飽きずに掌をくすぐられる。無意識になでていた者と、意図を持ってなでる者の指使いの差は歴然だ。

それでもまだ、サイラスは手加減をしてくれているのだ。艶っぽくはあるが、黒薔薇は咲いていないし、角と尻尾は気配もない。そのため、涙目で小刻みに震えていたミュリエルは、ほ

んのわずかだけ余裕が出た。

（ど、どこかと聞かれてしまうと、どこがいいかなんて、選べないわ。だ、だけれど……）

　ものを考える力を取り戻したミュリエルは、思った。とりあえず今、場所など気にせずもっと触れたい、と。それでも、わけもなく強請(ねだ)るのは、はしたないことだと心のどこかで恥じらってしまう。

　日常に戻った毎日は、どうしたって節度を思い出させる。何か理由がなければ触れられないわけではないが、理由があった方が触れやすいのは事実なのだ。とくに恋愛初心者のミュリエルにとっては。

（で、でも、す、好きだから触れたい、と思うの。それが理由では足りない、かしら……？）

　二人きりで、互いの瞳に相手を映し合う。それだけで胸がドキドキしてきて、息が苦しくなる。恋心を知った時は、それだけでいっぱいいっぱいだった。しかし今は、それだけでは満足できなくなっていた。

　サイラスでこの身を満たしてしまいたい。そんな想(おも)いがふくらんであふれる。手だけではなく、抱きしめて、抱きしめられて、もっとちゃんとサイラスを感じたい。望んでしまうのは、知ってしまったからだろう。あの腕のなかがとても居心地のよいことを。

「サ、サイラス様、わ、わわ、私っ！　今、ここで、もっと……」

　ミュリエルが潤(うる)んだ翠の瞳で見上げたその時、トントンガチャ、と流れるようなリズムで扉が開いた。

「急ぎでお願いした裁可、びっくりなことに今日中におりましたよ！　……って、あ」

「ちょっと、リーン様、なぜ僕のことを閉め出そうとするのですか。早く、入って」

扉いた扉の前で進みかけた足を急停止したリーンは、そのまま後退りをはじめる。その背に進行を阻まれたのは弟のリュカエルだ。

カッチーンと固まったミュリエルと違い、頬杖から軽く顔を浮かしたサイラスは、さりげなく握っていた手を離す。とはいえ、ソファに隠れていた位置のため、二人には絶対に見えていないだろう。そのまま頬杖をといたサイラスは、ことさら自然な仕草で振り返り、何事もなかったかのように二人を迎え入れた。

「ありがとう。ご苦労だった」

「お、おお、お疲れ様、です！」

それに対し、ミュリエルのぎこちなさはこの上ない。体を使って視界をふさがれていたリュカエルが、リーンを押しのけてやっと顔を出す。挙動不審気味の姉はそんな弟に向かって、とりあえずなんとも言えない微笑みを浮かべた。

「……あ、あの、えっと、さ、裁可って？　あっ、いえっ、難しいお話でしたら、お答えいただかなくて、その、大丈夫です」

サイラスと適切な距離を置いて座るミュリエルは、リーンとリュカエルの微妙な視線をなんとか受け止めつつ、話題をひねり出した。しかし、そんな状態で口から出た台詞(せりふ)は、普段のミュリエルであったら伝えられるまでは首を突っ込まない内容だ。ところが、この時は聞かせ

ておくのが妥当な話題だったらしい。代表してサイラスが説明をくれる。

「谷の調査へ行くための裁可だ。面子は、私とアトラ、カナンとギオ、プフナーとメルチョル、そしてリーン殿を予定している。出発は、ギオの体力が予定値に到達したら、と考えているのだが……。一週間は先になるだろうな」

ミュリエルが知りたい内容は、余すことなく含まれていた。そのため、重ねて何かを質問する必要はない。なんとなく待ってくれている雰囲気のサイラスと、しばし見つめ合う。

「そ、そうですか、で、では、これ以上お邪魔しては申し訳ないので、私は、これで……」

二人きりであったら、まだ無言で見つめ合っていたかもしれない。しかし、リーンとリュカエルがいることを思い出したミュリエルは、そそくさと立ち上がった。

「おっと、ミュリエルさん、そんなに慌てなくても。僕とリュカエル君の用は終わりましたので、まだいていただいて大丈夫ですよ。ね？」

ね、と向けたのはサイラスかリュカエルか。ほんの一瞬だが迷ったことで、ミュリエルは自分が退出するのを名残惜しく感じていると気づいた。だが、すぐに首を振った。

「グ、グリゼルダ様をお待たせしては、申し訳ないので……。あの、おやすみなさい」

ほんの少しだけと思っていたのに、結局ずいぶんと長居をしている。今日の締めとなる挨拶をすることで、ミュリエルは自分自身にも言い聞かせた。

「ミュリエル、おやすみ」

立ち上がったサイラスが、体で隠れる位置でミュリエルの手を握る。紫の瞳に吸い込まれる

ように見上げると、そのわずかな時間で指が絡まり、緩くほどけ、掌をなでられた。優しく穏やかでほんのり甘い紫色に、ミュリエルの心臓は途端に鼓動を速める。

「は、はい。お、おやすみ、なさい」

同じ言葉を繰り返す以外の台詞が思い浮かばなかったうえ、いつにも増してのんびりで、声まで少しかすれてしまった。それでも返事ができただけ上出来だ。ミュリエルは反対の手で服の下にある葡萄のチャームを押さえると、言葉以上に応えるために、隠して繋いだ手の指を自分からも深く絡めた。

退出するために体を返せば、腕も手もその動きに添う。最後まで名残惜しそうにひっかかった互いの人差し指が離れれば、今日はもう終わりだ。

明日は、明後日は、その先は、サイラスとゆっくり話す時間はあるだろうか。

そこから一週間は、なんとなく予想していた通りの日々となった。サイラスとは顔も合わせるし会話もする。しかし、なんとなく物足りない。触れ合い方が浅いのだ。

グリゼルダとカナンに触発され、どちらからともなく手を繋いでみたり、肩をよせたり、見つめ合ったりすることはある。もちろん、それだけだって幸せなことだが、出会った頃や想いを自覚した当初と違い、ミュリエルはその程度では満足できない体になっていた。

(ま、満足できない体、なんて……! そ、そんな、ふしだらな、言い方は……っ!)

ぼんやりと秋の空を眺めながらサイラスのことを考えていたミュリエルは、見える範囲には誰もいない庭にて一人悶絶した。止めてくれる者がいないため、奇行はしばらく続く。

一週間という期間は短いようでいて、ある部分だけを切り取って見れば長い。我慢強いサイラスの手加減しているようでしていない指導のもと、恋人としての距離感に身を馴染(なじ)ませてしまった元引きこもり令嬢は、深刻な触れ合い不足に陥っていた。とはいえ、自身の欲求を押し通すほどの我の強さを持たぬのが、ミュリエルでもある。

それに、この時間を有意義なものにしようと、我慢と努力を続けている者が近くにいる。筆頭はグリゼルダ、次点でギオだ。彼らが頑張っている横で、ふしだらな欲求をふくらませるなどあってはならない。

グリゼルダはこの一週間、本当によく頑張ったと思う。慣れない早起きと労働は言うに及ばず、言われたことだけではなくミュリエルの動きを観察し、折に触れては質問をして助言を得る。「痛い、きつい、つらい」とは言えども、一度も「やめたい、休みたい」とは言わなかった。ミュリエルが感動を覚えるほどだ。

ギオだって頑張っている。減量のためのあれこれに対し、落ち込んだり泣き落としにかかったりするものの、最後は怒りを原動力にやり切る姿を何度も見せていた。もちろん、アトラやその他の聖獣達が煽(あお)ったりなだめたりするのが上手いというのもある。しかし、やると決めて乗り切るのは間違いなくギオの意思だ。

　そしてよく見ていると、この両者が頑張っている背景には、やはりカナンの存在があった。寡黙で何を考えているのかいまだに己にはわからないが、粛々とものごとをこなしていく後ろ姿を、グリゼルダとギオが物言わずに眺めていることがある。それにミュリエルは気づいていた。そうして眺めたあとに、両者が気合いを入れ直していることも。

　逆もまた然りだ。グリゼルダとギオが四苦八苦している様を、カナンが唇を引き結んで眺める。そんな時のカナンは何かを言いたそうにしていて、けれど結局声をかけることはせず、ただ厚い前髪の奥の瞳が強くなる。

　ミュリエルが見たそれらのことを、口にするのは野暮な気がして伝えることはしていない。だが、思うのだ。やはり、聖獣と騎士、そして仲間と想い想われる者との関係は、その組み合わせの分だけあるのだと。

（心配することなんて、何もなかったのだわ。お手伝いだって本当に少しだけで、グリゼルダ様もカナンさんもギオさんも、ちゃんと……）

　ひと通りもだえてから穏やかな気持ちを取り戻したミュリエルは、芝を踏む足音に振り返った。

「ミュリエル、待たせたな。母から待ちかねた返答が来た。だが、来たかと思えば今すぐまいれ、などと言っておる。行けるか？」

「えっ？」

　言い方に不自然さを感じたミュリエルは、目を瞬かせた。グリゼルダの後ろに付き従ってい

たカナンは、コクリと頷いている。まったく意味のわからない頷きだ。

「カナンとミュリエルの顔が見たいそうだ。端的に言うと、いじめたいらしい」

「っ!?」

いじめたい。物騒な単語を聞かされたミュリエルは、その瞬間に体も心も動きを止めた。

「まぁ、私に着いてくるなとは言わなかったからな。私も共に行く」

「っ!!」

しかも返事をする前に、グリゼルダのなかでは行くことが決定しているではないか。言葉が喉につまって出てこないミュリエルは、涙目で震えた。それなのに、王女殿下は好戦的に微笑むばかりだ。

「やられた分は、やり返すつもりでおる。そう心配するでない」

そういうことではない。そう主張できたら、どんなによかっただろうか。胸の前で握り締めた強ばるミュリエルの手を、グリゼルダが強気に微笑んだままパシリと捕まえる。

「さぁ、善は急げだ。母の気が変わらぬうちに、参るぞ。いや、その前に着替えねば、何を言われるかわかったものではない」

グリゼルダの即断即決を、カナンはもとよりミュリエルが止められるはずもない。吹いた風の冷たさが増したように思えたのは、気のせいか。追い風どころか向かい風なのが目にしみる。

ミュリエルはグッと歯を食いしばったものの、腹をくくる時間はもらえずに連行された。芝からべリッとはがされた足は、ここ最近で一番重い。

　手間取るどころか押し込まれるように通された王城の貴賓室にて、ミュリエルはさっそく身の置き場に困っていた。広い部屋にはほどよく品のある香が炷かれ、置かれた調度品も一級だと思われるが、寛げる要素は皆無だ。たとえこの格式に合わせた身なりに、聖獣番の制服から着替えていたとしても。

「やり口の陰険さが年々増すのは、やはり老け込んだせいか、母上」

「礼儀知らずに拍車がかかったのは、付き合う者の影響かの、愚娘」

　初手から激しい舌戦が火花を散らしている。小さな動作にまで悲鳴をあげるほどの筋肉痛は脱したグリゼルダだが、たぶん座れるのなら座りたいのだろう。いつまでも椅子を勧めてくれない母親に対し放ったのが、先の言葉だ。そして、勝手に座った娘に対する母の返答が続く。

「呼びつけたのは、そちらだろう」

「頼みがあるのは、そなただろう」

　ミュリエルは心で涙を流した。なるべく穏便に平和的な交渉を行ってほしいが、この母娘にそれは望めないらしい。ヘルトラウダは今日も扇を手に、ソファに気怠げに背を預けている。グリゼルダと同じ赤い髪に、同じ琥珀の瞳。面差しはよく似ているが、浮かぶ表情には大きな違いがあった。

　きつい面差しを見ていると、ミュリエルは思い出すことがある。しばらく前に、囚われのサ

イラスを解放してもらうため、一対一で会話をした時のことだ。まったく話が通じないわけではなかったが、投げられる言葉はどれも冷たかった。

にらみ合いを続ける母娘は、見ているだけでいたたまれない。ミュリエルはこの場に参加するもう一人、カナンを横目で盗み見た。相変わらず、静かな面差しだ。一見動揺していないように見えるものの、頼もしさより不安が勝ってしまうのは同じ性質を持つ仲間だと認識しているからだろうか。

じわじわと、「いじめたい」という恐怖の単語が迫り来る。グリゼルダが矢面に立ってくれても、遠くない未来にミュリエルにもカナンにも順番は回ってくるのだろう。それを思うだけで、もう気絶してしまいたかった。

「……口を利きます無礼を、お許しください」

それなのに、まさか沈黙を破るひと言を真っ先にあげるのが、カナンになろうとは。びっくりしたミュリエルは、挙動不審気味に横にいる従者を見てしまった。声自体が小さすぎるわけではないのに、その響きは特別静かに聞こえる。ヘルトラウダは扇を閉じると、軽く振って続きを許した。

「……このたび希望しました、五妃殿下の領地へ立ち入って谷の現地調査をしますことを、グリゼルダ様降嫁に際する、よい土産にしたいと思います。どうかご許可をいただけませんか？」

ミュリエルは驚きが隠せない。長口上をつっかえることなく言い切ったカナンに、尊敬の眼

差しを向けた。そう言えば、カナンはやるときはやる男だった。やはり、伊達にギオのパートナーにはなっていない。

「幸せ者よの。我が儘で、自分勝手な者ばかりが望みを叶えていく。なんと腹立たしくつまらぬ世の中なのか」

含みを持たせた言い回しで、ヘルトラウダはカナンに冷めた視線をひたりとすえる。その冷ややかな眼差しに、再び「いじめたい」という言葉が頭をよぎった。グリゼルダの後ろ、ミュリエルの隣で立ったままのカナンが身じろぎしたのが、視界の端に映る。言葉を重ねようとヘルトラウダが扇でかくした向こうで、息を吸った。そこを狙ってグリゼルダが横柄に足を組む。

「嫌味臭い僻みも、説教臭い昔語りも。もう、うんざりだ」

「……ならば許可など諦め、自分らでなんとかすればよい」

言おうとした言葉を止められた形になり、ヘルトラウダの声が急に凪ぐ。言い合う気力をなくしたことが如実にわかり、言い返される前提で文句をつけたグリゼルダは嫌そうな顔をした。

「そうやって途中で引くから、いつまでたっても昔のことを引きずるのだ。聖獣一匹を譲渡する代わりに、己の身のみならず、広大な領地と莫大な持参金まで持たされたことが、いまだにご不満か。己の価値が獣と侮る聖獣に劣ったと、この期に及んでまだ思っておられるのか。何年ものの怒りなのだ。そんなしみったれた燻火がしつこく消えぬなら、いっそつけ火でもして燃やしつくしてしまえばよかろう」

なんと過激な発言か。ヘルトラウダの身の上についての重要な話がされた気がするが、話の

最後が穏健派なミュリエルには刺激が強すぎる。それに、ミュリエルには優しいはずのグリゼルダは、母親には驚くほど辛辣だ。母娘の関係性はそれぞれなれど、隣で聞いているとかなり心が痛い。

「でなければ、新たな芽吹きすら呼べぬ」

それでも付け加えたひと言で、地の底にめり込んだ空気の重みが、肩にのしかかる程度には戻ってきただろうか。ヘルトラウダがどう思っているのか気になって伏せ気味にしていた視線を上げれば、なんということか、バチッと目が合ってしまった。瞬時に縮こまらせた姿勢を正したミュリエルに、ヘルトラウダは扇をヒラリと振った。

「そこな阿呆娘、久しいの。さぞ息災であったのだろうよ」

言葉はきついが攻撃性は薄い。肌でそれを理解したミュリエルは、ここではじめてヘルトラウダをまじまじと眺めた。空気に徹していたつもりだが、名指しされてしまえばあらぬところを見ている方が失礼だろう。しかも、聞かれたことには答えなければならない。

「聞こえぬのか？　まずは挨拶をしてみせよ」

せっかちなヘルトラウダは、ミュリエルの話す時の間の取り方がまどろっこしいようだ。息すら吸う前に急かされてしまう。だから考えて整える前に音にしてしまった言葉は、完全に素のままのものであった。

「お、お久しぶりに、ございます。お、おかげさまで、息災でおりました。あ、あのっ……、せっ、先日、お会いした時より、お顔の色がよいようで、安心、いたしました……」

自分でも、言ってみてから納得する。以前相対した時は、終始温度の感じられない声と表情を向けられると感じた。いたく緊張していたため気づかなかったが、今になればあの時のヘルトラウダは顔色が青白かったのだと思い至る。もちろん言葉のきつさは変わらないが、血色が悪くないだけで受ける印象は大きく変わるものだ。

（た、体調が悪い時に、誰かに会うなんて億劫だもの。それでもあの時、適当にすますのではなく、ちゃんと場を作ってくださったわ。今日、だって……）

面倒で億劫そうにしていても、完全につっぱねてしまうわけではない。たった二度の面会で言うには烏滸がましいが、ミュリエルはほんの少しだけヘルトラウダのことがわかったような気がした。わずかに緩んだ気に、頬もつられて緩む。しかし、微笑んだミュリエルに、母娘はそろって怪訝な顔をした。だが、すぐにグリゼルダだけは納得に変える。

「あぁ、そうであったな。わかっておる。わかっておった。そなたの辞書には、嫌味という言葉がないのだったな。そうか。母上の顔色がよいか。なるほど」

母に合わせて、きつい顔になっていたグリゼルダの表情が柔らかくなる。それに励まされるように、ミュリエルの口も軽くなった。

「は、はい。えっと、表情もお声の調子も、張りがありますし……」

はっきりと笑みを浮かべたミュリエルは、構えずにヘルトラウダを見つめた。するとヘルトラウダは、もっていた扇を広げると顔を半分隠してしまう。細めた目だけがのぞくが、視線は横に流されている。

「だそうだ。母上。まずは、ご機嫌をうかがうべきだったな。配慮が足りなかった。詫びよう。すまん」

あまり悪いと思っていなさそうな口調で謝ったグリゼルダは、居丈高に組んでいた足をおろしてそろえると、戦闘態勢を解くようにゆったりと座り直した。

「私が差し入れた茶とジャムは、召し上がったか？　ここ最近、私が気に入っているものだ。気分がよいのなら、誘ってくだされば顔を見せよう」

下手に出るというほどではないが、友好的な雰囲気だ。最初からこうであればと思わないでもないが、何事も時勢の流れというものがある。交渉事のなんたるかを知らないミュリエルは、己の出番が終わったのならあとは任せてしまいたい。そのため空気に戻ることにした。

それに、場が温まったのなら、ここからはカナンの出番になるだろう。そう思ったのだが、舞台はあっけなく終幕した。

「持っていくがよい」

扇を閉じたヘルトラウダが、それをカナンに投げてよこす。放物線を描くような優しい軌道ではなく直線的な勢いのある動きだったが、さすがカナン。自らの懐に届く前にパシリとつかみ取った。運動音痴なミュリエルとグリゼルダにはできない芸当だ。

「では、貸し付けたと一筆欲しい。あとで盗まれたと言われては、かなわん」

せっかく通行証代わりにもらえたというのに、ひと言多い。ただ、素直に「ありがとう」と口にしないのもまた、ミュリエルにはわかりようのない母娘の形なのかもしれない。その証拠

にヘルトラウダはたいして気分を害した様子もなく、あっさりした様子だ。軽く振った指先で、控えていた侍女に筆記用具を申しつけている。

「まったく、誰に似たのか……。のう、そこの。このように疑り深い女を望むなど、正気かえ？」

名前さえ呼んでもらえないものの、聞かれた相手は一目瞭然だ。カナンは静かに頷いただけだったが、静かな眼差しは強い光をたたえ、真っ直ぐに義母となる者へ向けられていた。

なんの飾りもない紙の最後に、ヘルトラウダがサインまで書き終わる。すると、グリゼルダは立ち上がり、インクの乾きが怪しい紙に手を伸ばした。折りたたむことも封をすることもしないまま、その紙は母の手から娘の手へ渡る。

「感謝する、母上。初孫の名をつける権利は、貴女のものだ」

「そのような先のこと、約束できぬ。……まずは、茶を共にするのであろう？」

つっけんどんな母の言葉に、娘は笑った。しかし、もう用はないとばかりに背を向ける。

ずいぶん性急な退出だと思ったミュリエルは、なるべく丁寧に見えるように膝を折って挨拶をする。振り返る動作が乱雑にならないように気を遣えば、グリゼルダとカナンの姿はもう扉の前だ。

ミュリエルが通り過ぎるまで入り口に控えていた侍女により、静かに扉が閉められる。無言で廊下を進み、角を二回曲がったところで、グリゼルダが急に立ち止まった。ミュリエルも一拍遅れて足を止める。振り返ったグリゼルダは、満面の笑みを浮かべていた。

「ミュリエル、でかした。違う切り口からやり返す辺りが、まったくもってそなたらしい」

「ミュリエル殿、さすがだった。俺は、貴女から見習うことが多い」

仔犬(こいぬ)にするように頭をなでられたミュリエルは、勢いに栗色の髪を乱しながら締まりなく笑った。

「い、いえ、よくわかりませんが……。もし、お役に立てたのなら、嬉しいです」

「うんうん、計算ではない自然さが、ああした場では一番有用なのだろう」

すれていないミュリエルの反応に気をよくしたのか、グリゼルダは持っていた紙をカナンの胸ポケットにしまうと、両手を使ってなでくりまわした。

「まぁ、なんにせよ、カナン？」

十分にミュリエルの髪を乱したあと、グリゼルダは信頼の眼差しをカナンに向けた。

「張り切って行ってくるのだぞ？」

灰色の前髪を、グリゼルダが手を伸ばして後ろになでつける。カナンは、あらわになった目もとをほんのりと染めた。見つめ合い絡まる二人の視線は、隣にミュリエルがいるにもかかわらずたいそう甘い。

谷への調査はヘルトラウダからの許可待ちであったため、扇を受け取ってからの出立は翌日の早朝と早かった。迅速な行動を取れたのは、ギオの体力がサイラスの見立て通り、一週間で

目標値に達していたことも大きい。とはいえ、黒ニワトリは常時空腹のせいかイライラしており、文句が多いので出発時の原動力も怒りであった。

終始機嫌の悪いギオなので、カナンが常に一緒でも道中はなかなかに心配だ。だが、同行するのが丁寧で穏やかだがつかみどころのないプフナーと、からかい上手だが空気の読めるヘビのメルチョルであったことに、サイラスの采配の手腕が光っていたと言えよう。彼らであれば、ギオが多少駄々をこねてアトラが短気をおこしても、問題なく行動を共にするはずだ。

慌ただしく行ってしまったが、きっと問題なく帰ってくる。そう安心して待っていられるだけの余裕を持って、ミュリエルは留守を預かった。

だからサイラス達が谷に出発してより三日、今日も今日とてミュリエルは、聖獣番の仕事をこなしつつ温室の薬草に水をやる。グリゼルダも手慣れたもので、手分けしたことに対しては完全にお任せしていた。しかしこの時は、二人で顔をよせ合って、薬草をまじまじと観察していた。

「やはり……。変色してきておるな？」

「は、はい……。花と葉脈が、とくに」

リーンからは移植による環境の変化で、もしかしたら数日は元気がなくなるかもしれないと作業初日に説明を受けていた。しかし、そんな心配を他所に、葉がしんなりしてしまうことも茎が柔らかくなってしまうこともなく、今日までは順調だったのだ。ところが今朝になり、花と葉脈を中心として、変色が見られるようになった。葉は青々とした緑色から、黒に近い赤紫

色へ。花は淡い水色から、淡い桃色へ。葉脈の変化が最も顕著で、次いで花の変化が目に留まる。

「何が原因であろうか？」

そう呟くグリゼルダに、答えを用意できる者はいない。素人考えで思い浮かぶものと言えば、土に水に温度といった基本的なものしかなかった。

（土は、湖の周りの土ごとこちらに持ってきたし……。温度も、秋めいて下がってはきたけれど、温室で育てているのだから、大きく変わるとは思えないわ。あとは、お水が……）

グリゼルダと二人、並んだまま同じ時間考え込む。ハッと顔を見合わせたのは同時だった。

「ミュリエルよ、もしかしたら、水は井戸から汲みたてた新鮮なものではなく……」

「は、はい。湖など、ある程度の時間、溜めておいたものの方がいいのかもしれません」

同じことを同じだけ考えていたことで、二人でムズムズとした笑顔を浮かべる。互いの両手を合わせてパチンと鳴らしたい雰囲気になり、どちらからともなく掌を向けた。しかし、息が合わずに何度挑戦してみても、気持ちのよい音が鳴らせない。諦めたグリゼルダがミュリエルの手を握り込んだので、こちらからも握ってみる。ニギニギと揉み合えば、これはこれで朋友らしさが実感できるやり取りとなった。

「えっと、それでは私、湖の水を少し、こちらまで運んでこようと思います」

「では私は、井戸の水をいくらか汲み上げて、日に当たるようにしておこう」

当初はなんでも真似してなんでもついて来ようとしていたグリゼルダだが、任されることが

多くなってからは、ミュリエルに任せてくれるようにもなっていた。そのためこの時も、すんなりと分担が決まる。

　仲良しを実感する時間は大事だが、それは己の職分をまっとうすることでより輝く。そのためミュリエルは温室を素早くあとにし、グリゼルダは速やかにバケツを手に取った。

　一人となると手押し車に樽を乗せ、最短距離で庭を横切る。すると、急に横から声がかかった。

『ミューさん、そない慌ててどこ行きますの？』

　キュキュキュキュッと可愛く鳴いたのは、谷への調査にも日々の訓練にも行かないロロだ。足を止めてこれまでの経緯を話せば、人当たりのいい調子で相槌をうたれる。

『ほんなら、ボクが行ってきてあげます。ちょうど散歩でもしよか、と思ってたとこやし』

「えっ！　……で、では、お言葉に甘えてもよいでしょうか。あの、とても助かります！」

　ほんの少しだけ躊躇ったものの、先に提案してくれたのがロロであるため、好意を素直に受け取ることにした。聖獣は嫌ならばそれをはっきり口にするため、先に申し出てくれたのなら甘えても問題はないだろう。

『ほな、ちょっと行ってきます』

「はーい！　ありがとうございます！　お気をつけて、行ってらしてくださいねー！」

　さっそくのそのそと地上を小走りしていくモグラを、ミュリエルは笑顔で見送った。しかし、木々に紛れて姿が見えなくなったところで笑顔を固める。

「……はっ！」

弾けるように気づいた時には、秋風が吹き抜けるばかりだ。湖に行くためには、庭から出る必要がある。ロロはいったいどの道順で行くつもりなのか。さらに、どうやって水を運んでくるつもりなのか。

これは確実に、脱走の片棒を担いでしまった。その事実に気づいたミュリエルは、しばらくの間呆然（ぼうぜん）と秋風に栗色の髪を揺らした。

３章　対照すれば触発されて衝動を得る

　さらにそこから十日ほど。谷から一行が帰ってきたのは、深夜のことだったらしい。らしい、というのは気づかなかったからだ。翌朝、ミュリエルと遜色ない状態のグリゼルダと獣舎に向かい、からっぽだった馬房に白と黒の毛玉を見つけ、発覚したのである。

　しかし、ここは聖獣想いのミュリエルとよく学んでいるグリゼルダだ。疲れて帰ってきた二匹が丸まっているのだから、喜びにあがりそうになった歓声を飲み込む。もそもそと起きているレグ達にだけ小声で朝の挨拶をし、ミュリエルはアトラのもとへ、グリゼルダはギオのもとへと行動を別にした。

　はやる気持ちを抑えて静かに馬房をのぞくと、アトラの寝顔を確認する。赤い目は閉じられているが、いつも通りの寝姿だ。それだけで、笑顔になる。気配でミュリエルが傍に来たことは気づいているだろうが、目をあけないのだからそっとしておくべきだろう。抱きつきたい気持ちを堪えて、聖獣番の業務に移ろうとミュリエルは思った。

　だが、目を離そうと動かした視界のなかに黒いものが映ったため、よく見ようと大きくのぞく。それは、人の足だ。聖獣騎士団の黒い制服に、見慣れたブーツをはいた人の足。

（サイラス様……！）

瞬間的に駆けよりたいと思ったが、体は迷ってその場にとどまった。目をつぶったアトラによりかかっているのだから、サイラスもきっと寝ているはずだ。

（あ、もしかして、ギオさんのところには、カナンさんがいらっしゃったのかしら……？）

黒ニワトリの馬房の方を気にしてみても、ミュリエルの耳ではなんの気配も拾えない。しかし、グリゼルダが出てこないのだ。カナンはいたとみて間違いないだろう。そもそも隣国の主従がここに来てから、グリゼルダはミュリエルと小屋で、カナンはギオを枕にして寝るのがお決まりになっていた。

だが、サイラスは違う。グリゼルダ達が来てからというもの、アトラの顔を見るため遅くに馬房へよることはあっても、寝るのは部屋にさがっていた。そのサイラスが、今日は白ウサギを枕にしている。

（ど、どうしましょう。何か、ご用事があるのかしら。お、起こしても、大丈夫……？）

迷いに迷ったミュリエルはなるべく気配を忍ばせると、サイラスの傍へと足を進めた。

（あ……、……、……）

そこでミュリエルの思考は止まった。ただただ、目をつぶった綺麗な顔を見つめる。

好き。そのひと言がまず心に浮かんだ。そこからは怒濤だ。のんびり屋のミュリエルが、これほど急ぎ足で次から次へとものを考えるのは、珍しい。

好き。そのひと言がすべての枕詞だ。長い睫毛、力の抜けた唇。影を作る通った鼻筋と、顔にかかる少し乱れた前髪。無防備な横顔に、あごのラインとさらされた首筋。男らしく大きな

手は掌が自然と開かれて、両腕は受け入れるような幅でミュリエルに向けられている。広い胸は収まりがいいだろう。あの場所は、とても居心地がいいのだ。

抱きつきたい。そう思ってしまえば、今度こそその場にとどまりきれなかった。傍らにそっと膝をつくと、前かがみになるために手もつく。顔をもっと近くで見たくて、さらにそっと身をよせた。その時。

「っ⁉」

なんの力も入っていなかったはずのサイラスに、突如として抱き込まれた。触れたくて仕方がなかったのに、自分が計っていない拍子でのこととなると驚いてしまう。しかし、すぐに思ったのは寝ぼけているのかもしれない、ということだ。しっかり起きられる時とそうでない時があることは、以前サイラス本人から聞いていた。

まだ寝ているのかもしれない。抱きしめられている喜びをじわじわと実感し出していたミュリエルだが、ほんの少し冷静になって、ギュッと抱きつき返しはしなかった。なるべく身動きをしないまま大人しく体勢を保ち、目だけでサイラスを見上げる。

「おはよう」

サイラスはしっかり起きていた。紫の瞳の色が鮮やかだ。

「お、おは、おはよう、ございます」

「うん」

「お、お帰り、なさい」

「ただいま」

　ますます紫の色が鮮やかになったのは、サイラスが嬉しそうに微笑んだからだろうか。その色をもっと見ていたいような、隠れてしまいたいような、相反する気持ちに駆られて息が苦しくなる。どちらの行動を取るか迷ったミュリエルは、耐えきれなくなって広い胸に顔を埋めると、嫌々をするように栗色の髪を右に左に跳ねさせた。なだめるように頭をなでる大きな手が心地よすぎる。

「私の婚約者があまりに可愛いことをするから、疲れが吹き飛んだようだ」

　サイラスが笑っているのが、触れ合った広い胸から伝わってくる。疲れどころか、ミュリエルなど思考まで吹き飛んでしまったくらいだ。低く穏やかな声や、好ましく思う香り、すっぽり収まって触れ合う体、そのすべてをもっと深く染み渡るほどに感じたい。

　サイラスがミュリエルの肩にあごを乗せる。すると耳や頬に、直接ぬくもりが触れた。わずかに顔を動かしただけで、同じように微かにこちらを見た紫の瞳と視線がからむ。瞬きをすれば、互いの睫毛が肌をくすぐるだろうか。

　ふっ、と笑ったサイラスの唇が頬をかすめる。その感触を追って、ミュリエルは顔をそちらに向けた。すると先に鼻があたってしまい、二人してほんのりはにかむ。サイラスが長い睫毛を伏せるのに合わせて、ミュリエルもおずおずと瞳を閉じた。

「うっわー!!　なんということでしょうかっ!!　古代の金銀財宝がザックザク!!」

『も、もう、ほんまにすいません!!　リーンさん、寝言がめっちゃデカイ……!』

「っ‼」

唇が触れる間際で、我に返ったようにサイラスとミュリエルは体を引いた。

「ロロにもいっぱい貢げちゃいますよー‼　バンザーイ、バンザーイ、バンザーイ‼」

『リ、リーンさんっ、それ、ボクの鼻、あ、それはひげ。ちょっと、ほんまにやめて……！』

目はサイラスを見つめたまま、耳はリーンとロロの声を拾う。だいたいのことをミュリエルが把握するのと、サイラスがアトラの脇腹に背を預けて脱力したのは同時だった。

サイラスとカナンが自身のパートナーを枕にしていたように、リーンもロロと離れていた時間を埋めるために、珍しく同衾したのだろう。

ひと息ついて気持ちを切り替えたのか、サイラスに手を取られたミュリエルは一緒に立ち上がった。隣に並べば、いつもの位置から穏やかで優しい紫の瞳がこちらを見下ろしている。

（ほ、本当は、あのまま……、……、……）

微笑んでいる口もとに視線がいってしまっているのを自覚して、ミュリエルはパッと下を向いた。繋いでいる手をギュッと握って恥ずかしい衝動をやり過ごす。

『はぁ、はなから起きてたけどよ。これじゃあ、のんびりしてる感じでもねぇな』

転がったままググッと伸びをしたアトラは、クアッとあくびをしながら顔を上げた。

『なんというか、リーンちゃんだって頑張ったんだと思うから、いいのよ？　でも……』

『うむ。恋人達の逢瀬を完全に邪魔したな。寝ているのだから、空気など読めまいが……』

『絶妙なところで叫んだっスからね。あ、でも、逆に空気を読んでいた可能性も……』

一気に騒がしくなった獣舎は、すっかりいつもの調子だ。それが嬉しい半面、サイラスと仲良くしていたことをしっかり把握されていたことに、強烈な羞恥に襲われる。

『ごめんなさい。ほんま申し訳ない。疲れてる時のリーンさん、寝言と寝相が最悪で……、って、おぉっ、うっ。ちょ、待っ……、あ、や、やめてぇー！』

しかし、そんな恥ずかしさを気にする必要はないようだ。今現在、ロロの方が切羽詰まっている。いったい何をどうされているのか。ロロの切実な鳴き声に続き、「むふ、むふふ」と普段聞いたことのないリーンの笑い声が聞こえてくるのが怪しすぎる。状況がわかっているらしいレグ達も、笑いが堪えられなかったようで「ブ、ブフンッ」という鼻息を皮切りに次々と吹き出していく。

これで疲れて寝ているというのだから驚きだ。だが、さすがに起きてもらうしかないだろう。ミュリエルはサイラスと一緒にアトラの馬房から出た。するとちょうど、ギオの馬房から出てくるグリゼルダとカナンと鉢合わせる。

朋友である二人は、互いの手もとに目をやった。そして、それぞれの想い人と手を繋いでいる状況を確認する。すると、芋ずる式にリーンが寝言を叫ぶまでの時間、何をしていたかを想像した。そこからの反応は二分した。

ミュリエルはパッと離した手を胸の前で握って縮こまり、グリゼルダはより身をよせると肩に頭を預ける。

『ミュー、オマエ、オレの腹の横でさんざん見せつけてただろ。今さら恥ずかしがったって、

おせぇんだよ』

　アトラが呆れたように歯ぎしりをすると、それまでもリーンとロロのやり取りでかなり笑っていた面々が、個性豊かな鳴き声をそろえて笑い声を弾けさせた。赤くなっていることを自覚したミュリエルがたまらず両手で顔を隠せば、ますます笑い声は大きくなる。

『なぁ、なぁなぁなぁ！』

　そんななか、笑い声とは違った鳴き方をしたのはギオだ。馬房から出した顔は、落ち着きなく右に左に前に後ろに平行移動を繰り返している。

『寝んなら静かにするしかあるめぇと思って我慢してたんだけどよ、もういいな？　なっ？なんかオレ、そわそわしちまって、じっとしてらんねぇんだよぉ！』

　それだけ言うと、誰の返事も聞かずに馬房から飛び出す。

『んじゃっ、ちょっくら朝の走り込みに行ってくるぜぇっ‼』

　止める間もなく獣舎から駆け出した後ろ姿に、ミュリエルは顔を隠すことを忘れて唖然とした。グリゼルダもどうしていいのかわからないようで、何度も視線をいったりきたりさせている。調査に出る前の黒ニワトリを思えば、限界まで疲れた挙げ句、ぐずりながら帰ってくるとばかり思っていたのに。どうやら元気があり余っているらしい。

「谷に到着してから、ギオは何か心境の変化があったようだ。それからとても、前向きだ」

『帰りなんて、ずっと先頭走ってたからな。ま、グスグスしてるよりはいいんじゃねぇか』

　サイラスとアトラから説明があり、カナンは肯定するように頷く。元気がよいのが一番だ。

大体の時はそう言える。しかし、庭の向こうの方から轟く「コケコッコー」に獣舎の壁が震えれば、騒音問題が心配だ。

ギオのひと声を待って、方々の鶏が順番に鳴きはじめる。時告げ鳥の声にさすがの糸目学者も起き出した。どうやら本日の本格的な始業は、ここからである。

聖獣番としての朝のあれこれを終えて温室に集合すれば、先に足を運んでいたリーンからおおいに褒められた。サイラスとカナンは訓練に向かったので、ここにいるのは糸目学者にミュリエルとグリゼルダを加えた三人になる。女子二人の登場を、リーンは喜色満面で迎えた。

「本当に素晴らしいです！　お二人とも留守中のお世話、ありがとうございました。しかも、こんな超貴重な発見まで……。これは学会発表ものですよ？　表彰もあり得ます！」

糸目が向けられているのは、色違いに行儀よくならんだ薬草の花壇だ。井戸の水をあげたもの、湖の水をあげたもの、井戸の水から湖の水に切り替えたもの。質素だった机回りは少しだけものが増え、日々の絵入りの観察記録も並んでいる。それらすべてが、花丸の出来だったらしい。

ちなみに、ロロの脱走幇助の罪については先に告白してある。誰かに懺悔したかったミュリエルだが、サイラスとリーンがまったく気にしなかったため今はホッとしている。とはいえ、ロロの水運びは予想を飛び越えて壮大で、これでよくぞサイラスとリーンがなんでもないこと

のように対応したものだ。

(だ、だって、まさか湖の水を、地面を掘ってこちらまで流してくるだなんて、思わなかったんだもの……)

こんなところでモグラの能力を遺憾なく発揮させるとは、ロロの頑張りの方向性が謎だ。

ミュリエルはてっきり、どこからか取り出した容器で水を汲んでくるとばかり思っていたのに。

ただ、そのおかげで水やりの手間が激減したのは事実である。しかも、既存の水場と混じらないように配慮した導線だと、ロロは誇らしげだ。

「それで、こちらをご覧ください」

今日までのことを振り返っていると、リーンが昨日までは土だけだった予備の花壇を指し示す。谷から持ち帰ったよく似た草を、先んじて植え替えたらしい。そして、ミュリエルはすぐにある特徴に気がついた。形はもちろん、井戸の水で変色してしまった薬草と色味までとてもよく似ているのだ。

毎日穴があくほど眺めている変色した薬草を頭に思い浮かべつつ、谷のよく似た草をしゃがんで間近から観察する。変色した薬草よりも、さらに赤紫の色は濃い。茎で咲く花はピンク色で、咲き方や無数につくふわふわとした細かい花弁の特徴も、まったく同じだ。

「私の目には同じものに見えるが、ミュリエルはどうだ？」

「は、はい。私も、多少色が違うだけで同じものに見えます」

しゃがんだまま通路を挟んだ向こうの花壇にある、変色した薬草に顔を向けた。葉は生き生

きとしているが、井戸の水をあげ続けているせいで、日々変色が進んでいる。

「僕もお二人と同じ意見です」

素人二人であれやこれや言うよれも、学者の発言一つの方が効力は強い。意見を肯定してもらえれば、納得もするし自信もつく。

「そして、ここで役立つのがなんと、王女殿下とミュリエルさんの発見ですよ。谷から持ち帰ったこちらの暫定薬草も、いくつかのまとまりにわけて個別に水やりをしてみましょう」

たとえ薬草が畑違いの分野でも、学者としての手管を持っているリーンだ。ミュリエルやリゼルダの目線とは、着眼点から異なる。ただ、さわりの説明を受けても、専門用語が増えれば半分以上理解できない。

普段のリーンなら易しい言葉を使って、わかりやすく話してくれるところだ。しかし、学者として知的好奇心に触れている時は、それを望んではいけない。とはいえ、そもそもミュリエルに必要なのは専門的な話を理解することではなく、正しい手順で丁寧な作業を心がけることにある。そのため半分以上理解できなくても、なんら問題はなかった。

「では、王女殿下とミュリエルさんには、引き続きこちらのお世話をお願いしたいと思います。お二人が強力な戦力で、嬉しい限りです。さて、僕はまず水を詳しく調べますが、今後の展望としましては……。無事に実がなって問題なく増やせるかとか、色が変わることで効能に違いがあるのかとか、その他諸々の気になったところを洗っていきましょう！　いやぁ、やることが盛りだくさんです！」

深夜に帰ってきて、激しい寝言を叫ぶほど疲れているはずのリーンは、興奮しているのか元気いっぱいだ。それにつられて、ミュリエルとグリゼルダも拳を握る。

そして、精力的に活動するリーンは結果を出すのも早かった。それから程なくしてわかったのは、水は溜めたものがいい、というわけではないことだ。どうやらロロの地下迷宮崩落により、湖に流れ込む水の成分が変わっていたらしい。

変色が水の成分に起因するとなると、ティークロートでの栽培は難しくなるのではないか。そんな心配をミュリエルがするも、それすらリーンによってすぐに打ち消された。確実に立証したわけではないため言明は避けたが、引っ張り出してきた道具類であれこれ水を調べ、小難しい単語がいくつも並んだ挙げ句の否定だったので、ほぼ間違いはないのだろう。

常時スキップ状態の糸目学者が戻ってきたことで、薬草栽培の成果は飛躍的に上がった。とはいえミュリエルの毎日は、大きく変わったりはしない。

とうとう薬草に実がなった。説明された通り、一番太い中心の茎に、びっしりとつく目玉のような実だ。鎮静効果があるという本来の青い実は、真ん中からぱっくりと皮が裂け、白い果肉に黒く丸い種が白目と瞳のようになって、集団で色んな方向を見ている。対して変色したピンクの花からなった赤い実も、果肉は白で種は黒だ。色が違うだけで、こちらも同じように大

量の目玉を実らせていた。

最初こそ不気味さに慄いたミュリエルだが、毎日見ていれば多少慣れる。今日も水やりに精を出しているわけだが、今温室には自分以外誰もいない。グリゼルダは王女業のために席を外しており、その他の面々も各自の予定をこなしているという狭間の時間帯だ。

「おかしい、です。絶対に、おかしい……」

そのため、これは完全なる独り言だ。ミュリエルはじょうろを地面に置くとしゃがみ込み、真っ赤な実に疑惑の目を向けていた。温室の薬草は、山と谷で採取したそれぞれを、土は同じものを使用し、井戸と湖の水の二つで育てている。要するに、四種だ。

そのうち谷で採取して井戸の水で育てているものの数株が、実の数を減らしていた。リーンが採取したわけではない。報連相を徹底し、責任感と共に入念に観察しているミュリエルである。これに関しては、勘違いでも見間違いでもない自信があった。

（この茎のことか、あ、こっちも、とくに大きな実がついていたはずだもの。それにこれは、ちぎれた跡のようにも見えるわよね？　小鳥とは思えないし、虫も絶対に違うし、ましてや、自然に落ちてどこかに行ってしまったなんてことは、絶対にないわ。では、なぜ……）

その場でしばらく悩んでも、答えはわからない。よって、ミュリエルはとりあえず滞りなく自らの仕事をまっとうした。

時間ができれば、温室をあとにする。そろそろ訓練を終えたアトラ達は庭に戻っているだろう。ならば、自分がいない間も入り替わり立ち替わり温室によっている聖獣達に、話を聞くの

も手だ。常時温室にいるわけではないミュリエルが、どうしても見逃してしまう出来事を、聖獣達が気づいてくれているかもしれない。

そのためミュリエルは順次、温室の赤い実がなくなっていることを告げ、気づいたことはないかと聞いて回ることにした。

まずは、証言者その一。ウサギのアトラ。

『はぁ？　知らね。それよりオマエ、今暇か？　なら……、たまには一緒に昼寝しようぜ』

なんという魅力的なお誘いをしてくる白ウサギなのか。連日グリゼルダと同室で就寝しているミュリエルは、ここ何日もアトラと同衾していない。いつもなら喜び勇んで返事をするミュリエルだが、唇を噛んで涙を飲む。今はやらなければならないことがあるからだ。

そのため丁寧すぎるほど現状を説明し、切々と日時を改めるお願いをすると、後ろ髪をグイグイと引かれる思いをしながら、次に話を聞くべき者のもとへと体の向きを無理矢理変えた。

証言者その二。イノシシのレグ。

『えっ？　そうなの？　全然気がつかなかったわ！　じゃあ、これからは見ておくわね！』

とても軽い感じの返事をしたレグは、ドングリ探しに夢中だ。とても楽しそうにビシバシと尻尾を振り回しながら落ち葉をまき散らしているので、お邪魔をしては申し訳ないと早々にその場を退散する。それにしても、イノシシには紅葉した葉がよく似合う。

証言者その三。タカのクロキリ。

『ふむ。正直、ワタシは自分の胸毛に夢中でな。実がなったことすら、知らなかったぞ』

温室の入り口で胸毛を温めるのが日課になっていることを、ミュリエルは知っていた。あの格好を取ると、顔はかなり無理な角度で上を見ることとなる。よって、実がなったことを知らなくても当然だ。ミュリエルはこれ見よがしに胸を張るクロキリの、ふわふわの胸毛を褒め称えてからさらなる情報収集に向かった。

証言者その四。オオカミのスジオ。

『あ、ジブンもそんな気がしてたっス。けど、不審な気配とか匂いとかはしないっスよ？』

なんと、ここで今一番の有益な情報を聞くことができた。耳にも鼻にも確かな信頼と実績を持つスジオだ。そのため、ミュリエルは多少の安心を得た。ないとは思っていたものの、秘密裏に育てている薬草に外部の者が触れていないと、きっちり調べられたのは大きい。ミュリエルはお礼を言うと、残り少なくなった聖獣のもとへと急いだ。

証言者その五。モグラのロロ。

『うーん。わかりません。せやけど、なくなった実ぃが下に落ちてへんちゅうことは……』

言葉尻を濁すロロに、ミュリエルもここまで抱いてしまった疑念がふくらむのを感じた。誰かを疑うのは心が苦しい。しかし、得た証言を考えると、どうしても考慮しなければならない事案が出てきてしまう。ロロと別れたミュリエルは、重くなった足を最後の一匹となった者のもとへと進めた。

証言者その六。ニワトリのギオ。

『っ!?　お、おぅ。あー、うん、なんだ。あっ、あー！　オレ、自主練してくるわっ！』

黒である。羽毛がではなく、後ろ暗い事情がある者を指す黒だ。ギオはニワトリであるくせに、脱兎の如く逃げ出した。

「ち、ちょっと、待ってください！　あっ！　ギ、ギオさーん！　待ってー！」

ミュリエルの言うことなど、聞く気はいっさいない。真面目に減量に励んでいるギオは、逃げ足も速くなっていた。運動できない同盟に加入しているミュリエルが、追いつけるはずもない。

「あっ！」

しかし、翠の瞳は見逃さなかった。慌てて逃げ去る黒ニワトリが、ポロポロと小さな何かを落としていったことを。ギオを追うのは諦めて、落ちた物体のもとへ急ぐ。

どんなに口が達者な者でも、もう言い逃れはできないだろう。ミュリエルは物証を手に入れた。ギオが落としていったのは、紛れもなく温室で育てている薬草になった赤い実だ。翼の下にでも忍ばせていたのだろうか。慌てて逃げた拍子に落としたらしい。

物証を手にしたミュリエルは、黒ニワトリが駆け去った先を見つめた。ギオはお肉が多少減ったおかげで、隠れるのも上手くなっている。

（アトラさんかどなたかに、手伝っていただければ、すぐに見つかるとは思うけれど……）

原因の究明は終わった。しかし、このところ頑張っているギオから、やったのは自分だと白状させるのは本当にしなければならないことなのか。そんなふうに自問自答したミュリエルは、ギオを問い質すのではなく、薬草と実の方に対策を施すことにした。

きっとギオは、減量のイライラを悪戯で紛らわせているのだろう。ならば実には触れないようにして、他の娯楽を提供すれば平和に解決だ。

（万が一にも、食べているのなら、絶対に止めなくてはならないけれど……）

ロロが匂いをかいだだけで、あれほど後退りする苦い薬草だ。口にしているとは考えにくい。

情報の共有として、ギオの所業については薬草栽培に関わる皆に報告しなければならない。だが、ミュリエルは事を荒立てることはやめようと思った。


今までは夜の間だけは扉を閉め切るものの、日中は出入りが多いため温室の扉は常に開かれていた。しかし、ギオの悪戯対策のため、なかで誰かが作業していない時も、これから扉は閉めることにした。

そして、それにより思わぬ副産物があった。暖を取りたい聖獣が誰もいない時間ではなく、ミュリエル達が作業している時に入り口にはまりに来るようになったのだ。開口部から、あふれる冬毛。ミュリエルは幸せだ。なかなか見せてもらえなった白い毛玉がはみ出る様を、見せてもらえるようになったのだから。しかも今、アトラは尻尾を中心にして扉にはまっている。

「なぁ、ミュリエルよ。私もなかなかに仕事が早くなったと思わぬか」

たまに誘うように動く白い尻尾から目が離せなくなっていたミュリエルは、グリゼルダに呼ばれてハッとした。自分が何をしている最中であったのかを思い出す。

「は、はい、とてもよく、そう思います！」

気づけばグリゼルダは自分の持ち分を終わらせて、誇らしげに腕で額の汗を拭っていた。水やりを基本に、土に落ちた葉や実の回収と観察記録への記入等、手慣れたもので丁寧に行っても二人ですれば時間はかからない。あとは片付けてしまえば温室での作業は終わりだ。

お願いしなくても掃除と片付けに移ったグリゼルダに、ミュリエルも使った道具をもとに戻しつつ、ささっとアトラのお尻に駆けよった。

「あ、あの、アトラさん？　よろしければこのあと、お昼寝など、ご一緒しませんか……？」

『オマエ、この前断っただろ』

小さな声でお尻に向かって話しかけると、温室の外からギリギリと歯ぎしりが返ってくる。

ミュリエルは目を大きく見開いた。

「っ⁉　ち、違いますよ！　断腸の思いで涙を飲んだんです！　あれから私、いつお誘いしようかと、ずっと機会を待っていたんです！　ほ、本当です！」

『ふぅん』

白ウサギの表情が見えないため、ミュリエルは尻尾に向かって必死に話しかけ続ける。グリゼルダが近くにいるので、小声で語調を強め切々と訴えた。

「ア、アトラさん！　お願いします！　ここのところずっと、夜にご一緒していないので、私はもう、限界です……！」

気のない返事に合わせて、尻尾の反応も薄い。アトラは尻尾を触られるのは好まないのでた

だ見つめるだけだが、気持ち的にはすがってしまいたいくらいだ。

『ミューがそこまで言うなら、まぁ、付き合ってやってもいい』

「あ、ありがとうございます！」

　ミュリエルは大急ぎでお尻に抱きついた。横では尻尾がピコピコ動いている。

「グリゼルダ様、そろそろ休憩にしましょう！」

　白ウサギの気が変わっては大変だと、もとよりそろそろ休憩に入る時間だったミュリエルは、王女殿下を振り返って声をかけた。ちょうどすべてを終わらせたらしいグリゼルダは、微笑んで頷いている。しかし、すぐに何かを考えるように少し遠くを眺めた。

「……どうか、しましたか？」

　少し声の調子を落として聞けば、グリゼルダこちらにトボトボと歩いてくる。アトラがお尻をどけてくれたので温室から出ると、まずはきっちり扉を閉めた。

「ギオのことを考えていたのだ。最近、あまりにも落ち着きがないと思わぬか？」

「た、確かに、大人しいのは寝ている時くらいでしょうか……」

　このところのギオは食事量に文句を言うこともなくなり、訓練終わりもぐずったりせず、早寝早起きも他の聖獣と足並みをそろえ、模範的な生活を送っていた。しかし、ふとした隙間時間はすべて落ち着きなく首を振ったり、爪で岩を蹴ったり、ガスガスと木の幹をけずったりと、とにかく多動だった。

「我々が思うより、減量に感じるストレスが多いのだろうか。だが、お従兄殿がその辺りの加

減を見誤るとは考えにくいし……。となると、原因は何になるのか……」

温室をあとにして休憩に向かう道すがら、ミュリエルは話に耳を傾ける。歩調を合わせて隣にいてくれるアトラも、どうやら聞いてくれているらしい。

『ギオも最近はオレ達と同じ内容をこなしてるけどよ、無理してる感じはしねぇな。まぁ、確かにちょっとどうかと思うほど、落ち着きはねぇけど』

ギオの多動は誰かに向くことがないため、今のところ聖獣や人への被害はない。ミュリエルが見かけた場合は声をかけて気をそらしたり、不便があれば対応する旨を伝えたりはしているのだが、行動が収まる気配はなかった。ミュリエルより多くの時間をギオと過ごしているアトラは、そんな場面を目にすることも多いのだろう。

『ただ、理由があるって感じじゃないんだよな』

ミュリエルは黙って頷いた。聖獣は嘘をつくことがない。ギオと話していると、苛立ちの原因を自分でも把握していない感じを受けていた。そして、自分でもわからないイライラの原因に、より苛立っている。

「え、えっと、ホームシック、とかでしょうか……？」

言ったミュリエルが首を傾げてしまう時点で、それが理由である可能性は低い。

「ギオはここにいる方が、楽しそうにしておるよ。帰るのが忍びないほどにな」

ちょっと切なそうに微笑んだグリゼルダに、ミュリエルはなんと返事をしていいのかわからなくて、同じような微笑みを返した。

「と、とりあえず、カナンさんとギオさんを、お迎えにいきましょうか？」

一緒に過ごすのが楽しすぎて、お別れのことなどまだ考えたくない。そう思ったミュリエルは、切ない話を先延ばしにするために今のことを考えることにした。

何しろミュリエルは、このあとアトラとお昼寝だ。そしてグリゼルダも、毎日の休憩時間はカナンやギオと過ごしている。

「カナン！」

グリゼルダはさっそくカナンとギオを見つけると、小走りに駆けよっていった。

毎日のことだから、約束をしなくても同じ場所で落ち合える。緑から薄茶に軽く枯れた芝と、座ったりよりかかったりするのにちょうどよい岩。適当な距離をおいて立つ木々の隙間にあるこの場所は、多少太陽が動いても日陰になることがない。

駆け出したグリゼルダだが、もう少しで従者の前に着くというところで躓いた。しかし、躓いた先がちょうど腕のなかだったため、そのまま抱きついている。

『お、今日はサイラスもいるな。ちょうどいいから、アイツも誘おうぜ』

仲のよい者にしかわからない程度に、アトラの声が弾む。ギオの陰になっていてミュリエルは気づくのが遅れたが、いつもはいないサイラスがそこに立っていた。

歩調を変えなかったミュリエルとサイラスの間には、まだ距離がある。しかし、残りの歩数は互いに埋めていくことで半分になった。

少しずつ近づく、このわずかな時間がもどかしい。最近触れ合う時間が取れないせいか、そ

んなことを思ってしまうだけでミュリエルは恥ずかしくなった。

秋の色のなかで、微笑むサイラス。その綺麗な顔がはっきりと見えてくるごとに、視線を合わせたままでいることさえ難しく感じた。

ミュリエルが葛藤(かっとう)している向こうでは、王女殿下が黒ニワトリに倒れ込みながら従者に向かって抱っこをせがむ。無理のあるお強請(ねだ)りを叶(かな)えるためか、カナンはグリゼルダを両腕で囲うと、まんざらでもなさそうに伏せたギオの黒い羽毛のなかに埋もれた。かろうじて二人分のつま先だけが見える。続けて、クスクスと楽しそうな忍び笑いも聞こえた。

元来ぼんやりとしているせいか、ミュリエルは人をうらやむことが少ない。しかし、今は猛烈にうらやましさを感じていた。自分もアレがしたい。自覚してしまった欲求のせいで、手を伸ばせば届く距離になったものの、胸の前でもじもじと手を組み替える。

「サ、サ、サイラス様、あの……」

ミュリエルの言葉を待ってくれているサイラスを、そっと上目遣いで見上げた。

「お、お忙しければ、その……」

自然な微笑みを浮かべる綺麗な顔を見るだけで、すでに胸が苦しい。

「こ、断っていただいて、大丈夫なのですが……」

頬が熱を持ちはじめたのが自分でもわかった。

「も、も、もし、お時間がありましたら……」

最近では手を繋ぐなど序の口で、抱き合うのだって口づけをするのだって回数を重ねてきた

はずだ。それなのに、休憩のお誘いをするだけでこんなにも恥ずかしい。

「え、えっと……、……、……、きゃっ⁉」

痺れを切らしたのは短気な白ウサギだ。ミュリエルどころかサイラスにまで足払いをくらわせる。しかし、倒れ込んだ先はアトラの柔らかい腹の上だった。しかも、ちゃんとサイラスがミュリエルを抱きかかえてくれている。

『前置きが長い。オレは眠い』

短く歯を鳴らしたアトラは、すでに入眠の体勢だ。服越しのサイラスの体温にドキドキと胸が苦しくて、ミュリエルは翠の瞳を潤ませた。

（な、慣れたとばかり、思っていたけれど……。な、なぜ、今日は、こんなにも恥ずかしいの、かしら……。い、息が……）

勝手に細くなっていた呼吸を、意識して深いものに変える。するとサイラスの香りも深く吸い込んでしまい、体のなかを満たされる感覚に全身がカッと熱くなった。

「ミュリエル？」

つむじしか見せないミュリエルを、腕に囲ったサイラスが優しく揺すった。反応を楽しんでいるのか、声を出さずに笑っている振動が胸から伝わってくる。どちらにしても、ひどく優しい揺れだと思った。ミュリエルはサイラスの袖をちょっとだけつまんで、そろそろと遠慮がちに紫の瞳を見上げた。

「こ、ここで、一緒に休憩、していきませんか……？」

　やっとのことでお誘いを口にすれば、目が合ったサイラスは揺らすのも笑うのもやめて、一瞬だけ固まった。しかしすぐに、すぅっと深く息を吸う。限界まで吸い込んだところで息を止めて目をつぶると、そのまま脱力するようにふぅっと吐き出した。

「……どうしても」

　小さく呟(つぶや)いたサイラスが目をあける。迷うようにゆらゆらと揺れる紫色が見えて、ミュリエルはその色を見つめながら言葉の続きを待った。

「どうしても外せない役職会議が、このあとあるんだ……」

　予定を考えれば色好(いろよ)い返事はできず、それを覆すこともできないのだろう。だが、食い入るように見つめていたミュリエルは、紫の瞳がまだ迷いのなかにあるのだとわかった。それだけで十分すぎるほど、一緒に休憩できないことを残念に思っているのだと伝わってくる。

「次の機会は、必ず」

　背に回った手に力がこもって、見上げていた顔が黒い制服の肩口に埋まる。栗色の髪に唇を落としたサイラスが、ゆっくりと息を吸った。まるでそれにつられるように、ミュリエルも同じ時間をかけて息を吸い込む。

　深く肺を満たすのは、大好きな人のまとう香りだ。できるだけ長くその香りを感じていたいが、吸える息には限界がある。これ以上胸がふくらまないところで息を止め、苦しくなってやっと大きく吐き出した。気づけば、頭上でサイラスも同じことをしている。サイラスのついた息は、ため息によく似ていた。

『はぁ、しょうがねぇな』

たぶん、アトラは寝返りをうったのだと思う。だが、ミュリエルは自分の体がどう動かされたのかわからなかった。瞬きと共に確認した時には、白ウサギの腕に抱えられて寝転んでいる。そして、サイラスはそんなミュリエルの横に上体を起こして座っていた。

「よい、夢を」

転がされたせいで前髪がもつれていたのだろう。ミュリエルのおでこに手を置いたサイラスが、そのまま栗色の髪をすいた。逆行で陰る綺麗な顔が微笑む。ゆっくりと瞬きをした紫の瞳は、次にあけた時には視線を上げていた。

「アトラも」

サイラスが優しい眼差しで白ウサギのあご下をなでれば、赤い瞳は心地よさそうに細くなった。手を離して立ち上がったサイラスは、微笑みを一瞬だけ深くすると背を向ける。視界に白い毛がかぶってしまい、後ろ姿が見えづらい。

ミュリエルは両手でアトラの前脚の毛を押さえると、あごを上げて視界を確保した。声をかけるのが憚（はばか）られる距離になってから、何かひと言返せばよかったと後悔する。サイラスの姿はもう木々の陰に紛れてしまった。

視線を少しずらすと、ギオに埋まった二人分の足が映る。カナンの左右の足の間にグリゼルダの両足があることを考えれば、黒い羽毛で見えないそこで、二人が抱き合っていることは簡単にわかった。ギオの貧乏揺すりが止まっていることから、少なくても黒ニワトリは寝入った

のだろう。ミュリエルはあごと一緒に上げていた頭をアトラの反対の前脚の上に落とした。

ごく薄い雲がかかっているのか、晴れている空は淡い水色だ。ぼんやりと空を眺めていれば、アトラがあごで繰り返しなでてくれる。温かくて、柔らかで、心地よくて。乾いた葉が風に鳴り、人より少し早い白ウサギの心音とどこまでも重なっていく。途切れることなく規則的に続く音は、入眠するには最適だ。

もとより寝つきのよいミュリエルが、これで眠らないなんて嘘だ。このところご無沙汰だった最高級兎布団に包まれて、いつの間にか寝てしまっていた。それも、小休止とは呼べないほどぐっすりと。よって、その晩目が冴えてしまったのは当然の帰結なのだろう。


秋の月は明るい。目が冴えてしまったミュリエルは、上品な寝息を立てるグリゼルダを獣舎脇の小屋に残し、一人上着を着込んで起き出していた。眠れなくとも目だけでもつぶっていればいいのだが、この時はなぜか外に出たくなったのだ。

だから、深夜に獣舎を抜け出す黒ニワトリの姿を目にしたのはまったくの偶然だ。はっきりとした月明かりに照らされては、黒い色も形無しである。そもそも、忍ぶつもりはないのかもしれない。このところの多動は今現在も発動中だ。頭や首はせわしなく振られ、翼を震わせては尾羽が合いの手を挟むように上下に動いている。

ミュリエルとしては、庭のなかでありかつ危ないことがなければ、夜中の徘徊にも寛容でい

ようと思っている。気になるのは、一緒に寝ているはずのカナンはどうしたのだろうということくらいだ。

何にせよ、ここのところイライラのひどいギオが、誰にも邪魔されずに夜の散歩を満喫しているのなら、声をかけるのは野暮である。いい気分転換になるのなら、夜の徘徊程度は気づかぬ振りでそっとしてあげるのが優しさだ。

などと思っていた昨晩の自分にひと言、もの申したい。翌日になり、朝のいつもの流れは滞ることなく終わらせた。しかし、温室に立って異変を察知した今、そのもとを探し当てて呆然とする。またしても赤い実が数を減らしていたのだ。

入り口の扉は固く閉じていた。ならば、これは密室事件になる。当初はそう思ったが、なんのことはない。侵入経路はすぐに発見された。天窓である。

ミュリエル達では届かない位置にある天窓の開閉は、長い棒を使って行われる。下から窓に沿って寝ている棒を押し上げていくと、それが突っ張りとなって開いた窓の縁を支える仕組みだ。閉じる時は突っ張り棒を外して畳む。

今日温室に足を踏み入れた時、昨日確実に畳んだはずの突っ張り棒が、外れてプラプラと揺れていた。一度天窓をあけなければ、こうはならない。

そして、数を減らした赤い実はすべて、天窓から近い位置のものだった。天窓は小さくはないが、大きくもない。だが、あそこから顔を突っ込み、薬草まで届く該当者はいる。

「疑いたくはないが、ギオであろうか……」

悲しそうなグリゼルダの発言に、ミュリエルは違うと言ってあげたかった。しかし、昨晩出歩く黒ニワトリの姿を目撃してしまっている身としては、擁護の言葉が出しづらい。

「わ、私も、疑いたくはないのですが、実は……」

とはいえ見たものを黙っているわけにもいかず、ミュリエルは昨晩のあらましをグリゼルダに話して聞かせた。そして、二人で考え込んで難しい顔をする。

「ギオに、問い質さねばならぬ。ミュリエル、嫌なことに付き合わせてしまうが、共に来てはくれないか？　そなたは聖獣の気持ちに聡い。私が問うた時のギオの様子を、傍で見ていてほしいのだ」

ギオのことは己の領分だと、人任せにしないグリゼルダの姿勢にミュリエルはもちろんだと頷いた。

そのため訓練から戻ってきた面々を迎えた時、グリゼルダがギオに対して勘違いであれば謝るが、と切り出した。隣にはカナンが、その横にはサイラスとミュリエル、そしてアトラがいる。

その場の全員から視線を注がれたギオは多動とは別に、盛大に目を泳がせた。その反応を見て、四人が発した言葉は異口同音だ。

「悲しいが、黒だ」

「……黒、ですね」

「黒、のようだな」

「黒、でした……」

またしても脱兎の如く逃げ出したギオは、もうこの場にはいない。

『バレるようにやる辺り、まだ可愛げがあるじゃねぇか』

歯ぎしりをしたアトラの台詞は、果たして擁護なのか。言い回しから、明るみに出なかった数々の悪事の気配が感じられて、ミュリエルは反応に困った。もちろん、白ウサギの言葉がわかるのは己だけなので、無反応になっても気に病む必要はない。ただ、なんとなく気まずいため、気になっていたことを聞くことにする。

「あ、あの、そういえば私、お聞きしたいことがありまして……。えっと、昨日の夜なのですが、カナンさんはギオさんと一緒に寝てはいなかったのですか？」

聖獣達は、暗黙の了解で小さな悪事を容認している。そのため、夜中に誰かが出ていったとしても、気にする者も止める者も、ましてや密告する者もいないだろう。しかし、カナンは深夜に同衾しているギオが起き出せば、気にしないはずがない。

「カナン？　どうしたのだ？」

難しい質問ではないはずだが、カナンはいつもより言葉を発するのに時間がかかっている。

グリゼルダにせっつかれても、迷っている様子だ。

「隠さずとも知っている。鍛錬をしていたのだろう？」

ハッと振り向いたカナンに、サイラスは苦笑いをした。

「見ていればわかる」

昼間の鍛錬が厳しいことから、サイラスはカナンに必要な休息は取ることを厳命していたらしい。それなのにこの従者は、夜中まで隠れて抜け出し自主練をしていたようだ。期間限定だが上司の命令に背く形となったため、グリゼルダに聞かれても珍しく言い淀んだのだろう。

「私も、無理をすることに覚えがないわけではない。だか……」

こうした時に無理に従わせようとしないのが、実にサイラスらしい。追い立てるのではなく、より添ったうえで考える時間をくれる。

「……今日からは、やめます」

だからだろうか。カナンも反発することなく、すんなり改めた。その発言に対し、サイラスは否定も肯定もせずに微笑む。言葉は少なくとも、信頼が感じられる眼差しだ。どんな場面でもサイラスのまとうこうした空気が、周りにいる者に与える影響は大きい。

話にひと区切りをつけると、サイラスの紫の瞳が視線を移す。つられて同じ方を見れば、糸目学者がこちらに向かってくるところだった。

「さて、ギオの対応についてては、リーン殿もまじえて考えようか」

皆の注目に気づいて、それまで歩いていたリーンが小走りになる。軽く挨拶をすれば、ここまでの説明はサイラスによってされた。同意や確認を求められた時のみ、ミュリエルにグリゼルダ、そしてカナンが口を開く形だ。

「なるほど。少々むしって気がすむなら、多少好きにさせてあげてもいいかもしれません。ただ、万が一にも服用してしまうとギオ君の体にどんな作用が出るかわかりませんからね。可哀

想ですが、天窓の施錠を厳重にしましょうか。まぁ、カナン君が夜もついているのなら、悪戯する隙もないとは思いますが」

　心配はやはり、当初と変わらず口にしてしまうことについてだ。その他の事柄も、この場にいる者にとって共通の認識でしかない。そのため、誰もが頷く。

「それと、少し話はずれますが、薬草は山と谷の二種共に僕が懇意にしている専門の方に鑑定をお願いしています。確認したところ、結果がまとまるのにあと数日ということでした。王女殿下とカナン君がお土産に持ち帰るのに、余裕で間に合いそうですね。楽しみにしていてください」

　ギオの問題行動のために浮かない表情をしていたグリゼルダが、パッと笑みを広げた。すぐに視線をやったのはカナンで、こちらも嬉しそうに唇の端を持ち上げている。互いを見つめる瞳は愛情深い。どちらともなく身をよせれば、自然とグリゼルダは肩に頭を預け、カナンは腰に手を回した。

（お二人とも、本当に仲睦まじいわ……。お土産もちゃんと持って帰れそうで、よかった……）

　ミュリエルが笑顔で思うことは、かけ値なしの本心だ。だが、やはり羨ましい気持ちがわいてくる。服の下に隠れる葡萄のチャームの存在を確かめるように、そっとつまむ。

　なんとなく視線を落とすと、自分の足と隣にいるサイラスの足に目が留まった。すると、サイラスが体重を移動させるように足を踏み換える。その方向がほんの少しミュリエルの方を向

いている気がして、翠の瞳を長い足をなぞるように上げた。すぐに指先が視界に入れば、その手は何かを誘うようにミュリエルに向けられている。

　真意を問おうとさらに見上げれば、サイラスの顔はいまだ仲良くしているグリゼルダとカナンに向けられていた。もう一度掌に視線を落とせば、指先がちょいちょいと動く。

　ミュリエルは息を吸うと一度飲み込んで、そろそろと吐くと同時にサイラスの指先に自らの指先を乗せた。すぐに握り込まれたのだから、手を繋ごうと誘われていたのは間違いではなかったのだ。ほんのちょっと触れた指先に熱がこもる。

　リーンは何事かをグレゼルダとカナンに説明しており、それを聞く二人の意識もこちらにはない。それだけを確認すると、ミュリエルは目を伏せた。

　サイラスはただ握るだけではなく、親指で掌をなでてくる。繋いだ手から全身に熱が広がって、色んなものを堪えるためにミュリエルは唇をすぼめた。恥ずかしくて嬉しくて好きすぎて、気を抜けば顔の締まりがなくなってしまいそうだ。

　サイラスの気性を表して緩やかに動く親指を、キュッと捕まえる。それから今度は、自分から大きな掌を指先でなでた。一往復分の気持ちを伝え合っても、サイラスの手どころかミュリエルの手も大人しくはしていない。なでては捕まえ、捕まえてはなでて。

　リーン達が振り返るその間際まで、言葉にしないまま、サイラスとミュリエルは気持ちを伝え合った。

一度ならず二度までも見つかったギオは、さすがにしばらくの間薬草への悪戯（いたずら）を控えた。しかし、花や実を引きちぎる行為には相当な憂（う）さ晴らし効果があったらしい。我慢する日を重ねれば重ねるほど、イライラ指数の上昇が著しくなっていった。

減量も停滞期に差しかかったのか、目標まであと一歩の状態から変化が乏しく、思うような成果が出ないことも一因かもしれない。何かをしている間は気がそれているため、問題はないのだ。だが、ほんのわずかでも隙間（すきま）があけばもう駄目だった。

貧乏揺すりは当たり前、ところ構わず地面をえぐり掘り、小石が脚に当たれば粉砕する勢いで蹴散（けち）らかす。木の皮を無意味に剥（は）がしては丸裸にし、風に羽を逆立てられただけで威嚇（いかく）する。

そして、これは早急な対応が必要だと皆で頭を悩ませていた頃（ころ）、事件はおこった。

「あ、あら？　ギオさん、今は訓練のお時間ではなかったですか？」

グリゼルダは方々に手紙を書かなければならず、獣舎脇（わき）の小屋で机に向かっている。そのため、たまたまミュリエルが一人で温室にて作業をしている時だった。硝子（ガラス）越しに影が落ちて暗くなったため顔を上げれば、黒ニワトリが無言で立ちはだかっている。

一日の予定でいえば、今はパートナーのいる者は訓練場に集まっているはずの時間帯だ。

帰ってくるにはまだ早い。何より背には、鞍がついたままだ。しっかり訓練を終えて帰ってきたのなら、カナンに獣舎で外してもらっているはずである。

『……なぁ、嬢ちゃん』

ギオにしては、ずいぶんと静かな声だったように思う。いつもと違う雰囲気を察したミュリエルは、しゃがんでいた状態から立ち上がった。天窓は空気の循環のためにあいている。その開口部に、ギオが横顔をべったりとつけた。続けて、片方の目だけで温室のなかを舐め回すように眺めてくる。いつもより瞳孔が開いていて、なんだか怖い。

『オレは、我慢の限界だぁ』

ミュリエルの質問には答えず、ギオは目だけをギョロギョロとせわしなく動かした。だがそれに反して、ここのところの多動が嘘のように体は静止している。不自然さに不気味さがまじっているのを感じ、ミュリエルは瞬きを止めて固まった。

『そこの赤い実……』

その台詞で、目だけを赤い実へ向ける。ギオはいったん天窓から顔を離したものの、開口部を真っ直ぐ捉えると、なめらかな動きで顔を突っ込んだ。少しの引っかかりもなく、黒ニワトリの首が伸びて顔が温室内に侵入する。瞳孔が開いた目は、硝子越しではなく直接映る赤い実を、まるで品定めするように右から左へとじっくり眺めていった。

『それだぁ、それなんだぁ。オレのイライラのもとはよぉ。やっとわかったぜぇ』

「えっ？　そ、それは……」

ギオの言い方に引っかかりを覚えたミュリエルは、眉をよせた。こっそりむしり取ることがストレス解消になっていたと思ったが、その場合だと今のような言い回しにはならないように思う。小さな違和感に言い淀んでいると、ギオはより首を伸ばした。限界からさらにねじ込もうとしているせいで、片足が壁に乗せられる。硝子のためにすべてが透けて見えるため、頭上から迫る威圧感が半端ない。

『それを食わねぇと、すっげぇイライラすんだよぉ』

「っ!? ギ、ギオさん、これ、食べていたのですかっ!?」

ミュリエルが驚愕の表情を浮かべれば、黒ニワトリは喉の奥で絡まるようにグルグルと鳴いた。あまりに邪悪な笑い方だ。聖獣に慣れたミュリエルの身をも、すくませる迫力がある。

『ひもじくて谷で食ってみたら、仄かに甘くてそれ以来もう病みつきでよぉ。それなしじゃ、オレはもう生きられねぇ』

聞き返したい情報がいくつも含まれる発言に、ミュリエルは頭のなかを必死で働かす。しかし、その猶予をくれるほどの余裕をギオの方が持ち合わせていなかった。

『だから、嬢ちゃん……、……、……』

あごの下にある肉髯どころか舌までブルブル震わせたギオが、音もなく顔だけで迫ってくる。今まで黒ニワトリに対して感じたことのない恐怖に、ミュリエルは小刻みに首を振った。

「だ、だだ、駄目、ですよ……?」

決定的なひと言はまだ告げられていない。だが、ミュリエルはギオがこれから確実に求める

であろう行動に対して、声を大にして止めにかかった。

「ギ、ギオさんっ、いけませんっ!!」

しかし、黒ニワトリはハァハァと息を荒げると、視線をミュリエルから赤い実へと移す。瞬間的に両手を広げたミュリエルは、ギオと花壇の間に立ちはだかった。

『どけっ！　嬢ちゃん！　どかなきゃ体ごと突っつくぞっ!!』

「ど、どきませんっ！　食べては駄目ですっ！　どう考えたって体によくありませんっ!!」

天窓から無理矢理首を突っ込んでいるギオは、いつもより可動域に制限がある。そのため、ミュリエルでも阻止するのがなんとか間に合う動きだ。右に左に狙(ねら)ってくるギオに合わせて、両手を振りながら体いっぱいを使って必死で邪魔をする。

『わかった、一緒に食おう！　癖になる味だから、嬢ちゃんもきっと気に入るはずだぁ!!』

「た、食べませんよ！　癖になる味の実なんて、どう考えても危険ではありませんかっ！」

『この際、危険でもいいって！　それ食った方がオレは調子がいいんだよぉ!!』

「いいはずありませんっ！　それで調子がよくなるなら、むしろ病気ですっ！」

『じゃあ、もう病気でいいからそれをくれぇ!!』

「絶対駄目です！　聖獣番として譲れません!!」

当事者同士は真剣だが、ギオはクネクネと、ミュリエルはバタバタと、おかしな動きで繰り広げられる攻防は滑稽(こっけい)だ。両者の息が上がりきったところで、ギオがいったん動きを止める。

諦(あきら)めてくれたのだろうかと、ミュリエルは構えを解かずに顔色だけをうかがった。ギオは震え

る舌で舌打ちをすると、捨て台詞を吐くようにひと声鳴く。

『どうせ嬢ちゃんは、ここの聖獣番をもうすぐ辞めさせられるんだろうがぁ!!』

「えっ……？」

まったく予想していなかった言葉を投げられて、ミュリエルは呆けた。

『カナンとダンチョーが谷に調査に行った時に、話してるのを小耳に挟んだんだよぉ！』

表情を固めたミュリエルに、ギオはニワトリの癖に猫なで声で鳴いた。

『そしたら、ほら、責任もなんもねぇもんなぁ？　だから、なっ？　いいじゃねぇか？』

もう赤い実を口にするのは目前だと思ったのか、ギオの声に機嫌のよさがまじる。肉髯と舌どころか、もはや全身を小刻みに震わせていた。血走り瞳孔を揺らす目などは、もう赤い実しか見ていない。

(サ、サイラス様が、私を辞めさせる……？　なぜ……？　そんなお話、一つも……)

ミュリエルの頭で、胸で、言い表せない言葉と感情が渦を巻く。しかし、きつく目をつぶってすべてを抑え込むと、顔を上げて振り払った。そして、毅然と告げる。

「……それでも、駄目、です」

『あぁん？』

力なくおろしてしまっていた両手を、再び広げる。キッと目もとを引き締めると、グッと唇を引き結んだ。

「ギオさんが、そのお話を聞いたことは否定しません！　ですが、サイラス様が私を辞めさせ

るだなんて、そんなことは……、全力で否定させていただきますっ！」

　嘘をつくことがない聖獣、そのギオが言うことは真実だ。だが、己の知るサイラスは、ミュリエルを手放すことなど絶対にしない。

「そして、ギオさんが赤い実を食べることも、絶対に見過ごしたりしませんっ！」

　見つめ返す翠の瞳は、強く真っ直ぐだ。小娘であるミュリエルに、聖獣を退ける力などない。だが、ギオは首をすくめた。そして、そうしてしまったことに驚いたのもまた、ギオ自身だった。黒ニワトリはますます血走った目でブルブルと羽毛の一枚一枚を震わせると、勢いをつけて嘴を開いた。

『つかぁー！　話の通じねぇ嬢ちゃんだぜぇ!!　こうなりゃ、実力行使だっ!!』

「っ!?」

　それまで多動を抑えていた反動か。ギオは右に左に素早く首を振る。ミュリエルの意表をつくためか、的を絞らせない動きだ。聖獣が出し抜くために本腰を入れたら、ミュリエル如きでは目で追うのもままならない。

　その場から一歩も動けなくなってしまえば、どこを見ても隙だらけだ。そのためギオは、己の勝利を確信して嘴を振りおろした。

「ギオ！　何をしておるっ!?　ミュリエル！」

　温室に入る前に声を上げたグリゼルダが、勢いそのままに駆け込んでくる。王女殿下の声にわずかにギオの動きが鈍る。だが、その効力はいつまでも続かなかった。

グリゼルダを振り返ったミュリエルは、視界の端でギオが動いたのを捉えた。慌てて体勢を戻したが、もちろん間に合うはずがない。

「っ⁉　ギオ、やめよ‼」

「ギオさん！　駄目っ‼」

悲鳴に近い叫びを上げるだけで精一杯だった。嘴の先でこそげ取られた赤い実は、口内へ消える。長い首がゴクリと動き終われば、もう為す術はない。すべてを飲み込んでしまったことに愕然とする。

しかし、ミュリエルとグリゼルダが本当に凍りついたのは、ここからだ。赤い実を摂取した途端、ギオの表情に顕著な違いが現れたのだ。このところ常に険しかった顔が、今であれば余裕をなくして異常にさえ見えた顔が、この世の楽園を目にしたかと思うほど緩んだものへと変わっていく。

うっとりと締まりのなくなった顔は、虚空に向けられている。だが、すぐに次の赤い実を思い出したようだった。ギオにより近い場所にいたミュリエルは、とっさに黒ニワトリの横顔に抱きつく。一拍遅れて、グリゼルダも体重を乗せて同じように反対側から抱きついた。

「ギオ！　赤い実は、むしって憂さを晴らしていたのではなく、ずっと食べていたのか⁉」

「そ、そのようです！　あ！　ち、ちょっと、ギオさん、これ以上食べてはいけません‼」

二人を顔にくっつけたまま、ギオは次の赤い実に嘴をつける。容赦なく振り回されるミュリエルとグリゼルダは、止めるというよりは振り落とされないようにしがみつくので精一杯だ。

こうなると、事態はもう二人ではどうにもできない。ミュリエルは、食いしばっていた歯の隙間から息を吸う。いつでも助けてくれる、サイラスとアトラを呼ぶために。ところが。

ガッシャーン!!　と激しい音がした。ギオがより身をねじ込もうとかぎ爪を天窓にかけたせいで、負荷に耐えられなかった天窓とその周辺の硝子が枠や支柱ごと砕けたらしい。

かぶる硝子を最小限に抑えようと、ミュリエルは顔を伏せるように抱きついた。その間際、水を溜め置いていたバケツのなかにも破片が落ちるのが見えた。つぶってしまったため視界は閉じているが、耳にバシャンと水飛沫が上がったのが聞こえる。

上がった雫は数えるほどだ。しかし、いまだ降り注ぐ硝子の欠片に映り込み、幾千にもなって煌めいた。

キラ、キラ、キラ、と晴れた空に七色が散っていく。青を透かして陽を返す硝子の欠片は、チカ、チカ、チカ、と雫の数を千から万へと錯覚させた。砂粒のように細かな硝子のひと欠片にさえ、虹は宿り光を放つ。そのすべてが、見ていた者の目には雨粒の煌めきに等しい。

硝子の壊れる嫌な音は一回で終わらず、断続的に続いた。極力身を縮めてやり過ごしたミュリエルは、音がある程度落ち着いたところで顔を上げる。その頃には、七色をまとっていた硝子は皆、地面に落ちてしまったあとだ。土の色に馴染んでしまえば、光を放つものなど一つとしてない。

次に翠の瞳に映ったのは、正気とは思えないギオの目だ。先ほども充血していて瞳孔も開いていたが、今はその比ではない。焦点もおかしい。しかも、荒かった呼吸はゼイゼイと喘鳴の

音がまじりっている。嘴の方を振り返れば、震える舌はだらりとはみ出してしまっていた。

さらに横を見れば、花壇にお行儀良く植わっていたはずの薬草が、赤い実どころか根っこごと引き抜くように無残に食い荒らされている。どれほどの量を口にしてしまったのか、考えることすら恐ろしい。

「ギオ、そなた……」

呆然(ぼうぜん)としたグリゼルダの呟(つぶや)きを耳が拾い、二人で同じものを見ているのだと気づく。あまりの事態にぼんやりしかけたミュリエルだが、助けを呼ぶことまで忘れてはいけない。今度こそ大声でサイラスとアトラを呼ぼうとした。

しかし、またしてもギオが変調したことで気を取られる。終始ブルブルと震えていた黒ニワトリが、ドクンドクンと胸どころか全身を波立つように脈打たせはじめたのだ。

「ギオ、さん……？」

血の気の失(う)せた顔で、ミュリエルは呟いた。

「ゴォゲゴッゴォォオォォオッ!!」

わかる言葉など含まれない、獣の声が鼓膜をつんざく。砕けずに残っていた温室の硝子が、音の振動に耐えきれなくなったものから順に割れていった。抱きつく手を離すわけにはいかず、ミュリエルは身をすくめるように再び顔を黒い羽毛に埋めた。

「ミュリエル!!」

『ミュー!!』

近くであまりにも大きい音を聞いたせいで、耳の奥に重い音が木霊し続けている。だが、この声をミュリエルが聞き逃すことはない。

「サイラス様！　アトラさん！」

ギオの首から手を離そうとしたのだが、先に足が地面から離れたことでそれは叶わなかった。黒ニワトリが顔を上げたせいで、ミュリエルとグリゼルダの体がつられて浮く。

すぐに手を離してしまえば強めの尻餅をつくだけですんだのに、なまじ強くつかまってしまったばかりに、今落ちれば怪我をする高さになってしまった。半壊した温室から真っ直ぐ体を伸ばしたギオの頭は、温室の屋根ほどの高さにある。

しかも、サイラスとアトラの声に勢いよくギオが振り返ったことで、ミュリエルとグリゼルダの体に遠心力が加わった。両の腕だけでしがみつくだけの筋力がなかった二人は、ギオの顔から手を離してしまう。だが、幸か不幸か振り回された先は地面ではなかった。ミュリエルはギオの半開きの嘴の間に挟まり、グリゼルダはつけっぱなしだった鞍に引っかかる。

「っ！　ミュリエル！　グリゼルダ！」

珍しく大きな声を出したサイラスに、遅れて自らの状況を理解したミュリエルは、胴をくわえられた体勢ながら顔をなんとか呼ばれた方へ向けた。しかし、乱れた栗色の髪が邪魔でサイラスとアトラの顔がちゃんと見えない。

「だ、大丈夫、です。わ、私はまだ、大丈夫……！　そ、それより、グリゼルダ様が……！」

「わ、私も大丈夫だ。しかし、金具に引っかかってしまったようで、身動きがとれぬ……！」

今嘴を開かれても困るが強く挟まれても困るミュリエルは、ギオの半開きの嘴の縁につかまって、姿の見えないグリゼルダの方へ視線をやった。微かにバタつく足が見えたが、それ以上の自由は利かないようだ。

「カナンを、置いてくるべきではなかったな」

異変を感じたアトラが、サイラスだけを拾って戻ってきてくれたのだろう。いち早く駆けつけてくれたことは、こんな状況にあるミュリエルにとって何よりも心強い。だが、正気を失ったギオに呼びかけて、一番効果が高いのはカナンのはずだ。

『とりあえず、ギオ。ミューと姫サマ、おろせよ』

アトラの声はギオに届いたのだろうか。閉まりきらない嘴からは、とてもニワトリのものとは思えない、うなるような鳴き声と絡まる濁点まじりの荒い息が漏れている。生々しい音の振動と息遣いを、ミュリエルは体中で感じた。

わずかな間だけサイラスとアトラを見据えていたギオが、この間何を考えていたのかはわからない。ただ、正気ではない状態で取る行動に、普段をあてはめて考えるのは無理がある。現にギオは、アトラを敵と認識したようだ。

真っ赤なトサカを震わせながら頭を振り、肩を沈ませ臨戦態勢を取る。ガクンと一段落ちるような揺れに、対応できるはずもないミュリエルとグリゼルダの体は大きく揺れた。

『……ワタシから』

「っ⁉」

　不安定な状態で揺らされて、ミュリエルの思考回路は鈍りをみせる。しかし、グルルと喉に絡まるギオの声が、普段は使わない一人称を音にしたことに違和感を覚えた。この場でそれに気づけたのは、アトラとミュリエルだけだ。

『奪おうと、いうのか』

　正常ではないギオのまとう空気が、気配を変える。それを肌で感じたサイラスがより表情を引き締めるのと、なるべく刺激しないように大げさな構えをとっていなかったアトラが、いつでも飛び出せるように後ろ脚に力を込めたのは同時だった。

『だが、渡しはせぬ』

　相対する白と黒の間にある空気は、まるで脆い糸を張ったようだ。いつ切れてもおかしくない糸は、それでも互いを隔てる効力を持っている。ギオが言葉を続けようとしているからであり、アトラがそれを聞こうとしているからだろう。危うい均衡に息を細くするミュリエルも、瞬きもせずに続きを待つ。

『この娘は、ワタシの花嫁だ！』

「っ⁉」

　耳がその台詞を拾った時には、視界が大きくぶれて体は耐えようもなく振り回された。どうやってサイラスを乗せたアトラを出し抜いたのかは確認のしようがない。だが確かなのは、黒ニワトリが白ウサギを置き去りにして、駆け出したということだ。それも嘴にミュリエルをくわえ、鞍にグリゼルダをひっかけたまま。

「っ⁉　っ‼　っ⁉」

　アトラの背に乗ったことも、思い返せばクロキリにつかまれて空を滑空したこともあるミュリエルだが、いまだかつてないほどの揺れに襲われて髪を振り乱す。自分の体がどのように波打っているのかも把握できないほど、もみくちゃにされているようだった。揺れるから視界が定まらないのか、目が回ってきて景色を捉えられないかの判断もつかない。

「ギ、ギオさんっ、酔い……、うっ、よ、酔いそう、です……！　うっ、く……」

　早々に気持ち悪くなってきたミュリエルは、唇を噛みしめて目を固く閉じた。目尻には涙まで浮かんでくる。自分の悲鳴にすらならないくぐもった声に紛れて、グリゼルダのものと思われる余裕のなさそうなうめき声も聞こえた。

『何を揉めてるのかと思えば！　何⁉　なんなの⁉　そんな乱暴な駆けっこなんてして！』

　前から聞こえたと思ったレグの声が、すぐさま後ろから聞こえる。訓練から戻ってきたところに行き当たったのだろうか。ギオがあり得ない速度で駆けているせいで、声もすぐに飛んでいってしまう。もちろん、姿など確認のしようがない。

『いや、アトラ君が怒鳴っているぞ。これはお遊びではなく、緊急事態だな』

『赤い実食い散らかしたギオさんが、ご乱心ってことっスね⁉』

『拾い食いはアカンって！　ほんならボク、とりあえずリーンさん呼んできます！』

　耳のよい聖獣達は独自の情報伝達で、事の次第をあっという間にほぼ正しく把握する。どの声も傍で聞こえた次には遠くで響き、返事をすることはできなかった。ミュリエルの口からは、

相変わらず苦しそうな声しか出ない。

「姫様‼　ギオ‼」

　ところが、こんなに声量があったのかと驚くほど大きく二者を呼んだカナンの声は、間近で聞こえたあとも離れてはいかなかった。それどころか、景色さえも把握できていない速度で駆けていたギオが、わずかに脚の運びを緩ませる。そのおかげで自分の体がどういう形だったか思い出せたミュリエルは、カナンの声がした方へ気力を振り絞って顔を向けた。

　すると、ギオの翼の先を無理矢理つかんだカナンが、引きずられながらグリゼルダのもとへ行こうと試行錯誤している。大きく芝を巻き上げるカナンの足が、ブレーキになっているようだ。しかし、ギオが煩わしさからか羽ばたいたことで、両足は浮いてしまった。カナンの体が宙に躍ってしまえば、黒ニワトリの駆ける速度は再び上がる。

　とはいえ、その程度で手を離してしまったり諦めるカナンではない。何せ目の先には、大事な大事な姫様が鞍に引っかかるという危ない体勢のままうめいているのだ。駆ける振動を味方につけて体を振ったカナンは、すぐさまギオの胴体にたどり着くとグリゼルダを助け起こした。ついで、手綱をさばいてギオの動きの統制を取ろうと試みる。

「ミュリエル殿、意識はあるか⁉　おい、ギオ‼　いったいどうしたんだ⁉　何があった⁉」

　矢継ぎ早に話すカナンに、とりあえずミュリエルは意識だけはあると伝えようと、腕を横に伸ばして手を握ったり開いたりしてみせる。そこに、グリゼルダが弱々しい声で懸命に状況の説明をしている声が聞こえた。

（よ、酔ってしまって、き、気持ち悪い、わ……。だ、だけれど、カナンさんが、手綱を握ってくださったの、だから。き、きっと、もう少し、我慢、していれ、ば……、……、……）

恐怖を感じる速度なのは変わらないが、乗り手がいるだけでわずかながら安心できる。ミュリエルはほんの少し生まれた余裕のなかで、急速に今自分ができることを考えはじめた。すぐにするべきことが浮かんだのは、『ワタシ』と言ったギオの台詞で、間髪いれずにあることを思い出していたからだろう。

「……ファル、ハド、さん？」

ミュリエルの声は、ギオの荒い息遣いと蹴り上げる地面の音に紛れ、きっと黒ニワトリにしか届いていない。口にした名は、この世で最後の一匹となった竜が、花嫁からもらった名だ。

「ファルハド、さんっ」

もう一度呼びかければ、絶えず一定の間隔で体にあたっていた荒い息が、微かにずれた気がした。それを都合よく解釈して、激しい振動に舌を噛みそうになりながらミュリエルは言葉を続ける。

「は、花嫁はっ、本当に、奪われるので、しょう、か……？」

竜と花嫁の物語は、悲しい結末を迎えるものもある。だがそれは、後世の人間が己のものさしで竜の最後を、悔いの残るものだったと解釈したがゆえだ。

ミュリエルのなかのひと雫は最後の時を思い出せないが、高く澄んだ水音を残し七色を連れて湖から空に還（かえ）った白き竜は、暗い感情など何一つ持っていなかった。過去にあった日々はた

だ眩しく、これから先を巡る日々もまた眩しいと信じている。

「あ、貴方が貴方であった時、花嫁はっ、最後の時まで、傍に、い、いたのではっ、ありません、か……？」

その時はもう戻ってはこないが、確かにあった出来事として塗り替えられることはない。そして今は、この身に宿るひと雫として共にある。

だが、己は己だ。花嫁ではなく、ミュリエルであるように。竜ではなく、黒ニワトリである。この心を、この体を、唯一として持ちここに存在する「個」なのだ。

「お、思い出して、ください。今の貴方は、誰ですか？　貴方が、大切に想う方は、どなた、ですか？　思い出して、ください。貴方の、名は……？」

魂が奏でるひと雫の音と、今を繋ぐ心と体が望む声。はたしてどちらが強く届くのだろう。

「ギオ！」

カナンが強く呼ぶ名に、黒ニワトリがうなり声をあげた。

「ギオっ！」

今一度呼ぶ名には、グリゼルダの悲鳴のような声も重なる。

「ギオっ!!」

声の限りに叫んだ二人の声に、黒い羽毛が波打つようにぶるりと震えた。

『……カナン！　姫さん！』

ミュリエルをくわえているせいで聞き取りづらかったが、ギオが今一番大切に思っている者

の名を口にする。ミュリエルはかなり無理矢理身をひねって、近くにある黒ニワトリの顔を見た。そこには一片の疑いも持ちようのない、正気を取り戻した目がある。

「ギ、ギオさん、よかった、です！　わ、わかります、よね？　正気ですよ、ねっ⁉」

『お、おう！　状況がよくわからねぇけど、オレは正気だぁ！』

それほど確かな目であったのに、言葉にしてしつこく確認してしまったのにはわけがある。

「よ、よかった、です！　で、では、あのっ、そ、早急に止まって、いただけます、かっ」

口では正気だと言っても、暴走しているギオの脚はいっこうに止まる気配がない。限界を振り切って気力だけで耐えているミュリエルは、一刻も早く揺れない地面に足をつけたかった。

「ち、ちょっと、本当に、もう限界でっ。は、早く、止まって、くださいぃ……！」

思い出した酔いのひどさに、悲痛な願いは涙まじりだ。しかし、ミュリエルをくわえていることで喉の奥でグルグルと鳴くギオの返答は、無情だった。

『そんなこと言われたってよぉ。脚が止まらねぇんだよ！　むしろ止め方教えてくれぇ‼』

「えぇっ⁉　……うっ、く」

びっくりして顔を上げたのがよくなかった。上げてしまった分、振り幅が大きくなって景色が盛大に揺れる。

『おいっ！　ギオ、テメェ！　砂で目潰しなんて汚ぇ真似しやがって！　覚えてろよっ！　あとできっちり落とし前つけてもらうからな‼』

胃の腑からこみ上げる嫌な感覚をギリギリで飲み込めたのは、アトラの歯音が後方から近づ

いてきたからだろう。

『っ!?　オ、オレ、そんなことしたっけかぁ!?　全然覚えがねぇんだけどっ!?　ってか、それより、なんとかしてくれよぉ！　止まりたくても止まれねぇんだぁ!!』

『拾い食いなんて、卑しいことするからだろうが！　とりあえず走ったままでもいいから、ミューをよこせ！　そんなに振り回しやがって、タダじゃおかねぇ!!』

真っ先に心配してくれた白ウサギに、翠の瞳に膜を張っていた涙が粒となって言葉もなく後方へ流れていく。

『こ、これは、不可抗力だぜぇ！　脚もだけど、嘴も上手く動かせねぇんだ！　なぁ、嬢ちゃん、自力で抜け出せねぇの？』

『チッ!!』

言い合いをしている間に追いついたのか、アトラの盛大な舌打ちは間近で聞こえた。ミュリエルが自力で脱出できないことなど、白ウサギは百も承知なのだ。そのため、本人の返事より反応が早い。

「ミュリエル、すぐ助ける！　……カナン！」

いよいよ余裕のないミュリエルは、顔を上げることもできない。ただ、サイラスの声に安心して、とめどなく涙を散らした。

「ギオ、強引になるが許してくれ」

何事かを詫びるカナンの声は、なぜか挟まれている嘴の上から聞こえた。ついで、嘴の根元

に何かが無理矢理ねじ込まれる。嘴の縁につかまっていたミュリエルは、ズボッと己の体の横に出てきたものを視界の端に映した。それは、カナンの足だ。

「ミュリエル殿、行くぞ」

一応の声かけはされたが、何一つミュリエルは理解していないし了承もしていない。しかし、足は躊躇(ためら)いなくミュリエルの体を嘴から押し出すために、横へ薙(な)ぐように動かされた。同時に、嘴の締まり具合が少しずつ緩んでいく。

『あがっ、ぐえっ』

ギオの変な声がしたと思った時、ミュリエルの体は蹴り出されていた。かなりの勢いをつけて嘴からすっぽ抜ける。

「……えっ？」

この瞬間、ミュリエルは恐怖を抱くほど状況を理解できていなかった。ただ、引き延ばされたように緩やかに流れる時間のなかで、色々なものを見る。

風に暴れる栗色の髪。今まで挟まっていたはずの嘴。そこに肩を入れ、片足は蹴り出している格好のカナン。驚いたギオの顔。鞍に座りながらも、必死に縁にしがみついているグリゼルダ。

ここまで時間にして、本来であれば瞬き一回分ほどだろうか。さらに次の一回分で、ミュリエルは己の現状を理解した。無重力をまとった瞬間に恐怖がぶわりと全身に広がり、落下と共に血の気が引く。よる辺なく宙に放り出され、伸ばした手には空が透けている気がした。

「き、きゃ……」

　ところが、ドサッと悲鳴の途中で体が何かに抱えられ安定する。かなりの勢いながら危なげなく抱き留めてくれたのは、サイラスだ。悲鳴の形の口をあけたまま、ミュリエルは見開いていた目をわずかに動かした。まず見えた紫の色に、翠の瞳は一気に決壊する。

（……っ、……っ！　……っ!!　こ、こわ、怖っ、怖かったぁあぁっ!!）

　声も出ないミュリエルは滂沱の涙を拭き零しながら、なり振り構わず広い胸に抱きつくと右に左に顔を擦りつけた。

「ミュリエル、無事だな？」

『ミュー、痛てぇとこは？』

　振り続ける首は、いったいどちらの返事に取られるだろう。色々な感情があふれてしまい、ひと言「はい」と返事をすることさえできない。しかし、首を振る勢いにも離れないとばかりに抱きつく腕にも、力強さがある。それを思えば、無事でなおかつ怪我もないと伝わったはずだ。サイラスとアトラが同時に息をつく。

「よく頑張った。とても偉かった」

　しがみつくミュリエルの背で、抱きかかえるために回した大きな掌がなだめるようにポンポンとリズムを取る。幼子に向けるような言葉に仕草だが、今のミュリエルにとってはこれ以上ない最善手であった。一気に安堵で満たされる。

「本当は、もっと労ってあげたいのだが……。今は、前を向けるだろうか？」

　ミュリエルは涙の乾かぬ翠の目で見上げた。限界状態から脱出し、一番の安全地帯に生還し

たためすっかり忘れていたが、いまだ状況は何一つ解決していない。そのためミュリエルは、しっかり視線を合わせてからサイラスの助けを借りつつ前向きに座り直した。

ギオと張り合うように駆けているアトラの背は、規則正しく揺れる。しかも、一歩の飛距離が長く直線的なため、悪酔いをもたらす動きではない。体が言うことを聞かず、多動で無駄な動きを挟むギオとは比べるまでもない、しなやかな走りだ。

そして、何かにつけてよく乗せてもらっていたおかげか、運動音痴なミュリエルもその揺れに合わせる動作を自然に身につけていたらしい。鞍に正しく座れば、サイラスの腕に囲われていることもあり安定感は抜群だ。ギオに揺られたからこそアトラの駆ける姿には無駄がなく、完成されていることがよくわかる。

（……あ！　そ、そうだったわ！　グリゼルダ様は？　カナンさんと、ギオさんは……？）

やっと他(ほか)のことを考える余裕が持てたミュリエルは、すぐ横を駆ける黒ニワトリを見た。ギオはただ爆速で駆けるだけではなく、無駄に翼を羽ばたかせたり上下に体高を揺らしたりと、とにかく騎乗している者に不親切な動きを繰り返している。

ギオの嘴に足をかけていたカナンはちょうど鞍に戻るところで、座り直して手綱を握れば片腕でグリゼルダを抱えた。それを見るに、カナンはまだ余裕がありそうだ。しかし、グリゼルダは一番信頼している従者であり恋人の腕のなかにあっても、目をつぶって歯を食いしばっている。

（ど、どうしたらいいのかしら……。な、何か、打開策は……）

一度は安心したものの、ミュリエルはハラハラと視線をさまよわせた。駆ける速さに合わせて顔にあたるように吹きつける風が、栗色の髪を弄ぶ。

『サイラスちゃんに、アトラー！　それにミューちゃーん！　こっち！　こっちよぉー!!』

そんな時だった。庭に人工的に造られた丘で鼻息が吹き上がり、皆を呼ぶ声がする。風圧に眉をよせた顔で、ミュリエルは声の聞こえた方へ目を向けた。レグの頭にはレインティーナがおり、さらには支えられたリーンが大きく両手を振っていた。

「皆さーん！　こんな時ですが、赤い実をつける草の成分がわかりましたー！　滋養強壮効果だそうですー！」

その言葉に、聞こえた全員がびっくりしたと思われる。

（じ、滋養強壮って……。青い実と赤い実では、効果がまったく逆になるということ……？で、では、それをたくさん口にしてしまった、ギオさんは……）

ミュリエルは再び黒ニワトリを見た。多量に摂取した滋養強壮効果のある実が、どんな結果をもたらすかなど、目の前のギオの現状を鑑みれば火を見るより明らかだ。

「先ほど温室の惨状を確認したのですが、もしかしてギオ君、摂取しちゃった感じですかねー!?」

考察の得意なリーンは、多くを説明せずともすでに自分で答えを導き出している。確認だけする声に、サイラスが同じ大きさで返した。

「そのようだ！　リーン殿！　打てる手があれば、知りたい！」

それに対して、糸目学者はさらに輪をかけて声を張った。

「はいはーい！　現時点での最善策はー！　いっぱい動いてー！　いっぱい汗をかいていただきー！　効力を抜くしかないと思われますー！　ある程度抜けたらー！　温室まで戻ってきてくださーい！　中和剤を用意しておきますのでー!!」

ところが、レグの頭上から駆け抜けざまにかけられた声は、すでに遠い。最後の方は聞き取りにくく、ずいぶん後ろから響いた。

「皆、今の説明を聞いたな？」

落ち着いたサイラスの問いかけに、ミュリエルは頷いた。伝えられた対応策では、どこに終わりがあるのか、また、どれくらい時間がかかるのかわからない。しかし、サイラスがいつもと変わらない声色を聞かせてくれるだけで、焦りなどあっという間に薄れていく。

「アトラ、ギオの進路を安定させるために、このまま併走する」

『おう、了解』

アトラの歯音にも気負いはない。そんなやり取りには、何事がおこっても対応しきる自信が表れていた。それが、どんなに頼もしいことか。

「とりあえずは無理な軌道修正はせず、大回りで庭を駆け続けよう。庭を抜ける道が正面になったところで、楓の大木を目指す」

サイラスの見立てでは、このまま庭を回るだけでは事足りないらしい。庭の先、王城の奥に広がる山野のなかの、以前も訪れたことのある楓の大木を目指すことにしたようだ。リーンの

求めに応じて温室に戻るのなら、楓の木が往復地点となる。

「カナン、できるだけ運動量を上げるように進む。我々が合わせるから、無理にギオを制御しようとしなくていい」

指示されたカナンは頷くと、筋が浮くほど力を入れていた手綱を握る手を幾分緩めた。

「ミュリエルは、まだ余裕があるな」

「あ、は、はいっ」

顔にかかる風圧が強くて目を細めていたミュリエルは、話を振られて慌てて返事をした。落ちたら大怪我をする速度で駆ける白ウサギの背にいるため、自信満々に余裕があると言ってしまうには語弊がある。しかし、ギオにくわえられて右も左も上も下もなく振り回されていた時を思えば、まだまだ頑張れそうだ。

「グリゼルダ、貴女は持ち堪えられるか？」

「あ、侮る、なっ！」

そして、グリゼルダもまた気丈に声を張った。激しい振動の真っ只中にあるため、声は弾むように切れ切れだ。表情など王女にあるまじき険しさになっている。

「ギ、ギオがっ、大変な時に、私がっ、頑張らずして、いつっ、頑張ると……、っ!?」

しかし、せっかくのよい発言だったのに、最後まで言い切ることはできなかった。突然、全身に圧が乗るような衝撃がかかったのだ。ミュリエルも一瞬息が止まる。併走していたアトラが、ギオに体当たりしたらしい。

『っ!! なんだってんだよっ!! いってぇじゃねぇかぁっ!!』

『岩があったんだよ。あのままじゃ歩幅的に変な踏み方になって、脚をひねりそうだっただろ』

いくらギオが危ない進路を取らぬようにと指示されたからとはいえ、アトラの手法はかなり荒っぽい。もちろん、怪我をするよりはずっといいのだが。

「カナン、このままだと林に入ってしまう。だから今から続けて三度は、アトラが体をあてる」

今の白ウサギの力加減とギオの移動した距離で、サイラスは必要な回数を目算したらしい。不意に衝撃を受けるよりは、前もって知っていた方がずっとましだ。カナンもグリゼルダの負担が少しでも少なくなるように、抱きよせ方を微調整している。

『三回、な。わかったか、ギオ。用意しろよ?』

『はぁ!? 用意ってなんだぁ!? 心構えか!? 闘志を燃やせばいいのかぁ!? ぐはっ!!』

どう考えても突っ込み待ちの返答をしたギオに、アトラの体当たりは容赦ない。しかし、まだこれは一回目だ。

『体は無理でも、気持ちだけは努力しろって言ってんだよ! こんな程度でテメェは怪我なんてしねぇけど、大事な姫サマは違うだろ』

『ぐっは!!』

正論を言われて喉をつまらせたところに、さらに二回目。

『けど、とりあえず今は、これで終わりだ』

『ぐっはぁっ!!』

そして、間髪いれずに宣言通り三回目。言葉がわかるおかげで、ミュリエルはなんとか身構えることができる。すごいのはサイラスだ。わずかな予備動作だけで察知し、一番の衝撃がくる瞬間に合わせて自身のみならずミュリエルまで固定してくれる。そのおかげで、体への負担は最小限だ。

「ミュリエル、大丈夫か？」

「だ、大丈夫、です。サ、サイラス様が、いらっしゃる、ので」

一人で耐えろと言われたら、一回目で吹っ飛んでいただろう。ほんの少しだけ横を向く程度では、サイラスの顔は見えない。しかし、サイラスもミュリエルに向かって限界まで体を倒していたため、頬が触れた。風に煽られて冷えた肌に温もりが灯る。すると不思議なもので、もっと頑張れそうな気がした。

『しかも、走り方が雑すぎる。暴走してることを差し引いても、ひどすぎるだろ。大事なヤツを乗せてるんなら、少し考えろって』

アトラのさらなる苦言に、ギオはイライラしながら顔をわずかに傾けた。鳥の視野は広い。ほんの気持ち首を傾げただけで、グリゼルダの様子を確認できたらしい。そこには顔色を悪くしてきつく目をつぶり、身を固くした王女殿下がいる。ついで、黒ニワトリはこちらを見た。目が合ったと感じたミュリエルは、引きつりながらも愛想笑いをする。

『おい。また岩だ』

『ぐへっ！』

宣言から間のない体当たりとなり、ギオは心構えも何もなく大きく位置をずらした。

『……くっそぉ!! めちゃくちゃ痛いっ!! もっと優しさをくれぇっ!!』

『これが優しさだろうが』

『ぐっ、へぇっ!!』

情けも容赦もないアトラの体当たりは、必要なものである。ただし、それにすんなり納得する黒ニワトリではない。すでにキレていたギオだが、赤い実の効果とは別にさらに何段階かイライラを上乗せしたようだった。

アトラはこれに関しては万事、いっさい己に非はないと思っている。むしろ感謝しろとの姿勢だ。それが余計に腹立たしかったのだろう。この時はじめて、体当たりの主導権をギオが握った。白ウサギと、その背にいるサイラスとミュリエルに重い衝撃が加わる。

『痛っ!? ギオ、テメェ! 今のわざとだな!?』

アトラは謂(いわ)れのない体当たりをくらい、途端にギンッと眼光を鋭くする。

『いやいやぁ、そうとも言い切れねぇんだな、コレが! なんたって体が言うこと聞かねぇもんでよぉ! けけけけっ!』

否定しているように聞こえるのは、言い回しの妙だ。意味をちゃんと飲み込めば、故意か過失かは半々といったところなのだろう。白ウサギも当然そのように考えた。

そのため、次の衝撃が間を置かずもたらされる。しかしそれは、ミュリエルでもわかるほどに必要のない場面であった。

『厚意に礼ができねぇヤツには、きっちりやり返す主義だ』

　きつくにらんだ赤い目に、それまでもパンパンだったトサカが破裂せんばかりにふくらむ。再びギオからの体当たりが、アトラにぶちあたった。

『あ、わりぃ。今のは半分わざとだぜぇ！』

『痛っ！』

（うっ！　あぁ……。こ、これは……、はじまってしまいそうな、予感……、……、……）

　一発ずつで痛み分け、そんな不文律は二匹の間では成立しない。そもそも、どちらが先かという点からして、折り合いがつく未来は永遠に来ないだろう。ドンッと再び衝撃が走る。

『おい、フラつくなよ。助かっただろ？』

『ぐふっ!!』

（うっく！　ア、アトラさん、用意が間に合いません！　もう少し、お手柔らかに……！）

『ありがとよぉ！　ウサギ、ちゃんっ!!』

『痛っ!?』

（うぐっ！　ギ、ギオさん、せ、せっかくの軌道修正を無にするのは、ち、ちょっと……！）

『どういたしまして、トサカ、ちゃんっ!!』

『ぐっふっ!!』

（ひぐぅっ!!　だ、だから、ほら、アトラさんの体当たりが、余計容赦のないものに……！）

　アトラの背中はギオに比べれば快適だと、そんなふうに思っていたのは少し前のこと。体当

たりがなされるたびに、右に振られ左に振られ。サイラスに支えられても自分の用意が間に合わなければ、ミュリエルの頭はより大きく揺れることになる。

そして、わずかに体当たりの応酬に隙間の時間ができたと思えば、そこで行われているのは無言のにらみ合いだ。だが、それも長くは続かない。どちらからともなく、そろって不気味に笑いはじめた。

『はっ、はははは……』

『けっ、けけけけ……』

白々しい笑いと共に白ウサギの体には過剰な力が入り、小刻みに震え出す。怒りによる震えだ。黒ニワトリのあごに垂れ下がっている肉髯も、威嚇するように同じく震え出す。

舌を噛まないように歯を食いしばっていたミュリエルだったが、ビリビリとした一触即発の空気を感じ、決死の覚悟で割り込んだ。上体を伏せ気味にしていたところからさらに下げ、顔を白い毛に埋める。そして、荒振りを静めたまえと右に左に擦りつけた。

「ア、アトラさんっ、ギオさんっ、れ、冷静に……！　グ、グリゼルダ様と、私のためにも、な、なんとか、お願いします……！　激しく揺れると、落ちてしまいそうで……！」

頭に血がのぼったせいで、存在を忘れられているのかもしれない。少なくともアトラは、先ほどまでかなりミュリエルとグリゼルダのことを気にかけてくれていた。思い出せば、怒りを収めてくれるかもしれない。そんな一縷の望みに懸けて、途切れ途切れの声で必死に言い募る。

しかし。

『サイラスがいるだろうが！　力入れてしっかりしがみついてろ‼』

『カナンがいりゃ平気だろ！　落ちるはずねぇからいいんだよぉ‼』

なぜ怒られるのがミュリエルなのか。しかも、これを機に体当たりの応酬が本格的になってしまった。もうどちらが先に仕かけているかすら、わからない有様だ。吹き飛ばされてしまいそうな揺れに断続的に襲われる。

「ミュリエル、大丈夫だ。君を落とすようなことを、私は絶対にしない」

冷静なサイラスの声が、耳もとでする。それを聞いて、ミュリエルは背中から覆い被さるようにサイラスに包まれていることを思い出した。

「ギオが、徐々に体の感覚を取り戻しているようだ。少々手荒いが、この分なら庭の境にある迷路も、問題なく抜けられるだろう」

突然はじまってしまった激しい競り合いに、ミュリエルはすっかり忘れていた。だが、サイラスに言われてみれば、確かにギオはずいぶんと自分の意思で体を動かせるようになっている。キレ散らかしながらも、対等にアトラにやり返しているのがよい証拠だ。頭に血がのぼっているため自覚は薄いかもしれないが、不安定な動きが少なくなっている。

これならば、庭と王城の奥に広がる山野を隔てるために設けられた迷路を兼ねた高い塀も、サイラスの言う通り抜けられるだろう。体が言うことを聞かないうちに到達してしまえば、激突の危険もあったかもしれない。

（そ、それを思えば、こ、この激しいぶつかり合いも、無駄ではない、わよ、ね……。だ、だ

けれど、やっぱり……）

激しすぎる。引く気のない者同士のため、手心なんてものは加えられない。とはいえ、ここまでになると逆に遠慮したり加減してしまったりした方が、危ないというのもわかる。結局ミュリエルは、せっかく乾いていた涙を再び溜めながら耐えるしかない。

「カナン、ギオの手綱はどれほど利く？」

「六割です」

「ならば、上々だ。迷路の順路は守らずとも構わない。アトラもだ」

庭と山野を隔てる迷路は、もう目と鼻の先まで迫っている。順路通りに進むなら、何度も直角に曲がる箇所があり、時には即座に回れ右しなければならないところもある。今出ている速度でそこへ突っ込むのは、かなりの無理があるように思われた。しかし、サイラスは焦ってはいない。

いよいよ迷路に入る壁が迫ると、イライラとギオと競っていたはずのアトラが、不服そうにしながらも一歩先を譲った。受ける風圧がわずかに緩んだその隙に、黒ニワトリが前に出る。

途端に叫んだのはカナンだ。

「ギオ、飛べ！」

『ぬおぉぉっ！』

バッサバッサと黒い翼が乱暴に羽ばたく。わずかな滞空時間を経て迷路の縁に片足で着地したギオは、すぐさまそこを蹴って再び羽ばたいた。優雅さは皆無の、かなりの力業による飛翔

だ。本来長距離を飛ばない鶏がするには、ここが限界という動きである。

わずかに遅れて跳躍したアトラはと言えば、追いかけてなお余裕のある動きだ。先に次の脚場を計算しているのか、危なげはいっさいない。

『へっへーん！　オレが、いっちばーん！　ウサギちゃんは、ビリな！』

迷路を抜けて木々が乱立する場所に着地した時、ギオはたいそう得意げに威張ってみせた。

ミュリエルからすれば二匹で協力しなければならない場面のため、順位を決める発言は不適切に思う。ビリなどという表現は言いがかりもいいところだ。

『あぁん？　譲ってもらったうえに、薬でかさ増しされた能力で粋がるなんざ、ダセェな』

聞き返す声に濁点が利いていたことから、腹が立っていないわけではなさそうだ。迷路のおかげで体当たりの応酬は終わったが、小競り合いは終わりそうにない。

『ダ、ダセェだとぉっ⁉　もともとオレの脚は、こんくらい速いんだよぉっ‼』

『ここに来てから何一つ、オレには敵わねぇのにか？』

『っ、かー‼　勝つ！　この競争で、オレは勝つっ‼』

『薬の力借りて、それでも負けたら格好悪いもんな？』

打てば響く言い合いのなか、アトラの煽りは目が覚めるほど綺麗にギオのトサカを染めた。

『勝つからいいんだよぉ！　よぉし、わかった！　温室がゴール、それでいいなっ⁉』

『望むところだ。とろとろ走りやがったら蹴ってやるからな！　せいぜい頑張れよ？』

そして、いつの間にか勝負が成立してしまった。それなりにまだまだ緊急事態な気がしてい

るミュリエルは、本当はなだめたり、取りなしたりしたかった。しかし、それをするにはもう遅すぎる。ミュリエルはぶつかり合いのさらなる激化の予感に、太腿と鞍の縁につかまる手にキュッと力を入れた。

「ミュリエル、アトラとギオが、先ほどから会話をしているようだが……」

脚も止めないが、ガチガチコッコ、ガッチンコケコと歯音と鳴き声も止まらない。そのため、サイラスは両者の間で何か話しているのだとわかったのだろう。ミュリエルは、サイラスに聞こえるくらいの小声で白ウサギと黒ニワトリのやり取りを伝えた。

「なるほど。面白い」

意外と勝負事の好きなサイラスは、声に楽しさをにじませた。それを後ろ頭に聞いたミュリエルは、ますます覚悟を決める。

「カナン、アトラとギオが競争で勝負をする気らしい。私もそれに乗ろうと思う。予定通り、楓の木で折り返す。そのまま、温室に先に到着した方を勝ちとしよう」

たぶんだが、サイラスはカナンが断ると思っていない。その証拠に、聞く内容は参加不参加ではなく、すでに勝敗の方法だ。

「……勝負ですか」

「あぁ、もう手綱も利くだろう？」

ミュリエルとほぼ同じ人種のカナンは、反応が曖昧だったりゆっくりだったりの傾向がある。しかしこの時は、色々を飲み込んで頷くまでが早かった。

「わかりました。受けて立ちます。姫様、俺に任せてくれますか？」

「も、もちっ、もちろん、だっ！」

静かな佇まいに見せて、カナンも血の気が多く負けず嫌いなところがある。かなり限界の様子で、それでも快い返事をしたグリゼルダに、ミュリエルは感動に近い気持ちを抱いた。

（グ、グリゼルダ様！　あとでいっぱい、もの申したいこと、お聞きします……！　そしてぜひ、私が今を思い出して涙したら、優しく拭って、頭をなでてください……！）

グリゼルダほどではないにせよ、ミュリエルにだって長く話す余裕はない。すべてが無事に終わったら今のこれを話題に上げ、絶対に女子会をしなければならないと心に決める。

その間にも、カナンは姫様を抱き直す。そして、頭を振って顔にかかっていた重い灰色の髪を払った。額をすっきりと出し、遮るもののなくなった前を見据える。それを余裕の流し目で見たサイラスも、唇の端を引き上げた。

ここからは怒濤だ。飛んで、跳ねて、ぶつかって。相手の邪魔をするというより、最短の道筋を奪い合うことで、しのぎを削る。力業でグイグイ進むギオに対し、アトラは柔軟性と機動力を駆使してしなやかに進んでいた。木々も岩も草むらも、同じ場所を通っても白ウサギと黒ニワトリのいなし方はそれぞれだ。

衰えない風圧のなか、翠の瞳にはめまぐるしく変わる景色が映る。サイラスが背に覆い被さって体を固定してくれていなかったら、とっくに目を回して気絶していたかもしれない。アトラはミュリエルが背に乗っているのに、かなりの頻度で身をひねり、時には天地が逆さまに

なるほどの曲芸的な動きを挟む。

（こ、こ、これは、む、無理……。そろそろ、もう、本当に無理、だけれど……。で、でも……。い、今の私なら、ついてこられるとの判断、なのだと、した、ら……、……、……）

ならばその期待に応えたい。もはやカナンにギオ、一番厳しい状況のはずのグリゼルダを思いやる余裕はミュリエルにひと欠片もない。眉間にしわをよせ歯を食いしばり、薄くあけた目でどんな状態であるかをギリギリ把握するので精一杯だ。

（が、がが、頑張るのよ、ミュリエル……！　お、お荷物になって、アトラさんが思いっきり駆けられないなんて、そんなこと、あっては、い、いけない、わ……！）

薬で強化されているギオが相手だとしても、アトラは負けるつもりはない。聖獣達をそろって大事に思うミュリエルだが、どうしたってアトラ贔屓だ。勝負するからには大好きな白ウサギを全力で応援したと思う。

とうとう楓の木が見えて、折り返し地点となる。二匹は、速度を落とさずに突っ込んだ。あまりの勢いに、信じていてもミュリエルの体には力が入る。アトラはクルンと宙返りをして幹が損傷しない程度に後ろ脚で蹴り出し、方向を転換した。一方ギオは羽ばたきを利用して折り返し、回転したついでに尾羽で幹に触れていく。

さすがの聖獣も、ここまでの全力疾走を続ければ息が上がる。ギオは完全に体の自由を取り戻したらしいが、薬草の効果は切れていないようだ。でなければ、減量完遂手前の体でアトラとこれほど互角に渡り合えるはずがない。

楓の木がある丘をくだって草原を抜け、林にさしかかる。このまま大きな変化はおこらずにゴールへ向かうと思われたが、ここで外野からひと工夫が加えられた。頭上から高く長いクロキリの囀りが響き、木々の先からスジオの鳴き声が届く。

『リーン君から、運動量をもっと上げるように頼まれたものでな。まぁ、頑張りたまえ』

『あの、ジブンは頼まれただけっスからね？　あたっても絶対に怒らないでほしいっス』

クロキリとスジオは前置きをすると、それぞれの場所から次々と拳大の何かを落下させていった。クロキリは翼で木の葉吹雪を巻きおこしつつ、かごからポロポロと落としていき、スジオは背に乗せたリュカエルが同じくかごから放っている。アトラとギオの動きを加味しつつ狙って投下されるそれらは、どうやらイガのついたままの大量の栗だ。

（こ、これ、あたったら、絶対にとても痛い、わ……！）

とはいえ、ミュリエルが気づくよりもサイラスとアトラ、そしてカナンとギオの反応の方がずっと早くて的確だ。アトラはかなりの余裕をもって、ステップと身をひねることで難なくかわしていく。不自由な右目を補うサイラスの指示も的確だからか、イガ栗の妨害は子供だまし程度でしかない。

対してギオは羽毛をふくらまして防御力を増すと、直線的に突っ込んでいく。アトラのようによけていては速度が落ち、後れを取ってしまうと判断したのだろう。足もとだけを気をつけて突っ込んでいくなど、きっとギオにしかできない。信じて任せるカナンも、なかなか剛毅だ。

クロキリとスジオはイガ栗の在庫がなくなると速度を緩め、アトラとギオに先を譲る。通り

抜け様には、スジオに騎乗したリュカエルから声がかかった。

「この先も、怪我のないように頑張ってください！　姉上、王女殿下、あと少しですよ！」

一瞬だけ目が合って、早口でかけられた励ましの言葉に元気づけられる。握力が落ちてきている手に、ミュリエルは意識して力を込めた。見えてきた迷路の壁を前にして、太腿にも力を入れ直す。復路でも、迷路は順路を無視して壁の縁を飛び越えていくことになった。

あっという間に庭へ降り立てば、今度はロロの鳴き声が聞こえる。

『はいはーい、皆さん！　次はボクの番です。落ちんように気ぃつけてください。ほな、スタート！』

ボコン、と最初の穴があいたのは、ロロが言い終わる前だったように思えてならない。あいた穴は聖獣にとって深いものではないが、大小様々なうえ、アトラとギオの動きをわかっているからこその間隔で嫌らしく配置されている。ただし、サイラスは最初の数個でそれを理解したらしい。過不足なく手綱で意思を伝えれば、アトラのその後の動きに問題はなくなる。

ところがギオは、そうはいかない。何度穴に落ちかけただろうか。だがそこは、翼を持つ鳥類である。バサバサと羽ばたいて難を逃れては、ここでも結局、どこまでも直線的に進んでいく。

落とし穴を抜ければ、もう温室までいかほどもない。しかし、まだ終わりではないことをミュリエルは知っていた。クロキリにスジオ、そしてロロと繋いできて、まだ一匹登場していない聖獣がいる。

『さぁ、アトラにギオ！　温室を目指すなら、アタシを越えていきなさぁい！』

高らかな鼻息と共に待ち構えていたのは、大きなお尻をこちらに向けたレグだ。前脚を折って後ろ脚は立てているため、視界いっぱいに威風堂々としたお尻がそびえ立つ。お尻から発せられる圧力は凄まじく、ゴールを目指す者を断固として阻んでいた。そんなお尻のてっぺんには、銀髪をたなびかせるレインティーナが仁王立ちしている。逆光を浴びた男装の麗人は、高らかに宣言した。

「この頂上を飛び越えて栄光を手にするのは、どちらだっ！」

レインティーナがバッと天に突き上げた右手は、人差し指を立てていた。一位、勝者、唯一、それらを示す一本の指は、同時に上空を飛んで戻ってきたクロキリを指している。

徐々に高度を下げたクロキリだが、地面に降り立つ気はないようだ。そして気づけば、先ほどイガ栗を入れていたかごは持っておらず、代わりにリボンのついた何かを持っている。

『っ!?　クッキーだぁ!!　そうだよな？　な？　間違いねぇ!!　アレは、オレのもん、だぁ!!』

ミュリエルの目では、リボンがヒラヒラしていることしかわからない。もちろん匂いなんてまったくしない。しかし、ギオは食い意地をもって確信したようだった。

『ちっ！　好物ぶら下げられて出る力があるなら、出し惜しみなんかすんじゃねぇっ!!』

クロキリのかぎ爪がクッキーを離す。自然落下をはじめたクッキーめがけて、アトラとギオは最後の距離をつめた。

ダンッ、となんの遠慮もなくレグのお尻を踏み切ったのは同時。後ろ脚のバネのおかげで、

飛び出した瞬間はアトラが優勢だっただろうか。クッキーの落下点と、二匹の到達点が自然と重なるその一点。このまま行けばアトラの方が先に到着していたと思う。しかし、ギオは今持てる力をすべて込めて羽ばたいた。重なる一点よりわずか上、そこへ伸びた黒ニワトリの嘴が、白ウサギより先にクッキーをくわえる。

ミュリエルは目を見開いていた。あまりに高くまで跳んだため、視界は木々や庭や城よりも、秋の晴れた広い空の方が多く映る。見慣れない視点で見る景色は、怖くもあるが新鮮さに満ちていた。サイラスの腕のなかにあり、アトラの背であるからこそ、こんな気持ちで見られるのだろう。力が入っていた体が軽くなるような感覚に、ミュリエルは翠の瞳を輝かせて、縮こまっていた胸を広げるように大きく息を吸い込んだ。

落下に入るまでの滞空時間は長く、広い景色は止まって見える。しかし、再び景色が動きはじめれば一瞬だ。無重力状態でふわりと広がった栗色の髪は、落下に任せて勢いよく尾を引く。

『やっ、やったぜぇ!! オレの、オレの勝ち……、ぐべっ!!』

身軽な着地とはほど遠い無様さで、ギオが地面に落ちる。かなりの疲れが蓄積していたようで、もう脚にも力が入らないらしい。一度倒れたら最後、立ち上がることさえできないようだ。

アトラはそんなギオをすがめた目で見ながら、あれほど高くまで跳んだというのに優雅に着地した。衝撃を最小限にするどころか音さえ立てない身のこなしは、華麗で美しい。さらには、これだけ激しく競い合ったのに、白い毛に乱れも汚れもなかった。

アトラに比べれば、ミュリエルの方がずっとヘロヘロだ。素敵な景色を見た感動などあっさ

り通り過ぎてしまうほどには、膝が盛大に笑っている。鞍からおりる時も地面に足をつけてからも、サイラスが支えてくれなければすぐにでも座り込んでしまっただろう。

地面と仲良くしているギオから、カナンとグリゼルダも同じくおりている。王女殿下はぐったりとしていて、周りの目を気にする余裕もなさそうだ。従者に横抱きにされるがままに、すぐさま体からすべての力を抜いていた。

『……おい、生きてるか？』

ちゃんとした立ち姿ながら、さすがのアトラも声に疲れがにじむ。白ウサギがぶっきら棒ながらも気遣ったというのに、黒ニワトリはカラッカラの声で虚勢を張るように大きく鳴いた。

『け、けけっ。や、やった。やったぜ、やったぁっ!!　オレの！　オレのクッキー、だぁ……!!』

萎えた脚で立ち上がったギオは、一歩二歩とよろめきながら進む。

『み、見せびらかしながら、ここで食ってや……、ぐぼっ!!』

しかし、突如ボコンとあいた穴にはまった。どういう計算がされたのか、その穴の形に大きさ深さまで、ギオの体にぴったりだ。はまった拍子に驚いて嘴をあけ、仰け反った反動で大事にくわえていたクッキーがポーンと宙を舞う。それは狙ったように、動かないアトラの鼻の上に落ちた。赤い目がより目でクッキーの存在を確認している。長めのリボンでまとめられたクッキーは数枚あり、どうも最初から聖獣が皆でわけられるようになっていたらしい。

アトラはとてもいい子のため独り占めなんてことはせず、リボンを解いてもらうためにサイラスに渡していた。

「はいはーい！　お疲れ様でした！　ギオ君、そこまでですよ！　クッキーはあとでにして、こちらを先に食べましょうね？」

　アトラとギオがどこにおりるか判断できなかったため、リーンは距離をとって待機していたようだ。急いで駆けよってくる。とてもいい笑顔を浮かべたリーンは、小指の先ほどの大きさの丸薬をつまんでいた。きっと中和剤だろう。

「お口、あけましょうか？」

　逃げも隠れもできないギオに、糸目学者は笑顔で迫る。

『あ？　なんだ、ソレ……？　なんか、ヤバイ匂いが……』

　しかし、獣の勘が働いているのか、ギオは嘴を固く閉じた。

「完全に興奮状態が抜けているなら、いらないかなぁなんて思ったのですが……。トサカも肉髯も、まだはち切れんばかりに真っ赤ですしね。飲んでおきましょう？　その方が安心です」

　ずずい、と顔をさらによせたリーンに、ギオは顔を限界まで背けた。

「うーん。仕方ないですね。では、リュカエル君とスジオ君、お願いできますか？」

　いつの間にか戻ってきていたリュカエルとスジオを、リーンが振り返る。慌てず傍までよって来た二者は、身動きができないギオを見下ろした。

「本当は、乱暴なことをさせたくないのですが……。スヴェン、ごめん。いい？」

『了解っス！　まぁ、医療行為っスから。でも、先に謝っておくっスよ。ごめんなさい！』

　やると決めたスジオは、ひと思いに前脚を振り下ろした。ギオの首を勢いよく踏んづける。

『ぐぇっ!!』

首を押さえられたギオは、抵抗する間もなく上を向いて嘴を開いた。素早い動きでリーンが丸薬を放り込む。

「はいっ、飲み込んでー！」

手慣れているリーンの方がギオよりずっと上手だ。文句も吐き出す隙も与えずに、嘴に抱きついて押さえ込む。ロロがきっちり嘴を押さえる動きに加勢しており、体の自由を奪われているギオには飲み込む選択肢しか残されていなかった。

えずくように首が波打ち、なんども瞬きを繰り返す目には涙が浮く。匂いについて文句を言っていたことから、相当不味いに違いない。

『死んだ。オレはもう、死んだ……』

やっと嘴を離してもらった時、ギオは虚ろな目でパッタリと首を地面に横たえた。その姿には沈痛な鐘の音が響くような、わびしさがある。

『馬鹿か。大丈夫だろうが。どう見ても生きてる』

アトラがため息をつけば、成り行きを見守っていた聖獣達が次々にギオを構いはじめた。そろって黒ニワトリを、はまった穴から引っ張り出す。鼻息で土を払い、嘴と鼻先で毛繕いを手伝い、大きな爪で座りやすいように地面が整えられる。

『ま、これで懲りただろ。二度と卑しい真似はすんな。せいぜい自制しろ』

至れり尽くせりで着席させられたギオの目は、もう涙に濡れていない。自慢のトサカも適度

な赤みに落ち着いている。

『でも、この騒動がダイエットの追い込みになって、ちょうどよかったんじゃなぁい？』

『うむ。鳥類を名乗るに、相応しいフォルムを取り戻したと言っていいだろう』

『いやぁ、最初っから今まで、どうしようかと思ったっスけどね。意外と丸く収まったっス』

『グリルも串焼きも回避できそうやし？　めでたしめでたし言うて、いいんと違いますか』

聖獣達にかかれば、どんな出来事も緊急事態も最後は笑い話だ。体はままならないミュリエルも、顔にはつられて笑みを浮かべる。

ただし、そこで緊張の糸がプツリと切れたらしい。クラリと襲ってきた目眩に頭を揺らす。

「今は、許されると思う」

広い胸に頭を預けたことで、目眩によってなくなった方向感覚を取り戻す。横抱きにされたと気づいたミュリエルは、一瞬だけおろしてもらうことを考えた。しかし、直前にかけられたサイラスの言葉を思って体から力を抜く。

気を失っているようなグリゼルダを横抱きにしたカナンは、ギオに労いの言葉をかけている。しかしすぐさまリーン達に勧められて、大事な姫様を休める場所へ運ぶことにしたようだ。

グリゼルダよりは体力のあるミュリエルだが、一度抱えられてしまったら立つ気力がわいてこない。ならば己も許されると思うのだ。

（何より、もう少しだけ……。サイラス様と、くっついて、いたい、から……、……、……）

目を閉じてこっそりすりよれば、もうまぶたも上がらない。きっと今気絶してしまっても、

気つけの歯音など響かないだろう。

◆◆◆

「どうぞ」

夜の執務室にリーンと二人で書類仕事をしていたサイラスは、ノックの音に返事をする。考えるまでもなく、机に向かいペンを持つ時の己はこうして誰かを迎え入れることが多い。そのため、足音にも戸を叩く音にも、面白いほど個性が表れるものだと毎回思う。

「グリゼルダの体調が、思わしくないのか？」

カナンが一人で入ってきたことで、サイラスは微かに首を傾げた。緊急事態とはいえ、アトラとギオの全力に付き合ったのだから負担は相当のものだっただろう。日々彼らと共に過ごして耐性のあるミュリエルですら、サイラスの腕のなかで意識を落としてしまったのだから。

しかし、ミュリエルは獣舎脇の小屋で寝かせても、サイラスが傍にいる間にすぐに目を覚ました。多少疲れはみせたが、その後もしっかりと聖獣番の業務を終業まで勤め上げている。あの様子であれば、食事をしっかり取って多少早く就寝すれば、次の日に大きな疲れが残るほどではないだろう。

対してグリゼルダは、いつ目覚めるかわからなかったことから、王城の部屋に戻すこととなった。あれからずっとカナンがつきっきりでいたようだが、以後の様子をサイラスは知らな

い。

「……一度目覚めましたが熱があり、再び寝入っています」

「わぁ、それはお可哀想に。カナン君も、気が気ではありませんよね。早くよくなるといいのですが」

すかさずリーンが心配そうに声をかければ、カナンは静かに頷いた。

「グリゼルダの熱は、今日の疲れだけではないのだろうな。ここに身を置いてから今まで、私が口を出すような場面は結局なかった。思ったよりずっと真面目で、驚いたほどだ」

サイラスは切りのよいところでいったんペンを置くと、リーンのいるソファに移り、カナンにも席を勧めた。

隣国の主従がここにやって来た当初、確かに釘は刺した。しかし、二人の認識が甘かったのは初日だけで、グリゼルダもカナンも即座に気を引き締めていたように思う。ミュリエルが傍にいて半端なことなどできない、そんなサイラスの見立て通りであったとも言える。

ギオの体だけはまだ若干絞れる余地があるものの、三者の意識に確実な変化があったと思えば、これに関しても及第点としていいだろう。

「そんな王女殿下とカナン君の頑張りの成果も、こうしてバッチリ出ましたしね」

カナンがソファにかけたところで、リーンは今し方まで目を通していた薄い冊子を机に置いた。景気づけのように表紙をポンッと軽く叩く。題名は、「ワーズワース及びティークロートにて再発見された薬草について」だ。やや前かがみになったカナンが目線だけで手に取る許可

を求めてきたため、サイラスも鷹揚(おうよう)に微笑(ほほえ)みながら頷いた。

報告書としてはもちろん、筋書きとしてもよくできている。もちろん、嘘など書かれていない。ただ、あえて登場しない人物がおり、言い回しが工夫されているだけなのだから。

ただ、思ったよりも功績が大きくなってしまったため、最大の功労者はカナンだけではなくサイラスとの連名とした。とはいえ、それすらも最良の着地だ。カナンのもとにグリゼルダが降嫁するのだから、今まであった両国の繋がりを、個人の融通の余地を残しつつ維持できることになる。

「姫様より先になってしまいますが、感謝を。ありがとうございます」

律儀に頭を下げたカナンに、サイラスはリーンと共に微笑んだ。

「あぁ、区切りはついたな。だが、これで終わりではなく、続けて良好な関係でいられたらと思う」

「もちろんです。よろしくお願いします」

グリゼルダがいれば一歩引いた位置にいるカナンだが、こうして膝をつき合わせれば臆することなく言葉が返ってくる。ギオのパートナーとなり生国にいた間にもずいぶんと揉まれ、どういう立ち回りが必要なのかを学んだようだ。

「あちらの椅子取りゲームも、問題なく決着したようですしね」

ティークロートの代替わりは、まだごく僅かな者しか知らない情報だ。だが、ほどなくして周知されるだろう。

　軍事的に強硬派で何かにつけて我が国の聖獣の所有権を狙っていた前国王と違い、椅子を勝ち取ったグリゼルダの腹違いの兄は、腹に一物あれど親ワーズワース派だ。彼ならば、これまで両国が結んだ不平等な条約の陰で、サイラスがグリゼルダを通して密かに重ねてきた約束を反故にするような者でもない。ならばサイラスの大切に思っている者達は、これまで以上に安全が約束されるだろう。

「ただ、団長殿はここからがまた、忙しいですね」

　サイラスは微かに首を傾げた。周りから常に働きすぎだと言われる己だが、それでも自身では容量にまだ余裕があると思っている。そのため、多少のことでどうこうなることはない。

　しかし、相手が隣国の国王一家となれば、サイラスは聖獣騎士団団長としてではなく、従兄であり甥であり、エイカー公爵という立場での言動が求められる。そして、その立ち位置であることは当然、いつも身を置いている場所とは遠いところで行うことだ。

（要するにしばらくは、ゆっくり会うことができない……）

　忙しさは気にならないサイラスだが、想っている相手と時間が取れなくなるのは堪える。

「できる限り、迅速にこなすつもりだ」

「ありがとう、ございます」

　自分のための発言だったのにカナンにお礼を言われてしまい、サイラスは曖昧に微笑んだ。

　しかし、リーンには誤魔化しは利かない。今の微妙な行き違いをしっかり把握したのだろう。向けてくる糸目が隠すことなく生温かかった。

「幸せな話ばかりで嬉しい限りですね。あ、ですが、我が身を憂える彼の方は、喜んでくださるのでしょうか？」

彼の方とは、グリゼルダの母であるヘルトラウダのこと。このたびの譲位に際し、前国王の望まれぬ五妃であったヘルトラウダは、臣下に下げ渡されることが秘密裏に決まっている。

甥と叔母、血の繋がりがあるとはいえ、サイラスはグリゼルダの母であるヘルトラウダと近しい間柄ではない。思い返してみても、友好な雰囲気を持てたこともなかった。それだけの関係性しかないサイラスが悪くない変化だと思ったとしても、なんの保証にもならないだろう。

そもそものはじまりに、気持ちや意思を無視して押しつけられた境遇に対し、怒りを抱き続けてきたヘルトラウダがいる。リーンの言うように外部の都合でもたらされる変化を、たとえよいものだったとしても悪感情なく受け入れられるのか。

過去、ワーズワース国内では公示されてはいないものの、ヘルトラウダは婚約者が内定していた段階だった。それを難癖からはじまった両国のいざこざで白紙に戻され、聖獣の代替え品であるかのような扱いで嫁ぐこととなった。内定していた婚約が政略的なものだったのなら、違ったのかもしれない。しかし、想いをかわした相手であったというのだから、サイラスとて思うところがある。

婚約者として内定していたのは、ジュスト・ボートリエ侯爵。これまで何かと聖獣騎士団に煩わしく手をかけてきた人物だ。すでに妻をなくしている彼とて、今のことをどう考えているのだろう。ただ、里帰りしているヘルトラウダを何かにつけ気にかけているのは、どの方面か

ら見ても明らかだ。

ヘルトラウダの下げ渡し先は、このジュスト・ボートリエ侯爵になる。国の思惑に翻弄された二人だが、この先は共に生きることになるだろう。これが当人達の感情に一番により添ってされた裁定であったのなら、良心の呵責は少なかった。しかし、実際は違う。

ヘルトラウダの輿入れと共にティークロートに帰属した両国間にある領地、その伯爵位を娘婿となるカナンに継がせ、グリゼルダの降嫁をより円滑にしたいとの思惑が先にあった。

今回その地に薬草が発見されたことは、大きすぎる副産物だ。しかし、これ以上都合のよいこともない。もともと個人的な約束を結んでいたグリゼルダと彼女と結婚するカナンとなら、他の者とでなら折衷しなければならない多くのことも、たいして頭を悩ませることなくすむだろう。

だが、だからこそ、ヘルトラウダは喜べるのだろうか。もちろん、喜べなかったとしても、もう決まってしまっていることなのだが。

「……表には、出さないかもしれませんが」

考え込んでいたサイラスは、カナンの声によって顔を上げた。

「喜ぶはずだ、と姫様が」

「へぇ！　では、大丈夫そうですね」

誰が共にいても互いにあたりの強い母娘だが、サイラスが言うよりは実の娘であるグリゼルダの言葉の方がよっぽど信憑性がある。

「それならばやはり、迅速にこなさなければな」

わだかまりのある相手でも、不幸であるよりは幸せであってくれた方がいいだろう。非情な決断をくださなくてはならない時があることを、サイラスも知らないわけではない。しかし、そんな時は迷い、悩み、考えに沈むことになる。

ただ、どんな時でも己が決めたことには責任を持ちたいと思うのだ。大切な者達に笑顔を向けられたその時に、これから先も変わることなくずっと、少しの陰りもなく微笑み返したいと願うから。

よく寝て起きて、しっかり食べれば回復したミュリエルと違い、グリゼルダの発熱は三日ほど引かなかった。体調を崩した王女殿下を獣舎脇の小屋に置いておくことはできない。そのため、グリゼルダの身は母であるヘルトラウダの近くに移された。

場所が場所だけにミュリエルはお見舞いにも行けなかったのだが、カナンに聞くところによると、突っかかってばかりの母娘も具合の悪さを言い訳に、優しさと甘えを見せているらしい。

熱は四日目に引くもその日は大事を取り、では五日目には会えるだろうか、などとミュリエルは思っていた。しかし、そうはいかなかった。王女業が忙しくなってしまったのだ。獣舎脇の小屋で共に寝泊まりするどころか、聖獣番業務や薬草の世話を一緒にすることもできない。

そんなこんなで今日で一週間、結局ミュリエルはグリゼルダとおしゃべりをする時間すら取れないでいる。そして、それはサイラスとも同様だった。エイカー公爵としての立ち回りが必要になったことで、自由時間が皆無になっているらしい。

サイラスとグリゼルダが行動を共にすれば、あぶれた二人、要するにミュリエルとカナンが一緒にいる時間が増える。そのため今も、ミュリエルはカナンと一緒に温室での薬草の世話に精を出していた。

「ミュリエル殿、ありがとう」

「えっ？」

この場にいないサイラスやグリゼルダのことを思っていたミュリエルは、脈絡もなく感謝を告げてきたカナンを振り返った。半壊していたはずの温室は聖獣達の力業によりあっさりと修復し、今は植え直された薬草に水をあげていたところだ。同じく世話をしていたはずのカナンも、手を止めてこちらを見ている。

「……まだ、伝えていないと思った」

付け加えられた言葉で、それが今ではなくここに来てから今日までのことだと気づいたミュリエルは、笑顔で首を振った。

「私は、たいしたことはしていません。一緒にお勤めができて、楽しく思うことばかりで……。ですので、感謝するのは私の方です。ありがとうございます」

心からそう思っているためか、体が自然と気持ちを表す。あったことを思い返しながら頭を

下げ、笑顔を深めて姿勢を戻した。すると、ミュリエル以上に頭を下げるカナンが目に映る。

「それは謙遜がすぎる。頭を下げなくてはならないのは、絶対に俺だ」

そのあまりにも深い礼に、ミュリエルは驚いた。つむじを見下ろしているのが気まずくて、自らももう一度頭を下げる。

「っ！　いえっ、私は本当に何も！　お二人と、ギオさんの頑張りがすべてです！」

当初はサイラスからも頼まれて、力を貸すのだと意気込んでいたミュリエルだが、早々に見守る方へと舵を切った自覚がある。意識の違いに戸惑ったのは数日だけで、すぐにその差は縮まった。それは偏に、グリゼルダとカナンが前向きに努力を重ねたからに他ならない。

「いや、姫様やギオと俺がここまで頑張れたのは、ミュリエル殿がいてこそだ」

ところが、いつも一歩引いてばかりのカナンがなぜか譲ってくれない。こうなると、まだ上がらないカナンの頭を前に恐縮するばかりだ。ならば深さより回数で謝意を表そうと、ミュリエルは何度もペコペコと頭を下げた。

「い、いえいえ！」

「いやいや……！」

顔を上げるたびに相手の頭が下がっているせいで、どちらもなかなか止められない。しばらくは感謝の応酬をしていたのだが、言葉が途切れたところで腰を折ったまま上目遣いで様子をうかがう。するとカナンも同じことをしていたため、しっかりと目が合ってしまった。中途半端な姿勢で、しばしの沈黙が続く。

前触れなく、少し噴き出すようにカナンが笑った。遠慮がちに微笑むことはあっても、息が零れるほどになるとかなり珍しいことだ。つられてミュリエルが笑えば、やっとお礼合戦も終了だ。

真っ直ぐ立って視線をかわせば、遠慮がちな二人の間に控え目ながらも親しみのある空気感が広がった。言葉が続かず無言になっても、居心地の悪さはない。そのため、なんのひっかかりもなく自然と薬草の世話を再開した。

成長が早く四季成りの特性のある薬草は、温度管理と肥料のおかげか、零れた種から次の新しい芽が育ち出している。あらかたの調べが終わり軌道に乗ってしまえば、この温室の当初の役目は果たしたことになるだろう。目の前にあった課題はこの薬草を含め、あらかた片付いてしまった。となれば見えてくるのが、別れの日だ。

「あ、あの……。寂しく、なります」

カナンが静かに頷く。それ以上会話は続かないと思っていたのに、この時は声に出して返事があった。

「だが、俺達が帰れば、ミュリエル殿には団長様との時間が帰ってくるはずだ」

からかう気配のない発言だったため、ミュリエルはとくに照れることなく考え込んだ。そうすればすぐに、何かにつけて物足りなさを感じていた最近の自分を思い出す。顔を見る暇のないここ数日などは、今サイラスはどこで何をしているのだろう、などといつも以上に考えてしまっていた。

「……申し訳ない」

「えっ？」

なんの謝罪なのか心当たりのないミュリエルは、瞬きを挟みつつ首を傾げた。会話のテンポが滞りがちになるのは、この組み合わせでは仕方ない。

「……遠慮は、しようと思ったんだ。こちらの融通を利かせてくれているのに、俺達ばかりが浮かれているのはどうなのか、と思っていたし。だが、姫様が……」

普段は読み取ってもらうばかりのミュリエルだが、相手がカナンとなると読み取る側に回ることになる。とはいえ、一生懸命話そうと試みるカナンの頑張りは身にしみてよくわかる。

よって、ミュリエルは集中した。ここまでの期間少なくない時間を共にしたこともあり、視線だけでは無理でも言葉にしてくれれば意を汲むことができそうだ。

（え、えっと、サイラス様と私が……、て、適切な距離を保つ隣で、グリゼルダ様と仲良くされていたことを、気にしている、のかしら……？）

ミュリエルの頭のなかに、隣国の主従のいかなる時も近すぎた様子が思い浮かぶ。

「し、正直、う、うら、羨ましいと、思ったりも、したの、ですが……」

視線で語り、触れることも触れられることも自然に受け入れている二人の姿は、目に毒だった。触発されて、サイラスが恋しくなったこともある。となれば、そんなことはないと言うことができなかった。ミュリエルは馬鹿正直に本音を口にしつつ、目を泳がせる。カナンは厚い前髪に隠れた目もとを、ほんのりと染めた。

「本当に、申し訳ない。人前であっても姫様に強請られると……、俺の体が、ここ最近はとくに、受け入れるようになっていて……」

「っ⁉」

とても小さな声で告げられた内容に、それまでは泳がせていた翠の瞳を驚きと共にカナンにピタリと向けた。きっと、恥ずかしさのあまり口走ってしまったのだろう。しかし、音になってしまった告白はなかったことにはならない。

何より、ミュリエルにとっては衝撃的なまでに真意の気になる内容だ。そのため、思ったことは一度頭で吟味する間もおかずに口から飛び出した。

「あ、あのっ！　そ、それって、ど、どこまで、受け入れ可能な感じ、でしょうか……⁉　こ、後学のために、教えていただけると……、あ！　さ、差し支えない程度で、その……」

言ってしまってから、かなり踏み込んだ個人的なことを聞き出そうとしていたと気づく。

「……、……、……口づけ、までなら」

「えっ⁉　ど、どど、どこにっ⁉」

それなのに、大変恥ずかしそうにしながらも答えてくれた内容がこれまた衝撃すぎて、またしても深く考えずに聞き返してしまう。緊張して体を硬くしつつ視線の定まらないカナンに、ミュリエルの方がゴクリと喉を鳴らした。

「……、……、……唇に」

「っ⁉」

散々迷ってから呟かれた言葉に、ミュリエルは雷に打たれたように体を硬直させた。

「そ、そ、それは……、……、……。い、いつ、ど、どど、どんな状況なら、か、可能になる、のでしょう、か……？」

己と似た性分であるカナンに、そんな大胆なことができるとはにわかに信じがたく、動揺が隠せない。ミュリエルは挙動不審になった。しかしながら、カナンだってかなり挙動不審だ。

「……はっ⁉」

その時、ミュリエルは天恵のように閃いた。曲がりなりにもポロポロと失言を重ねていたカナンが、ここに来て口をつぐんだのだ。グリゼルダとカナンが口づけをしていたその場に、ミュリエルがいた可能性は高い。そして、もしそんなことができる場面があったとしたら、一つしか思い浮かばなかった。

(ギオさんに埋もれて、昼寝をしていた時……！)

黒い羽毛から二人の足だけが出ていた、あの日あの時。そのくらいしか思い当たるものがない。ミュリエルは我がことのように、ボッと顔を発火させた。

「わ、わわ、私には、上級者向き、すぎて……！　せ、せっかくお答えいただきましたが……、ま、まだ、到達できそうに、ありま、せん……！」

羽毛に埋もれていたことで、ミュリエルやサイラスには気づかれずとも、ギオには確実にバレている。グリゼルダとカナンは言葉が理解できないため、からかわれてもわからないだろう。しかし、話がわかる聖獣番である己では、事後に生温かい目を向けられたら羞恥で死ぬ。

ところがここで、谷からサイラス達が帰城した朝、馬房にて似た状況になっていたことが頭をかすめた。

（ふ、ふ、雰囲気に流されて、わ、私だって、あの時……！）

棚に上げられない我が身を思い返したミュリエルは、頭を抱えた。

「お、俺も無理だと言ったのだがっ！　姫様に結婚式で誓いの口づけもしないつもりか、と迫られてしまって……！　こ、ここから、慣れて、いこう、と……、……、……」

自責の念でもだえるミュリエルの反応に勘違いをしたのか、カナンの声が大きくなる。勢いに気圧（けお）されてミュリエルが頭を抱えたまま一歩後退（あとずさ）れば、カナンは思い直したように咳払（せきばら）いをした。

「だが、団長様とミュリエル殿も……、するだろう？」

「な、ななな、何、を……!?」

圧倒的に言葉が足りないカナンに、ミュリエルはおおいに慌てた。

「結婚、を」

「あっ。あー、あー……、は、はい。し、します」

しかし、簡潔に付け加えられた言葉で早とちりを知れば、決まりが悪くなりうつむく。とはいえ、結婚式の口づけについては既視感のある話だ。思うにミュリエルも、サイラスから似たようなことを言われたことがある。

だが大きな違いは、カナンの方がミュリエルのずっと先を行っていることだろう。ならば、

先人に教えを乞うのは有効な手段だ。

「あ、あのっ！　な、何か、助言的なものを、いただけないでしょう、か……？」

上目遣いで聞くミュリエルの視線をいったん受け止めてから、カナンは虚空を見上げた。天窓から吹き込んだ風が、重い前髪に鼻のところで分け目を作る。温室のなかでなら涼やかに感じられる秋風が、沈黙と同じ時間だけ二人の間を吹きすぎていった。

「思うに、一度でもいいから大きく踏み込んでおくと、その手前まではたいしたことないと錯覚できる、気がする」

気が長いミュリエルだから待てた間だ。こちらに顔を戻したカナンは、熟考の末に導き出した答えに自信を持っているらしい。

「さ、錯覚……」

復唱したミュリエルに対し、カナンはしっかり頷いた。

「できれば……」

「で、できれば？」

一つ前の言葉の意味を吟味する前に、次の助言が来そうだ。ミュリエルは聞く姿勢をもって、相槌を挟んだ。

「踏み込みは団長様に任せた方が、ミュリエル殿の悩みは少ないんじゃないかと思う」

神妙に頷けば、同じ真剣さで頷きが返る。

「俺も情けないながら、姫様から来てくださらないと、なかなか手が、出し、づら、い……」

語尾に行くに従って、静かな面差しに朱がさした。たぶんカナンは、何を口走っているのだろうと途中で我に返ったのだろう。だが同時にミュリエルも、自分は何を聞かされているのだろうと思う。

「な、な、なる、ほど……」

秋風さえも吹いてくれない沈黙に耐えかねて言葉をひねり出してみても、続かなければ気まずさは解消されない。

「……申し訳、ない。余計なことまで、言ったかもしれない」

「い、いえ、あの……、さ、参考に、なりました」

「そ、そうか」

ミュリエルがガクガクと頷けば、カナンもぎこちなく頷く。

「……」

「……」

話し下手の組み合わせでは、どうにもならない沈黙が立ちこめる。どこか似た二人は、そろって居心地の悪さを感じた。助けてくれる誰かの乱入は、ない。

それぞれの役目を粛々とこなしていけば、毎日は進む。いつの間にか秋が深まり冬の入り口が見えてきたこの日、ミュリエルは冷たさが増す風にも負けず、足取り軽く庭を横切っていた。胸に抱えているのは、リーンから自信作だと言われて渡された絵本だ。

「アトラさーん！　皆さーん！　できあがった絵本を、お持ちしましたよー！」

どこに誰(だれ)がいるかもわからずに、とりあえず声を上げる。すると、真っ先に姿を見せたのは黒ニワトリだ。

『絵本だってぇ？』

身が締まったおかげか、トトッと小走りする様は軽快だ。しかも脚がスラリと長く見える。

「ギオさんには、はじめてお見せしますね。実は、聖獣の皆さんを擬人化して登場人物とした絵本を、リーン様が作ってくださっていたんです。しかも、二冊も！」

皆で一緒に読もうと、またしてもミュリエルはまだ中身に目を通していない。表紙がよく見えるように持ち直した二冊の絵本を突き出すと、ギオがグッと顔を近づけた。『へぇ』とか『ふぅん』とか言いながら何度も首を右に左に傾けるため、とさかと肉髯(にくぜん)も一緒に揺れている。

「ワーズワース版とティークロート版ということで、ほんの少しだけ内容が違うそうです」

絵本を順番に持ち替えて、それぞれの表紙を示す。説明の間中、ミュリエルの視界は迫るギオの顔でいっぱいだ。そのため、他の面々が傍に来たことに気づくのが遅れた。

まず、黒ニワトリの横から音もなく白ウサギが顔を出したので驚く。少し仰け反り気味になると、いつの間にか背後にいたロロの鼻先に背が触れた。しかし、尻餅をつかずにすんだと思ったのも束の間だ。アトラが顔を出したさらにその横から、連なるようにレグとクロキリとスジオもひょっこりと顔を出す。

『できあがった、って言い切るってことは、納得の出来になったたってことか』

ガチガチとアトラが歯を鳴らすので、ミュリエルもパッと翠の瞳を明るくさせて頷いた。渡してきた時のリーンの口からも、「会心の出来だ」との言葉を受けている。

ということで、ここからミュリエルによるお話し会がはじまったのだが。

『とってもいいわ！　アタシ、気に入っちゃった！』

『うむ。厳しく見ても、改善点などない出来だ』

『全員に見せ場があって、大満足っス！』

『さすがうちのリーンさんや！　えっへん！』

前回とは打って変わって大好評だ。もちろんミュリエルも同意である。だがしかし、満場一致とはいかなかった。異なる感想を持つ者が一匹いる。黒ニワトリだ。

『ちょぉっと待ったぁ！』

ギオはかなりスリムになったはずなのに、羽毛をふくらませて丸くなって怒っていた。

『なぁんで、このオレが悪役なんだよぉっ⁉』

『似合ってんじゃねぇか。しかも事実も含まれてる』

『うぐ……』

しかし、間髪いれずにアトラから突っ込まれ、喉をつまらせた。

『えっ？　ギオ、嫌なの？　とっても美味しい役だと思うけど。ねぇ？』

『同意だ。ワタシなどは、そこがまたリーン君の上手いところだと思ったがな』

『ある意味、陰の主役と言ってもいい扱いっスよね？』

『せやな。全体的に見て、登場場面が一番長いのギオはんやし』

当事者以外は支持する黒ニワトリの役どころ、それは悪役ではあるのだが、ひとひねり加えられている。本来は仲間の立場なギオなのだが、飴と間違って赤い玉を拾い食いしたことで、そこに封印されていた悪魔に身を乗っ取られる。その結果、巨大化したうえに凶暴化し、破壊の限りを尽くすのだ。

悪魔が生け贄に乙女を求める件では、ワーズワース版ではミュリエルが、ティークロート版ではグリゼルダがヒロインに配役されている。それぞれのヒーローも前者ではサイラスとアトラだが、後者ではカナンとなっているのも見所だろう。そして、個性豊かな仲間達と協力して困難を乗り越え、聖なる青い玉をギオに飲ませることで悪魔を体外に追い出し、皆で打ち倒す。

読み終わったあとには、誰もが感じるだろう。胸を打つ、愛と友情と絆を。そして、拾い食いをしてはいけないという教訓を。

『本当に嫌なら、ミューに伝えてもらえよ』

ミュリエルにとってはこれ以上ない良作で、今後長く人気が出る絵本だという感想だ。だが、嫌な思いをする者がいるのなら、話は変わってくる。そのため、眉を下げつつアトラに倣ってギオを見つめた。

『……嬢ちゃんは、どう思う？』

強くも弱くもない声音で問われて、ミュリエルは一瞬考えた。だが、聖獣に聞かれて素直に答える以外の選択はない。

「えっと、いい役かな、と思います。何よりこの擬人化の絵が、とても格好いいと思いますし」

悪魔に身を乗っ取られて巨大化して凶暴化したギオの姿は、大変写実的な丸々とした黒ニワトリだ。だが、擬人化したギオはもれなく格好よかった。浅黒い肌は野性的で粗野な風貌ながら、たくましい体つきに自信にあふれる笑みはとても男らしい。黒髪に赤のメッシュの入った髪も素敵だ。ミュリエルの好みからは少し外れるが、この手の少し強引に引っ張ってくれそうな殿方が、一番の好みだと言う女性も一定数いるだろう。

「あの、リーン様にお伝えしましょうか……？」

どうしても残念だと思ってしまうため、声の調子は弱い。しかし、優先すべきはギオの気持ちだ。

『じゃあ、ミューちゃん！　アタシが悪役やるわ！　リーンちゃんにそう伝えて！』

『なんだと？　それならば、ワタシとて名乗りを上げたい！』

『えっ！　それならジブンも……！』

『この流れなら、ボクも……！』

それなのになぜか、外野で悪役の取り合いがはじまる。目に見えて驚いたのはギオだ。

『はぁ？　自分からお願いするほど、オマエらにとってはいい役なのかよぉ!?』

冗談だろ、と首を前後に大きく振る黒ニワトリに、巨大イノシシ以下四匹は至極真面目に頷いた。しかも同時に。

『ア、アトラは？　オマエも悪役は格好悪いと思うだろぉ？』

少々気圧された感じのギオは、ただ一匹声をそろえなかったアトラに向き直った。ここでアトラは、なぜかミュリエルを見つめてくる。

『……オレは、悪役はやらねぇ。ミューのヒーローだからな』

「っ!?」

ミュリエルは息を飲んで目をかっぴらいた。その一拍後、大急ぎで白ウサギに抱きつく。これから先どんなことがおこっても、この強面白ウサギが己のヒーローである限り、絶対の安心と安全が約束されたも同じことだ。ありったけの好きな気持ちを込めて、顔を白い冬毛に高速で擦りつける。

『……話が進まねぇから、あとでな』

そんなアトラの歯ぎしりが聞こえたのは、存分に冬毛を堪能させてもらってからだ。やんわ

り鼻先でのけられて、ミュリエルはやっと周りの状況を思い出す。白ウサギ以外からの視線が生ぬるい。名残惜しくアトラの頬をサワサワし続けていた両手を離し、もじもじと体の前で組み合わせた。

「す、すみません……。話の途中でしたのに、わ、我を、忘れてしまいました……」

アトラへの好意は隠すものでもなく恥ずかしいものではないが、時と場合と場所は多少考慮すべきだろう。今はギオの気持ちを大事に、絵本についての意見をまとめなければならない。

『やっぱりオレ、悪役やる』

それなのに、なぜかギオが考えを改めている。ミュリエルが好きを爆発させていた間、心境の変化をおこすことに心当たりがない。そのため、翠の瞳を瞬かせた。

『……なんつーか、今のアトラと嬢ちゃんを見てたら、思ったんだよ。カナンと姫サンとオレの関係を考えると、絵本の流れも悪くねぇ、ってなぁ。とくに、ティークロート版の方なんて、オレじゃなきゃ話が成立しねぇだろぉ？』

不思議そうにしたせいか、明後日の方を向いたギオが照れながら言葉を付け加えた。少し考えてから、ミュリエルはにっこりと笑った。

「はい、その通りだと思います」

ミュリエルが生け贄役のワーズワース版は、サイラスとアトラがヒーローであるため、物語の中心になるのはこの三者の絆だ。だが、グリゼルダが生け贄役のティークロート版は、カナンとギオが加わった三者が主軸となる。悪魔に身を乗っ取られた黒ニワトリに、姫と騎士が熱

い気持ちを叫びながら手を伸ばし、それに応える形でギオが正気を取り戻すのだ。実に胸が熱くなる展開だが、それらのやり取りは悪役がギオでなければ成立しない。

『だからオレ、悪役やりたい』

そっぽを向いていた黒ニワトリが、視線を戻してはっきり告げる。それまで悪役に名乗りを上げていた面々も、真打ちの主張に納得の表情で訴えを取り下げた。

「ミュリエル！　ここにいたのだな、探したぞ！」

そんななか、久々に響いたのは熱を出して以来ゆっくり会話もできていなかった、グリゼルダの声だ。王女業が忙しいと聞いていたものの、隣にいるカナンとおそろいのズボン姿であったため、本日は庭で過ごすことが見て取れる。それに瞬時に気がついたミュリエルは、大きく笑顔を浮かべた。何より、グリゼルダとカナンと並び、サイラスの姿がある。

「サイラス様！　グリゼルダ様にカナンさん！　もうこちらにいらしても大丈夫なくらい、お仕事が落ち着いたのですか？」

「あぁ、あらかた片付いた。小休止でまだ身のあかぬお従兄殿には申し訳ないが、私の方はもうしまいだ」

聖獣達と集まっていたため駆けよりたいのを我慢していれば、サイラス達の方が傍に来てくれる。手の届く距離になってからグリゼルダに聞けば、返ってきたのは半分しか喜べない返事だ。ミュリエルが隣にいるサイラスを見上げれば、小さく息をついている。

久しぶりに傍で見たせいか、目が合っただけで胸が高鳴った。すると勝手に右手が動き、無

意識でサイラスの左の袖口をつまむ。わずかにサイラスの体がこちらに向き、左手がミュリエルの手に触れようと角度を変えた。

「だから、今夜は女子会だ！」

「っ！」

互いの体の陰で手を繋ごうとした瞬間、グリゼルダが高らかに声を上げる。驚きによる反射で手を引き、胸の前で握ってしまえばサイラスの手はもう遠い。

「ただし、今回の訪問ではこれが最後になるがな」

半分聞いていなかったミュリエルは、今聞こえた台詞から言われたことを遡った。ほんの少しだけ間を置いて、別れの時が具体的になったことを理解する。

「えっと、帰国の日程が、お決まりになったのでしょうか？」

すぐに情けない表情になれば、朋友の惜しむ気持ちを汲み取ったのだろう。グリゼルダは嬉しそうな顔となる。

「泣くのはまだ早い」

サイラスよりもグリゼルダとの距離の方が近くなるほど歩みより、たおやかな手の甲でスルリと頬をなでられた。ゆったりと微笑んだ王女殿下は、どこか妖艶だ。

「今宵は、寝かさぬ」

手の甲で頬をなで上げ、細い指先があごの線をたどる。女同士だというのに、ミュリエルの鼓動はにわかに乱れた。ぽわんと顔が熱を持つ。

「さぁ、いい子だ。色好い返事を聞かせておくれ？」

小首を傾げたグリゼルダに、ミュリエルは上気した頬のままカクカクと頷いた。

「あ、あ、あの、楽しみに、しています」

「ふふっ、愛いやつめ。ひと晩中可愛がってやろう」

添えられたままだった指先が、ミュリエルのあごをクイッと持ち上げる。それから、グリゼルダはわざとらしく唇を尖らせると、ふっと吐息を吹きかけた。

『サイラスちゃんの顔もアレだけど、カナンちゃんも見たことない顔してるわね』

グリゼルダの大人な女性の魅力にあてられて目を潤ませるミュリエルに、実況中継のような感想を口にするレグ達の声は届かない。

『確実にわざとだろう。見ろ、姫サマのあの流し目を。ミュリエル君には到底真似できまい』

『一人には挑発で一人には誘惑に映るようにだなんて、かなりの上級者テクっスよ』

『ひひひっ。いやいや、これは面白い。続報は要チェックしとかな！』

ミュリエルのあごを仔犬にするようにひとしきりくすぐったグリゼルダは、満足したのか誘惑するような表情を引っ込める。しかし、今度は一転して企み事があるような少し悪い微笑みを浮かべた。状況の変化に追いつかず瞬きをしている翠の瞳の前に、背後に隠し持っていたものを取り出し、見せつけてくる。

「そして、よいものを見せてやろう！　私の女子会のお共だ！」

「っ！　こ、こ、これは……！」

満を持して掲げられたソレ。ソレはなんと、黒ニワトリのぬいぐるみであった。

「そなたが白兎（しろうさぎ）のぬいぐるみであるコトラを、抱いて寝ているのが羨（うらや）ましかったのでな。私も作ったのだ」

「っ⁉」

ミュリエルは何気ないグリゼルダの発言に、びくりと体を跳ねさせると表情を固めた。

「ただ、名前が決まらぬのだ。コトラは上手い具合に可愛いが、コギオではあまり、な」

思案するように視線を外したグリゼルダは、ミュリエルが嫌な汗をかいていることにまだ気づいていない。

『へぇ』

とても短く、また、とても小さな歯ぎしりだった。しかし、そこにアトラの言わんとすることはすべて込められている。ミュリエルはすべりの悪い動きで背後を振り返った。目に映るのは、笑っているようで笑っていない白ウサギの赤い目だ。

「っ⁉　ち、違うんです、アトラさんっ！」

抱きつこうと飛び出したのに、白い毛玉に手は届かない。アトラが顔を横に背けたのだ。

『何が違うんだ？　オレから離れて、毎晩アイツと寝てたんだろ？』

小刻みに首を振りながら、ミュリエルは再度手を伸ばす。しかし、アトラは反対によける。右に手を伸ばせば左によけられ、左に手を伸ばせば上によけられる。右か左か上か。選択肢は三つしかないというのに、間合いを完全に見切っているアトラを前にミュリエルの手はいつま

でたっても白い毛に届かない。涙目になりながら短い距離で右往左往してみても、不機嫌な赤い目はつれなく見下ろすばかりだ。

『なんだぁ、アトラ。オマエ、なんで怒ってんの？』

『あ？』

ミュリエルが全力でジャンプをしても届かない位置に顔を上げた白ウサギが、コケッと首を傾げる黒ニワトリをにらむ。鋭い眼光にひるみもしないギオは、続けて呑気(のんき)にコケッと鳴いた。

『自分の羽はよ、オレは気に入ってるヤツにしか渡さねぇ。毛は羽と違うのか？　こんだけ大事にしてもらえるなら、いいじゃねぇかぁ』

そのままギオの目は、グリゼルダに向けられる。ミュリエルとアトラのやり取りに気を取られているグリゼルダだが、胸にはしっかり黒ニワトリのぬいぐるみを抱き、よほど触り心地がいいのか無意識になでまわしていた。

『毛とか羽に対する感じ方って、それぞれよねぇ』

それまで成り行きを見守っていたレグが、しみじみと呟(つぶや)く。

『ワタシは言うまでもなく、ギオ君派だがな』

胸毛をふくらませたクロキリが見解を述べれば、流れにおもねることもなくスジオとロロも自身の考えを口にする。

『うーん。目の前にいる時にジブンを大事にしてくれるんなら、どっちでもいいっス』

『あ、ボクもスジオはんに同じく』

体に抱きついてしまえばいいものを律儀に跳ね続けるミュリエルは、この間の聖獣達の言葉など聞こえていない。もちろん聖獣の言葉がわからないサイラスにグリゼルダとカナンは、一連の話の流れなど知る由もない。しかし、サイラスだけは持ち前の察しのよさを発揮した。

「ミュリエルは、ここしばらくの夜を……」

度重なる跳躍に足もとがあやしくなったところで、サイラスはミュリエルの背後に立ってさりげなく支える。半泣きの翠の瞳が振り向けば、近い距離にあった広い胸に肩と頭が触れた。

「コトラと、過ごしていたのだろうか？」

ふらついたのを助けただけ。そんな体裁がかろうじて通じるだろうか。

「私と会えない間、ずっと……」

ほんのり抱き込まれたミュリエルは、頬がじわじわと染まるのに合わせて言われたことを飲み込んでいく。

「この胸に、抱いて眠っていたのだな」

「っ!?」

含みのある微笑みで見下ろすサイラスの、紫の瞳がゆらりと色を深める。

（こ、こ、これは……、な、なんと言うか……、……、……）

まるで浮気を咎められている気分だ。紫と赤が上方からそろって注がれる。もの問う眼差しに、ミュリエルの呼吸はどんどん細くなっていった。責められる謂れは、本来ない。コトラはアトラの毛で作られており、贈ってくれたのはサイラスである。しかし、二対一の構図を前に

すれば、そんな事実はないも同然だった。

「お従兄殿、このたびの礼に、私がミュリエルに似せたぬいぐるみを贈ろうか？」

圧倒的劣勢に立たされたミュリエルに、救いの手を差し伸べたのはグリゼルダだった。余裕をもって微笑んだ王女殿下は、黒ニワトリのぬいぐるみを片手で抱きながらカナンの胸に背を預け、より添っているギオの羽毛を肩越しになでている。

『あら。アトラも作ってもらえば？』

隙間でレグが口を挟むが、先に言葉を発したのは白ウサギではなくサイラスだ。

「くれるというのなら、欲しい。だが……」

アトラの方を向いたままのミュリエルの肩にサイラスは手を置き、顔だけで振り返る。

「それならばカナンも、グリゼルダに似せたぬいぐるみが欲しいのではないか？　私が贈ろうか？」

そのため、ミュリエルには三人の表情が見えなかった。

「……いただけるのなら、欲しいです。大事に、します」

カナンの返事が聞こえ、耳に意識が集中する。その耳にサイラスが顔をよせた。

「とはいえ私は、ぬいぐるみよりも本物の方が比べようもなくいい、と言っておこう」

「っ⁉」

肩にあった手がおなかに回る。しかし、抱きよせられたことは誰にも見られなかっただろう。届かない位置にあったアトラの顔がおりてきて、ミュリエルの体にやや乱暴に押しつけられ

たから。

『オレだって、本物の方がいい』

「っ!!」

息を飲んだことさえ、気づかれなかったはずだ。サイラスとアトラ以外には。

「君は？」

『オマエは？』

後ろからサイラスに、前からアトラにそれぞれ至近距離で聞かれる。紫と赤は、隠す気もなく愛情をにじませていた。こみ上げてきた喜びに、呼吸が上がって体が震える。あまりの幸せに翠の瞳を潤ませたミュリエルは、十分な溜めを作ってから主張した。

「ほ、本物の方が、絶対の絶対の絶対に、いい！　ですっ！」

おなかに回っているサイラスの手が離れないように、自らの手も上から乗せる。それからアトラの鼻から眉間の線に上半身を預けた。サイラスが気を利かせて一歩前に出れば、後ろも前も大好きな者の温度に包まれる。

「っ!?　カ、カナン！　お前も聞くまでもなく、本物の方がよいなっ!?」

そんなグリゼルダの焦った声に、カナンはなんと答えたのだろう。予想はつくが、今は他所事を考える時間がもったいない。ミュリエルは触れ合う部分からわかる温かさや感触、それに気持ちまでを全身全霊で味わうために、目を閉じた。

『アトラはやっぱりアトラよねぇ。それにサイラスちゃんも』

『ミュリエル君が関わっているのだから、こんなものだろう』

『振り回されているのは結局どっちなのか、ってヤツっスね』

『ま、せやけど、どっちみち勝つのはミューさんや、いうのがまたいいとこで』

一歩引いたところから興味深く眺める面々は、のんびりとしたものだ。

『なんつーか、こっちの庭もうちの庭と変わんねぇのな！　けどよ、ここはオレもまざっとくかぁ！　けけけけっ』

目の前で揉めているグリゼルダとカナンを見下ろしていたギオは、一瞬だけ立ち上がると二人を羽毛のなかに埋めた。例によって、隣国の主従は足先しか見えない。

仲良きことは美しきかな。すべてが丸く収まれば、別れが目と鼻の先にチラつく。それでもよく晴れた空のもと、楽しげで幸せな笑い声はどこまでも響いた。

その晩、約束された女子会は滞りなく開催された。獣舎脇の小屋に入れた簡易ベッドはそのままにしてあったため、寝支度だけ調えた二人は身軽に集合すればよいだけだ。しかし、最後となるからか、示し合わせたわけでもないのにそれぞれ手にはバスケットがあった。
「何を持ってきたのだ？」
ベッドに腰かけるのもそこそこに、グリゼルダは自分があとに披露したいのか、先にミュリ

エルのバスケットの中身を気にしている。上には目隠し用の布がかかっていたのだが、ミュリエルはとくにもったえぶることなく持ってきたものを披露した。

「温かいハーブティーと、キャンドルと、あとは……」

最後の一つは声に出さず、唇を言葉の形に動かすにとどめる。見せながらなので、伝わらないはずがない。笑いを堪えたグリゼルダも唇だけを「クッキー」と動かした。もちろん、人間用のクッキーだ。日が落ちてから食べるには罪深い、砂糖もバターもたっぷりと使われたものである。

「グリゼルダ様は、何をお持ちになったのですか？」

「どれ、見せてやろう。これだ！」

ミュリエルより勢いよく、グリゼルダは布を取り払った。

「えっと、オルゴール、ですか？」

「ふふっ、考えた結果だ。そなたはずっと、聖獣達に聞こえるのを気にして踏み込んだ話をするのを嫌がっていたであろう？　ゆえに、用意した」

足までベッドに乗り上げてから、バスケットを引きよせたグリゼルダは次々とオルゴールを取り出していく。数は全部で五個だ。陶器でできた三つはそれぞれ、花で飾った白ピアノのもの、妖精がハープを弾いているもの、そして白馬に子供が乗っているものであった。木製の二つは、どちらも小物入れとして使えるようになっている。

「これを鳴らしながら布団をかぶり、ぬいぐるみを抱いて内緒話をするのだ。どうだ。ワクワ

クするだろう？」

　ミュリエルはコクコクと頷いた。グリゼルダがネジを巻けば、ピアノのオルゴールからコロンコロンと優しく可愛らしい音が鳴る。てっきり童謡が流れるとばかり思っていたのに、意外にも聞こえてきたのは近頃流行の戯曲だ。それらをもともと小屋にあるトレーの上に並べて、ベッドの上に持ち込む。そうすれば、次はキャンドルに火を灯す番だ。

「香りのあるキャンドルではないのだな」

「あ、はい。強い香りはアトラさん達がお好きではないので……。ですので、こちらを、こうして、ですね。それから……」

　ミュリエルはバスケットに入っている、先ほどは注目されなかったシンプルな細い足を持つ小ぶりな三脚を取り出してから、サイドテーブルの上にキャンドルが真ん中になるように置いた。三脚には平皿を乗せ、そのなかに別で用意していた茶葉を移す。もともと灯していたランプから借り火をすれば、ほどなくしてティーポットで入れるのとはまた違った、柔らかいお茶の香りが立ちはじめた。

「……あぁ、よい香りだな」

「よかったです。茶葉はいくつかご用意しましたので、お気に入りのものがありましたら、そちらも順番に楽しんでいきましょうね？」

　自然由来のものでも人が楽しめるほど香りを引き立てたキャンドルは、聖獣達にとっては激臭だ。しかし、お茶の香りは自然で残り香も少なく、彼らも嫌がることがない。せっかくの女

子会だ。こうした乙女心をくすぐる趣向は、工夫しながら凝らしていきたい。キャンドルの灯りは頼りないが、ゆらゆら揺れる小さな炎を映した翠と琥珀の瞳は、これからはじまる時間に艶々としていた。

こうして秋の夜長の女子会は、オルゴールの音とキャンドルの灯りと香りに包まれて、しっとりとはじまる。とはいえ、女子がそろっておしゃべりをして、騒がないままでいるのは難しい。

最初に上がった話題は、白ウサギと黒ニワトリの競争についてだった。しかし、その時はまだ、比較的大人しく話せていた方だろう。男達の本気に付き合わされた互いの身を慰め、称え合ったところも、クッキーをお供にオルゴールの回りを気にかける余裕があった。

問題はそのあと。グリゼルダが恋仲であるカナンに、思いを馳せた辺りからだ。もちろん、話を振ったグリゼルダだけではなく、受け答えたミュリエルも騒ぎの一端を担っている。

「カナンが煮え切らないのは性分だから、仕方ないとは思っているのだ。だが、もっとはっきりとした反応をくれないと、無理矢理すぎたかと不安になることがある」

「えっ……、なんというか、意外です」

ミュリエルの率直な感想に、グリゼルダは眉をよせた。内容はミュリエルにとっても共感できるもののため、発言を否定する気はまったくない。では何が意外だったのかと言えば、普段の王女殿下の気質を思えば、どこかの元引きこもり令嬢のように後ろ向きな考えに流れていくのが不思議だったのだ。

「あのっ、わ、悪い意味ではなくて、なんと言いますか……。グ、グリゼルダ様は、どんどん押していく派だと思っていたんです。そ、それに、カナンさん自身が……、あっ！」

わかりやすく自らの口を両手で押さえたミュリエルに、グリゼルダが身を少し乗り出した。

「……ん？　どうした？　カナンが、なんだ。何か申しておったのか？　なぜ目をそらす？」

物理的につめられた距離に翠の瞳を泳がせれば、疑わしさは増すばかりだ。

「……ミュリエル、沈黙は許さぬ」

内緒話をするには遠いからと、ミュリエルはグリゼルダのベッドに相乗りしている。そのため、膝をするように近づけば、あっという間に抱きつける距離だ。グリゼルダは目を細めると、怪しく指をうごめかせる。そして、間髪いれずにくすぐりにかかった。

「あっ！　ちょ、待っ、あ、きゃ！　あはっ、あははっ！」

「ほれほれ！　観念せよ！　洗いざらい吐くがよい！」

「カナ、カナンさんがっ、あは！　グリ、グリゼルダ、様に、きゃん！　ちょ、む、無理です！　やんっ！　い、いったん、やめ、やめて……！　あははは っ！」

くすぐる方に興が乗ったのか、グリゼルダがしつこい。涙を溜めたミュリエルに、のしかかるようにしてまでくすぐってくる。しかし、寝衣の裾がはだけるほどミュリエルが暴れはじめたため、いったん身をおこした。適切な距離を置き、息が整うのを待ってくれる。

しかし、グリゼルダは両手の指先を怪しくうごめかせるのをやめず、脅しをかけることを忘れない。身の危険を感じたミュリエルは、申し訳ないと感じつつもカナンを売ることにした。

「カ、カナンさんは、えっと、グ、グリゼルダ様に強請られると……、その、『俺の体は、ここ最近はとくに、受け入れるようにできている』、なんて……」

「な、なんとっ！　カナンがそのようなことをっ!?」

くすぐりに全力を込めるあまり、シーツの上に転がってしまっていたコギオを拾うと、グリゼルダはギュッと抱きしめながら立ち上がった。あれだけ大声で笑ってしまっては今更なのだが、ミュリエルはこれみよがしにオルゴールを持ち上げてネジを巻く。

「それで!?　他には!?　もっと詳しく聞かせておくれっ!!」

「しー！　しーっ！　グリゼルダ様、声が大きいです……！」

ベッドの上で仁王立ちしたグリゼルダを、ミュリエルは精一杯の小声で落ち着かせようと試みた。

「なんなのだ!!　私もその場にいたかった!!　いや、いっそこっそりのぞき見をしたかった！　カナンめ！　くうぅっ！　この気持ちを、どうしてくれよう……！」

「グ、グリゼルダ様、もう少し、お静かに……！」

ミュリエルは立ち上がっているグリゼルダの寝衣の裾を引っ張って、とりあえずは座ってもらおうと訴えかけた。一度大きな声を出したことで勢いが抜けたのか、グリゼルダはストンと座る。それにホッと息をついたのも束の間だ。それで、とすぐさま琥珀の瞳に話の続きを催促された。

ミュリエルはとりあえず、巻きが甘かったせいで間延びをはじめたオルゴールの音を気にし

て、もう一度妖精にハープを奏でてもらうためにネジを強く巻き直す。

「そ、その……、あとは、グリゼルダ様から来てくださらないと、て、て、手が……、だ、出しづらい、と、おっしゃっていました……」

「ほう、なるほど。要するに、してほしいと思うところまでは、今後私は遠慮などせずに押せばよいのだな」

「……えぇっ⁉」

洗いざらい話したミュリエルに、グリゼルダが自信たっぷりに微笑んだ。その内容が、ミュリエルがカナンの立場では困ってしまうものであったため、即座に焦りの声をあげてしまう。

「何を驚く。カナンの言葉をよく考えてみよ。手が出しづらいとは、手を出したい気持ちはあるということだ」

「あっ……」

「嬉しくて顔がにやけてしまうではないか。求めれば応えてくれると言えど、常に探り探りだった私としては、とてもよい話を聞いた。……ふふっ」

今までを振り返ったのか、今後に思いを馳せたのか。どちらにしろグリゼルダが堪えきれずに零した笑い声からは、攻め手だけが持つ不敵さが漂う。

とはいえ、ミュリエルはグリゼルダの獲物ではない。そのせいか、我が身のことと狼狽えるほどの危機感は薄かった。ただ、一歩引いた場所から自分と違う点と比べて悩ましく思う。

（わ、私は、て、てて、手を出したい、とか、そんなことは思っていなくって……。だ、だけ

れど、あら？　手を出すって、結局は具体的にどこからかしら？　手を繋ぎたいとか、ギュッてしたいとか、そう思うことも含まれる……？　それだと私も、サイラス様に手を出したいと思っていると、言えるような……、……、……）

「コホン。すまぬ。一人で妄想に耽ってしまった」

「はっ！」

グリゼルダの咳払いにより、脇道を進んでいたミュリエルも引っ張り戻される。

「さては、そなたも何か思い悩んでおるな？」

寝食を共にしたことで、ミュリエルという人物の把握が進んだのだろう。グリゼルダの指摘が鋭い。隠すことでもないため、ミュリエルも素直に口を開いた。

「え、えっと、その……。カナンさんから助言もいただいたのですが、考えてみたら、よく、わからなくなってしまって……。結局、私はどうすればいいのかしら、って……」

サイラスとアトラに義理立てしたミュリエルは、キャンドルなどを入れてきたバスケットを寝床に見立ててコトラを独り寝させていた。そのため手持ち無沙汰だ。グリゼルダからのくすぐりに対し防御力を上げようと、先ほど頭からかぶったブランケットをあごの下で握る。顔だけ丸く出ているため、悩ましい声色に似合わぬ愉快な面容だ。

「お従兄殿は察しがよいし、放っておいても困ることはなかろうよ」

いったんは消極的助言を口にしたグリゼルダだが、攻めの姿勢にこそ王女としての魅力が光る。そのためこの時も、すぐに挑発的で蠱惑的な流し目を向けてきた。

「ただ、向上心を持ったそなたの思いを、無碍にしてはもったいない。ゆえに、そうだな……」

はずしていた琥珀の視線がミュリエルに戻り、紅を引かずとも妖艶な唇が弧を描く。

「ミュリエル、見上げてみよ」

優美な動きで指先が伸ばされ、ブランケットに埋まるミュリエルのあごをすくい上げる。小首を傾げたグリゼルダにやや見下ろされているミュリエルは、自然とキャンドルの灯りに揺れる琥珀の瞳に魅入った。

「サイラスの口づけは、甘いか？」

「っ⁉」

近くで見つめられる瞳の色も、あごを捉える指先の感触も違う。それなのにミュリエルは聞かれたその瞬間に、サイラスと触れ合うことで感じるすべてを思い起こした。柔らかさも、熱も、こもる吐息も、まじる香りも。

「よい顔をするではないか。色気というものが出てきておる」

目の前にグリゼルダがいるのに、翠の瞳には映っていなかったのかもしれない。意識して焦点を合わせれば、王女殿下はとても楽しそうに笑っていた。

「ちなみに、口づけをする時、己の手はどこにある？」

「えっ？　手、ですか……？」

あっさり身を引いたグリゼルダは、抱っこしていたコギオの嘴を人差し指でつっついた。

「もし今までが相手の胸に添えたり、背をゆるくつかんでいる程度だったのなら、次の機会には首に回してみるとよい。肘を相手の肩に乗せるつもりでやると、効果はさらに高くなるぞ？」

グリゼルダのコギオをなでる指先が、なんだか思わせ振りだ。その仕草をなんとなく目で追いながらも、ミュリエルはサイラスと口づけをする時のことを素面で思い返すことを躊躇っていた。先ほどなど、一瞬思い浮かべただけで全身が熱を帯び、動悸と息切れを催してしまったほどだ。重ねた口づけの分だけ手の位置を振り返ろうものなら、羞恥で脳が焼き切れてしまいそうだ。

「そこまですれば、あとはお従兄殿に任せるので十分だろう」

心ここにあらずの状態に片足を突っ込んでいるミュリエルに、グリゼルダがコギオの翼を使って手を振ってくる。ハッとしたミュリエルは、どこを見ているのかわからなかった目の焦点をグリゼルダに合わせた。

「そういえば、私とカナンの結婚式に招待したら、ティークロートに来ることはできそうか？まぁ、聖獣番であるそなたには、退任でもせぬかぎり無理な相談やもしれぬが……」

「あっ！」

退任、という言葉であることを思い出したミュリエルは、唐突に声をあげた。

「どうした？」

「い、いいえ。これは、ちゃんとサイラス様に聞きますので、大丈夫です」

すっかり忘れていたがギオから聞いた、サイラスがミュリエルを辞めさせようとしている事実について確認を怠っていた。ミュリエルの意思を無視して、サイラスがそのようなことをするはずがない。そんな絶対的な信頼感から、一難去ったあとは今の今まで思い出すこともなかった。しかし、ギオが聞いたと言ったのなら、その台詞をサイラスは確実に口にしたのだろう。ならばいらぬすれ違いをしないためにも、確認は必須だ。

（今までも、いつだって私の言葉足らずや勘違いで、サイラス様に悲しい思いをさせてしまっていたのだもの。しっかりしないと……！）

聞くことを怖がったり遠慮したりする関係性は、ずっと前に卒業している。ミュリエルは自信を持って一人拳（こぶし）を握って頷いた。頼もしい表情をしているミュリエルに、内容はわからないグリゼルダも心配の必要はないと感じたようだ。

秋の夜は長い。月はいよいよ明るく、閉めたカーテンにも淡く光を含ませる。鳴り止まないオルゴールのコロンとした音は、乙女達の楽しげな忍び笑いと相性がいいらしい。

ミュリエルも、今宵ばかりは明日（あす）の寝不足も甘んじて受ける所存だ。クッキーとハーブティーが尽きても、話は尽きない。

落ち葉がつもり、北風が吹けば、高く薄い青空を鳥が行く。晩秋の声が満ちる朝、グリゼル

ダにカナン、そしてギオは帰国の途につくこととなった。国のお偉いさんが立ち会う正式な見送りには、今回もミュリエルは参加しない。そのため、今この庭で言葉をかわすのが最後になる。

グリゼルダはこのところの動きやすさ重視の出で立ちから打って変わり、赤に黒のレースをふんだんに使ったドレスに、ビロードのケープをまとい、化粧を施した艶(あで)やかな王女姿を披露していた。その脇に立つカナンも、自国の紋章の入った赤いマントまで羽織った聖獣騎士の正装姿だ。そんな二人の用心棒のように立つギオは、同じく紋章が入った銀の額飾りと胸当てを身につけており、来た時に巨大寝台に丸々とつまっていたのが嘘(うそ)のように凛々(りり)しい。

そんな三者だが、顔が緊張感からかやや強(こわ)ばっている。見送りのために同じく聖獣騎士団の正装をまとったサイラスから、言葉を待っているからだろう。久しぶりに見る鎧姿(よろいすがた)に胸を高鳴らせていたミュリエルだが、実は同じように緊張していた。何せこれからサイラスが口にするのは、今回のあれこれに対する総評だ。

「グリゼルダ、カナン、ギオ、それぞれの経過を見てきたが……。総合評価は、『良』だ」

わずかに溜めを作ってから告げられた端的な評価に三者が肩を上げ、顔を明るくする。大きな声を出したわけではないのに、ワッと歓声が上がったように感じられた。ミュリエルも我がことのように笑顔になって、手を伸ばしてくれたグリゼルダと両手を繋いで喜びを分かち合う。

「個々の細かい採点と知見は、ここに書いておいた。よく目を通すように」

それぞれに一枚ずつあるようで、ミュリエルから手を離したグリゼルダが一枚、カナンがギ

オのも含めて二枚受け取っている。その三枚を渡しただけで、サイラスの手は空だ。ミュリエルは紙に目を落とした主従とサイラスを交互に見て、笑顔を残しながらも眉を下げた。

「サ、サイラス様、あの……、わ、私は……？」

どんなにサイラスの手もとを見ても、何も持っていない。微笑みを残していた顔が徐々に曇る。「良」という評価はミュリエルも含んでのことだと思ったが、あげられるのは三者だけで、己は評価もできないほど駄目だったのかもしれない。そんな不安が一気に胸に広がる。しかし、目の前にいるサイラスは柔らかな笑みを深めた。

「君は、常に『秀』だな」

「えっ、『秀』？　ですか……？」

そもそも馴染(なじ)みのない評価方法ゆえに、「良」と聞いた時はなんとなくそれが最上位だと思った。しかし、サイラスは「秀」と言う。では、その「秀」なるものはどれほどのものなのか。わからないミュリエルは、目を瞬かせた。すると横から口を挟んだのは糸目学者のリーンだ。

「上から『秀』『優』で、次が『良』です。『可』でギリギリ及第点。『不可』は落第ですね」

「何っ⁉　『良』が最上位ではないのか⁉　これだけ頑張ったというに、お従兄殿はやはり鬼だな⁉」

それまで熱心に紙に目を通していたグリゼルダが、眉毛をつり上げて訴えた。

「しかもこの知見にある項目、『良』が二つで、あとは『可』ばかりではないかっ！」

「……ですが姫様、読んでしまえば、俺は頷くしかありません」

「何っ!? 見せてみよ！ ……、……、……カナン！ この裏切り者め！ そなたは『優』をもらっておろうっ！」

冷静に受け止めたカナンが呟けば、すぐにグリゼルダが食ってかかり、さらにその二人の後ろでは、ギオが落ち着きなく左右に体を振るように足踏みしている。

『お、おいっ！ カナンも姫サンも自分のばっか読んでねぇで、オレのも読んでくれよぉ！』

ぬっ、と顔をよせたギオが仲間割れする二人にまざれば、傍から見れば仲良しな揉め事がはじまった。正直言って羨ましい。そして、思った。己もあの紙が欲しい、と。ミュリエルは口をすぼめると、内容に盛り上がる三者を見つめる。

「もしや、書面が欲しかったのか？ だが君は、私と同様に評価をする側だから……」

「そうだ！ その通りだ、ミュリエル！ そなたの目から見た我々はどうであった？ サイラスから評価はされたが、このたび私が師と仰いでいたのは、そなただ！ だからそなたの評価こそ、私は大事だ！」

もう読み終わったのか、グリゼルダは自身の紙をカナンに渡し、ミュリエルに向き直った。カナンもギオに読み上げていたのをいったんやめて、こちらの言葉を待つ姿勢になる。それどころか、サイラスにリーン、集まっていた特務部隊の面々までミュリエルの発言を待っている。

（えっ……。わ、私が、評価をするの……？ グリゼルダ様に、カナンさんに、ギオさんを？そ、そんな、恐れ多いこと……、……、……）

全員から注目を浴びたミュリエルは、逆に査定されている気持ちになった。己が何か言わなければ、注目も沈黙も終わりそうにない雰囲気だ。下手なことは言えないと、緊張に半笑いを引きつらせながらまず唾を飲み込む。

「えっと、そ、その……、……、……。わ、私が何かを言うには烏滸がましいほど、お、お三方とも、とてもよかったと思います……」

どんな事柄に対しても使えそうな通り一遍の台詞だけで、注目と沈黙が解除されるわけがない。引き続き言葉を待つ面々を前にして、ミュリエルは再度唾を飲み込んだ。

「な、なぜかと、申し、ます、と……、……、……」

当たり障りない繋ぎの言葉を挟む間に、ミュリエルの頭のなかではグリゼルダとカナン、そしてギオと過ごした日々のことが駆け巡っていく。何気ないやり取りは目まぐるしく、印象深い出来事は閃くように。そのなかで、一番色鮮やかに浮かぶことは決まっている。

「絆が、見えたので……」

温室の硝子を砕き、正気を失って暴走したギオ。そのギオを正気づかせたのは、カナンとグリゼルダの黒ニワトリを呼ぶ声だった。

あの時、ギオはきっと魂のひと雫に呼ばれて、過去の流れに身を置いていたのだと思う。それを現在に引き戻したのは、今黒ニワトリが大切に想っている姫様と騎士の声と、それぞれを繋ぐ「名」の響きだ。

「グリゼルダ様とカナンさんとギオさんが、それぞれを想う気持ちに、とても……、ハッとさ

せられたんです。絆って、こういうことなんだな、と見せていただいた気がして……」

魂で惹かれただけではなく、今ある体と心も惹かれている。それは「己」を、「個」を、唯一のものとして互いが認識しているに他ならない。

急に込み上げてきたのは、感動だ。今回よりも前、殺処分の危機にあったギオと、絆を結ぶに足りないカナン、憂えるだけで何をすればいいのかわからないグリゼルダ。そんな出会いから今日、今、この時この瞬間までのことが一気に思い起こされた。これから先どんなことがあっても、この三者の絆がほころびることなど絶対にない。

だがそれは、何もティークロートの面々だけに言えることではなかった。ここワーズワースの者達の間にだって、同じだけの繋がりがある。時には泣きたくなるほど胸に迫る熱さを持って、目に見えるよりも強く絆の存在をミュリエルに感じさせてくれるのだ。

何も大きな出来事があった時ばかりではない。繰り返す毎日のささやかな時の流れのなかに、名前を呼ぶ時のふとした声音や、かわす眼差し、親しみを込めて触れる日々のそこかしこに。

そんな共に過ごすすべての瞬間に、気づけばいつでも大切に想い想われる幸せを感じることができる。それは奇跡にさえ似た毎日で、ミュリエルにとってかけがえのない大切な宝物だ。

「で、ですので……、……、……、ぐすっ」

考えているうちに想いがあふれ、感極まったミュリエルは翠の瞳に涙を盛り上がらせた。

「泣くでない、と言うておろう、ミュリエル！　そなたにそう言ってもらえて、とても嬉しく思うぞ！　さぁ、笑顔を見せておくれ？　別れと言っても、またすぐに会えるのだから」

両手があいていたグリゼルダは傍まで来てミュリエルを抱きしめると、すぐに頭をグリグリとなでた。

「まだ内密だがな、結婚すればカナンが国境の地を拝領すると決まっておる。なれば、王都にいるより余程行き来が楽であろうよ」

聞いてよい内容だったのかと驚いたせいで、翠の瞳が涙の生成をやめる。事、この場において口の軽い王女殿下は、朋友が本泣きに移行しなかったことで満足そうに笑った。

（ど、どういうことかしら？　国境の地って、この場合、ヘルトラウダ様の領地のことよね？　薬草があって、凶暴な竜モドキがいて、ワーズワースと接している……。そこを、カナンさんが拝領するってこと？　そうなると、爵位が上がって、発見したものの特権を握って、それでそれで……、えっと……）

いいことずくめの気もするが、政治的見地からのいざこざが多い気がしてならない。難しいことは求められぬ限りはお任せする主義のミュリエルは、困ってサイラスとリーンの方へ目を向けた。こういう時は、担当者の反応に頼りたい。

「ミュリエルさんが考えたことで、あっていますよ」

まずは、リーンがモノクルの奥の糸目を笑みでさらに細める。その食えない雰囲気に、ミュリエルの視線はすぐにサイラスへ固定された。

「あぁ。当初の予定より、ずっと上手くまとまったほどだ」

すると、もっとも信頼できるサイラスが太鼓判を押す。であれば、ミュリエルが気を揉む必

要はない。

「この分だと、青林檎(あおりんご)も兄に譲(ゆず)るより我が手にあった方が都合もよかろう」

「えっ？　青、林檎……？」

不意に出てきた単語に、ミュリエルは反射的に服の下に隠れたチャームを押さえた。

「あれ？　ずいぶん前にお話ししませんでしたっけ？　青林檎条約、ティークロートとの表の条約に引っかけて、僕達の間でした裏の取引のことですよ」

しかし、すぐさま入ったリーンの補足に、ミュリエルは記憶を漁(あさ)る。それは、はじめてグリゼルダ達と出会った頃、さらには今日のような別れの日のことだ。確かに丘からティークロートの一団を見送っていた場で、この糸目学者から聞かされたように思う。

「何、難しいものではない。誰がなんと言おうと我々は仲良くやろう、という条約だ」

簡単にまとめたグリゼルダに、サイラスが苦笑いをする。

「ずいぶんと、簡単にまとめたな」

「他にどう説明せよ、と申すのだ」

紫と琥珀がしばらく視線をぶつけたのち、サイラスがふっと笑った。

「貴女(あなた)の言う通りだ」

今のやり取りに勝ち負けなどないが、サイラスから同意を得たグリゼルダは晴れやかに笑った。

「やはり、名残惜しいな。これほど気安い場所は、私だけではなくカナンとギオにとっても希

少だ。……よい思い出が、たくさんできた」

　優しい眼差しがミュリエルに向いて、どちらからともなく両手を取り合う。どうしても潤んでしまう翠の瞳で見つめるだけで、きっと気持ちは伝わるだろう。しかし、ミュリエルはちゃんと気持ちを音にした。

「一緒に聖獣番のお仕事ができて、楽しかったです」

「あぁ、私もだ」

「ダイエット大成功で、とても嬉しいです」

「そうだな、その通りだ」

「女子会、またしたいです」

「もちろん、約束しよう」

　全部を伝えられるわけではないが、間髪いれずに受け入れてくれる返事は、言葉にできなかった分にまでかかっていると思った。そんなふうに感じれば、ますます翠の瞳に涙がわく。

「だが、ミュリエル、もう一つ大事な思い出を忘れておる」

　ところが、グリゼルダは慰めるには不似合いな、得意げな笑みを浮かべた。

「カナンにギオ、そして私が『勝者』だ、という思い出だ」

　パチリ、とミュリエルは瞬きをした。言葉が足りなくて、何を指しているのかわからない。

「人生で一番の頑張りを『良』と評価されようと、このたびの『勝者』は、我々だ！」

　高らかに宣言したグリゼルダは、勝ち誇った余裕の笑みをサイラスに向けた。一方、サイラ

スは首を傾げる。

「姫様、申し訳ありません。そのことですが……」

『そうそう！　今回はオレ達が勝ったもんなぁ!!』

グリゼルダの真意を正確に読み取ったらしいカナンだが、その言葉はギオによって遮られた。

「ギオも、聞いてくれ……」

「ふふっ、ギオもはしゃいでおる！　勝利の味は格別なものだからな！」

そして、逆にギオもギオに説明しようとすれば、今度はグリゼルダに言葉尻(じり)を盗まれている。

「あ。もしかして、ギオ君が赤い実を食べて興奮した時の、アトラ君との競争の話をしているのでしょうか？」

理解力のあるリーンにより、やっとミュリエルは話の流れをつかんだ。それにより納得したサイラスも、己の白ウサギと目配せをする。アトラはその視線を受け止めてから、なんでもないことのように歯ぎしりをした。

「あぁ、あれは……」

『あぁ、それは……』

紫と赤の瞳が、とくに悔しそうな色もにじませずに、ティークロートの面々に向けられた。

「アトラの温情で、勝者はなしだな」

『オレのお情けで、あいこだろうが』

しれっと言われた台詞に、目をかっぴらいたのはグリゼルダとギオで、その横でカナンはい

たたまれなさそうに肩を下げた。

「なんだと⁉　それはいったいどういうことだっ！」

『はぁ⁉　なんだってぇそんな話になんだよぉっ⁉』

くってかかる王女殿下と黒ニワトリにも、サイラスとアトラの態度は崩れない。その間を取り持つように、カナンが遠慮がちに口を開く。

「姫様にギオ……。あの時の競争の勝利条件は、先に温室についた方だったから……」

空を渡る鳥の声が、どこからか響く。周到に掘られた穴にはまったギオは、温室手前で競争を終えている。それを見下ろしたアトラも、温室には到達していない。

無音の時間がわずかに過ぎ去ったあと、グリゼルダとギオは互いに振り向くと抱き合った。

「ギオ……」

『姫サン……』

その周りを、自分も抱きついた方がいいのか迷っているらしいカナンがうろうろしている。

「勝負など、いつでも受けて立とう」

『まぁ、勝ちを譲る気はねぇけどな』

圧倒的強者ゆえか、自然体なのにサイラスとアトラは誰の目から見ても強気に映る。それにいち早く反応したのは、意気消沈したグリゼルダとギオではなく、カナンだった。

「次の機会には、勝たせていただきます。姫様と、ギオのためにも」

抱きつくかどうかまだ迷っていたくせに、半分振り返った顔は静かな闘志に燃えている。そ

れまで慰め合っていたグリゼルダとギオも、カナンに触発されたらしい。勢いよく振り向くと、カナンに加勢するように声を張った。

「足もとをすくわれぬよう、せいぜい気をつけるのだな！」

『いいかぁ!?　その余裕面、今に崩してみせっからなぁ！』

小物感漂う台詞に、それを向けられた圧倒的強者達は同時にふっと笑った。この時、サイラスは笑うにとどめたが、アトラはもうひと言付け加える。

『じゃあ、それまでにオレから言えることは一つだ』

綺麗なお座りを崩さずに、アトラは歯を鳴らした。雰囲気的に、どうやらワーズワースの庭の主としてこれを締めの言葉とするらしい。

『あ、アタシそれ、わかるわ』

『うむ。確かに一つだろう』

『絶対、超絶、最重要っス』

『うん。間違いあらへん』

それに乗っかったのは、気分次第で何事も息ピッタリに合わせられる特務部隊の面々だ。でこぼこの視線ながら、かわす目配せには間違える気配など微塵もない。いっせいにあがった鳴き声は、明るい別れによく似合う笑い声まじりだ。

『リバウンドはするな!!』

『っ!?　しねぇよっ!!』

それを皮切りに、ギオに向かって毛玉達が押しよせる。肌寒い季節にお勧めの、おしくらまんじゅうだ。聖獣の言葉がわかるのは、ミュリエルだけ。しかし、急に鳴き声をそろえて押し合いへし合いをはじめた毛玉達の幸せすぎる眺めに、笑顔で笑い声を上げたのはミュリエルだけではなかった。

それに、一応は加減を心得る聖獣達により、グリゼルダにカナンが巻き込まれても、リーンが乱入しても、ミュリエルがサイラスを誘ってまぎれても、ただただ温かくて柔らかくて楽しいだけだから。

「甘すぎるクッキーは、もう必要ありませんね！　だってそれがなくっても、今日も明日も明後日も、それより先だってずっと……。仲良しでいられると、信じられるから！」

大騒ぎしているその場において、皆が好き勝手にしゃべっているし、笑っている。まとまりのない発言はあっちこっちに飛んでいて、繋げようがない。しかし、返事がなくても、言ったことが聞き流されても、嫌な気持ちは少しもわかなかった。

むしろ気の置けない仲間であればこそのこの空気感が、ミュリエルは大好きだ。

別れ際に盛大に笑ったせいか、もの悲しい気持ちは薄い。グリゼルダ達を見送った日の終業時間、ギオの使っていた馬房を綺麗にしたミュリエルは箒（ほうき）を手にふぅっと息をついた。動いて

いる間は気にならないが、手を止めて物思いに沈もうとすればやはり肌寒く感じる。

『ここで寝るなら、厚着してこいよ?』

寒さに震えたわけではなかったが、アトラは目聡い。

『さっそく一緒に寝る気なのね。でも、アトラが一緒なら、まだ寒くないと思うわよ?』

『確かに今から厚着では、真冬が心配だ。だが、ミュリエル君は冬毛に変わらないからな』

『ってか、厚着するより先に、厚い毛布の方がいいんじゃないっスか?』

『そやな。そんなら、ダンチョーはんと一緒にくるまれますし』

アトラの優しさからはじまったはずの会話が、なぜか終わった時にはミュリエルをからかう内容へと変わっている。寒いと思ったのは気のせいだったのかもしれない。じんわりと上昇した体温に、ミュリエルは箒を持つ手に汗をかいた。

実は、ティークロートの面々と大騒ぎした別れ際、その最中にミュリエルは、サイラスからそっと耳打ちされていたことがある。

「今夜は、会いたい」

皆が皆好き勝手に発言しているなかで、不意に短く囁かれた言葉など、ミュリエルしか聞き留められなかっただろう。今もその可能性の方が高いと思っている。それでもこうして話題に出されてしまうと、恥ずかしさが込み上げてくるのだ。

台詞だけを取り上げれば、そんなに過剰に反応をするようなことでもない。しかし、囁いた吐息が耳に触れた感覚と、こっそりと掌をなでていった指先の感触がそろってしまえば、

ミュリエルにとって睦言と同じだ。ましてや、頷き見上げたところにあった紫の瞳が艶っぽかったとあれば、会った先にある時間のことだって考えてしまう。

ならば、会うだけですむはずがない。今日までの間、誰かの耳を気にして控えた言葉だって、誰かの目を盗んで繋いだ手だって、ずっともどかしい想いであふれていたから。そして、もの足りなさを訴える視線も、名残惜しさに絡んだ指先も、どちらか一方ではなく互いに相手を求めていたと気づいている。

（サイラス様と、会ったら……、……、……）

求めるままに触れて、求められるままに触れられたいと思う。そしてそれが叶う時間が、そう待たずしてこれから訪れるだろう。そう考えただけで、ミュリエルはいてもたってもいられない気持ちになる。

（そ、そんなふうに考えてしまうことが、とても、恥ずかしくはあるの……。だ、だけれど、どうしたって、サイラス様と、もっと、くっつきたい……）

箒では隠れきれないというのに、ミュリエルはおでこを柄にあてて目をつぶった。プシュゥと上がる湯気が多めなのは、周りの空気が冷たいからなのか。

しかし、呆けている場合ではない。恥ずかしくても恥ずかしくなくても、会う前に仕事はちゃんと終わらせるべきだ。ミュリエルは箒を片付けるために用具棚に向かった。ひとしきり反応を眺めていた聖獣達の生温かい視線が、本人の与り知らぬところで背に集まっている。

歴代の聖獣番により使い込まれた道具は、それぞれ所定の位置に整えられている。だがそこ

で、ふと一つのブラシに目が留まった。ここのところ、クロキリがギオに貸し出してくれていたものだ。ブラシには、細く折りたたんだ紙が巻かれていた。

『どうした？』

「えっと、何か紙が……」

見えない位置からアトラの声がかかって、ミュリエルはブラシから紙をほどいて白ウサギのもとまで戻った。何度も折りたたまれた紙は、広げるのもひと苦労だ。

「何か書かれて……、あっ。これ、グリゼルダ様からのようです」

折り文にはサインもあるが、手紙のやり取りをしているミュリエルには見慣れた筆跡だ。

「えっと、『ギオの輿に贈り物がある。お従兄殿と二人で取りにいくように』、ですって」

はじめてギオが来た時もそうだが二回目となるこのたびも、持ち込んだ巨大寝台をティークロートの面々は放置して帰ってしまった。しばらくはあのままでも、知らないうちに撤去されてしまうため、ミュリエルはあまり気にしていなかった。

それにしてもグリゼルダは、いったいいつそんな仕込みをしたのだろう。ただ、今回は巨大寝台の内部にミュリエルは一度も足を踏み入れていない。口実ができたとなれば、贈り物も気になるし内装がどうなっているのかも気になるため、ぜひ行きたい。

『二人で』、ねぇ。うふ。せっかくだしミューちゃん、サイラスちゃんを迎えにいって、一緒に行ってみたら？　ほら、早く早く！』

「えっ？　は、はい、そうですね。あっ。ですが、まだ、サイラス様の終業時間には早すぎる

かもしれません……」

　ミュリエルにとっては定時でも、書類仕事を遅くまでするサイラスは、まだ執務室で机に向かっているだろう。あまり早く迎えにいくのは憚られる。

『いや、よい頃合いだろう。サイラス君に、仕事を切り上げるきっかけをあげるといい』

『そうっスよ。ダンチョーさん、ここのところ働きすぎっス。お休みが必要だと思うっス』

『きっとリーンさんとリュカエルはんも、あっちで同じようなこと言うてると思います』

　ここまで言われてしまえば、ミュリエルは固辞することができない。追い立てるように勧められることに首を傾げつつも、グリゼルダからの手紙を細くたたみ直すとエプロンのポケットにしまった。

『じゃあ寝るの、サイラスも誘ってこいよ』

　当然のようにアトラから言われて、ミュリエルはほんのりと頬を染めた。

「は、はい、そ、そうですね……。あの、お、お誘い、してきます……」

　どもりながらもそれでもなんとか返事ができたのは、わかりにくいがアトラが嬉しそうにしていたからだ。谷へ調査に行った分ミュリエルほど間があいているわけではないが、白ウサギにとってもサイラスと一緒に寝られるのは、久しぶりのことになる。

『あらぁ、聞いた？　今のミューちゃんのお返事。成長したわねぇ』

　細かく見ればミュリエルの成長だけでできた返事ではなかったが、まるで姉のごとくレグが褒める。もちろん、続く三匹も兄のごとく感慨深そうだ。

『声を聞くだけで気絶していた、あのミュリエル君が』

『顔を見ただけで気絶していた、あのミュリエルさんが』

『手が触れただけで気絶していた、あのミューさんが』

手放しで褒められて、ミュリエルはもじもじした。しかし、ハッと顔を上げると訴える。

「で、ですが！　じ、実は、ここのところ、お会いする時間が少なくなっていたせいか、なんだか……、は、恥ずかしさが、戻ってきてしまった気が、していま、す……」

胸の前で指をこねこねと組み替えつつ、まずは長兄である白ウサギに上目遣いでお伺いを立てた。

「も、もし、気絶しそうになったら、き、気付けを、お願いできますか……？」

『あん？「秀」をもらっておいて、それはねぇだろ。いいから、とっととサイラス誘って、ちゃんと贈り物を回収したら、さっさとオレんとこ戻ってこい。あ、厚着と毛布を忘れるなよ』

突き放したと見せかけて、過保護な発言も忘れないアトラは、ミュリエルにとってやっぱり頼れる兄貴分だ。

しかし、サイラスを誘い白ウサギのもとに帰るまでは、気絶の危機に瀕しても一人で頑張らなくてはならない。だが、獣舎まで来てしまえば、頼れる皆がいる。

そう思えば、ミュリエルの足取りに迷いはない。そもそも、サイラスに会いたいと望んでいるのは、自分自身なのだから。

獣舎を出てより、誰とも会わずに執務室まで来たミュリエルは、迷わず扉をノックした。コンコンと音を響かせてから、こっそり深呼吸をする。しかし、深呼吸が終わっても、そこからもうひと呼吸待っても、なかから返事がなかった。

「あ、あの、サイラス様……？」

いつもであれば、先んじて扉が開いたり、食い気味に返事があったりする。そのため、これは異例なことだった。

（っ⁉　ま、まさか、過労でなかで倒れているなんてことは……‼）

そう思った途端、瞬間的にミュリエルはドアノブに手をかけた。

「サイラス様！　……あ、あら？　鍵が、かかってる？」

しかし、ドアノブが回らない。何度か試してから、ミュリエルはこの執務室に誰もいないと気づいた。今夜会おうと言ったサイラスが、ここにいないということは。

すれ違った可能性はないに等しい。ミュリエルは獣舎から迷わず、最短の道をここまで来たからだ。ならば理由は、考えられる限り二つになる。緊急の仕事が入ったか、ミュリエルと会うために早めに仕事を切り上げたか。前者であればどんな方法を使っても連絡があるはずだ。となれば、おのずと答えは後者となる。

（た、大変！　早く、寝支度をしてこなくちゃ、お待たせしてしまうわっ！）

仕事を終わらせて、会う用意をする。それすなわち、今夜はサイラスもアトラと一緒に寝ようとしているということだろう。ならば、本来であればサイラスより仕事終わりの早い己が待たせるのは、申し訳ない。ミュリエルは誰もいないのをいいことに、かなりの勢いで駆け出した。

そうして、その勢いをなるべく保ちつつ部屋に戻ると、一日の汚れを落とし、身なりを整える。アトラから言われた毛布は欲張って二枚ほど丸めたせいで、両手で抱える大きさになってしまった。自室の扉を四苦八苦しながら閉めれば、あとは庭の方へ戻るばかりだ。

寝支度を整えたミュリエルの格好は、ここ数日と比べてかなりの厚着だ。ただし、ぱっと見は下に着ているのが寝衣だとわからないだろう。ちょっと洒落(しゃれ)た優しいオレンジ色の丈の長いガウンは、ご近所までの外出なら耐えうるデザインだ。

そんなところに気を遣ったものの、とくに誰にも会うことなく庭の入り口まで戻ってくる。厚着をしているうえに急ぎ足のせいか、肌寒いはずなのに汗をかいてしまった。

首に張りついた栗色(くりいろ)の髪を払おうとして、ミュリエルはいったん足を止めた。しかし、髪を払わず再び足を動かす。

「サイラス様っ」

庭に入ってすぐのところで、サイラスがこちらに向かって歩いてくるのが見えたのだ。柔らかそうな丈の長い紺色のマントを巻いて、ランプを下げている。すぐさま落ち合えば、サイラスは少し困ったように笑った。

「そんなに急がなくてもよかったのだが。すまない、しっかり約束しておくべきだったな」

　ミュリエルが払わなかった分、サイラスの指先が栗色の髪をすくように後ろへ流してくれる。優しい手だが、火照った肌にその手は少し冷たい。いつもだったら汗をかいている恥ずかしさに慌てるところだが、この時は心配の方が先に来た。

「こ、こちらこそ、すみません。お待たせしました。手が、冷えてしまっています」

　自分の熱が少しでも移せればと、頬を包む大きな掌にすりよる。

「あぁ、冷たかったか。配慮が足りなかった」

「い、いえ。あの、冷たくて、気持ちいいです」

　いったんは手を引こうとしたサイラスだったが、ミュリエルの発言により頬を包むように掌をすべらせた。互いの温度が移る感覚を心地よいと思ったのは、ミュリエルだけではないだろう。好ましい熱と肌の触れ合いは、一度得てしまえば離れがたい。

「……あっ。す、すみません。ここで立ち止まっていては、駄目ですね」

　すりよせていた頬を離してミュリエルが言うと、サイラスは自らの掌を見てからその手をそのまま差し出した。

「急がせてしまったから、君が火照っていただけで、私は別段冷えてはいないと思う。だが、ここにいても仕方がないからな。行こうか」

　こちらに向かって伸ばされた手は、ミュリエルを待っている。

（あっ……。手は、繋ぎたいけれど……。毛布を片手で持つのは、難しいから……）

どうやって片手で毛布を持つかを考えて、ミュリエルはサイラスの掌を真剣に見つめた。

「私が、持とう」

うつむき気味に掌を注視していたミュリエルは、その台詞と同時にバッと顔を上げた。顔を上げた時には、もう頬が染まっている。この手は、荷物を持つために差し出されていたのだ。それなのに、手を繋ごうと誘っていると疑うことなく考えてしまったことが恥ずかしい。

「あ、あの、サ、サイラス様はランプを持っていらっしゃるので……」

ランプ一つなどたいした荷物ではないが、二人で歩くのに片方だけが手ぶらというのは示しがつかない。

「私なら、片手でランプと毛布を持てるから」

「で、ですが……」

遠慮をしたものの、サイラスも譲る気はないようだ。伸ばされた手は引っ込む気配がなく、微笑みながら待ちの姿勢を崩さない。ミュリエルが抱えている両腕をおずおずと緩めれば、サイラスはランプを持つ手はそのままに毛布を小脇に挟んだ。

それから、あいている方の手をもう一度こちらへ差し出す。翠の瞳が計りかねたように手と紫の瞳とを交互に見れば、サイラスは洗い立ての黒髪をサラリと揺らしながら、首を傾げた。

「繋ぎたいのだが……」

「っ！　は、はいっ。喜んで！」

飛びつくように両手で繋ぎにきたミュリエルに、サイラスは少し驚いてから嬉しそうに笑う。

ミュリエル自身も、己の勢いのよさにびっくりだ。それから、じわじわと恥ずかしくなる。ただ、手を離す選択肢はない。指を絡めてしまえば、なおさらだ。

体温がそろったせいか、サイラスの大きな手の感触がよりよく伝わる。絡ませた指は控え目で、互いの掌の間にはわずかな隙間ができていた。その掌の真ん中に熱がこもる。それは二人の体温がまざったことで生まれた温もりだ。

見上げた紫の瞳は夜にあっても艶やかで、ひとたび見つめてしまえば魅入ってしまう。視線が外せなくなったミュリエルに、サイラスは目もとを緩めた。そんなわずかな変化さえ、好きなのだとしみじみと思う。

邪魔するものがないため、二人の間に流れる空気はゆったりとしたものだ。どこまでも広がる好きな気持ちを噛みしめながら、そこで二人はやっと歩き出した。

「あ、あの、サイラス様」

足が向くのは獣舎だが、かろうじてミュリエルはその前によりたい場所があるのを思い出した。歩調を合わせてくれる隣のサイラスが、同じくらいゆっくりとこちらを見る。

「えっと、グリゼルダ様から、折り文をいただいたのですが……。残していった輿に、贈り物を用意してくださったそうで……。その、サイラス様と二人で取りに行くように、と書いてあったんです。ですので、少しより道をしてもよろしいですか？」

冷えていないと先ほどサイラスが言ったため、聖獣達の勧めもあってミュリエルは控え目に誘ってみる。

「構わないが……、君が冷えてしまわないか？」

「わ、私は大丈夫です。アトラさんに言われて、かなり厚着をしていますので」

ぴっちり着たガウンの下も、秋冬用の厚手の寝衣だ。ガウンの襟もとを指で少しだけくつろげて着ているものを見せれば、サイラスは納得したようだった。真っ直ぐ獣舎に向かっていた足は、巨大寝台が鎮座している場へと向きを変えた。

ほどなくして見えてきた巨大寝台は、夜の闇のなかにあっても存在感が抜群だ。一人で来たら怖いくらいで、なかに入ってみようなどとは絶対に思わない。しかし、今は頼りになるサイラスが隣にいる。

数段しかない階をのぼって、重くおりている帳に手をかける。少しだけのぞける程度にミュリエルは開いてみたが、なかは真っ暗だ。するとサイラスが肩で帳をどかすようにして、ランプの灯りを差し入れる。それから先に足を踏み入れた。一歩遅れてミュリエルはなかに入ったのだが、今回はじめて見た巨大寝台の内装に大きく息を吸う。

（こ、これは、また、なんて贅沢な……、……、……）

前回の内装も贅を尽くしたものであったため、なんとなく予感はあった。灯りがランプ一つとあって、はっきりとした色は浮かばない。それでも、赤のベロアに金糸で刺繍された内幕は豪奢と呼ぶしかないだろう。ただ、前回の宝石まで縫い付けられたものを思い出すと、内装に関しては多少控え目にしたのだろうか。とはいえ、豪華であるのは変わりなく、これだけ凝ったものを放置して帰ってしまうグリゼルダの大物振りには、驚くばかりだ。

あんぐりと口をあけたミュリエルの手は、帳からは離れてしまっている。入り口から差し込む月明かりがなくなると、巨大寝台のなかはサイラスの持つランプを中心に、まぁるく光が広がった。

「ざっと見たところ、贈り物があるようには見えないが……。手紙だけは、置かれているな」

呆けているミュリエルと違って、サイラスはちゃんと状況確認をしていたらしい。視線の先を追ってみれば、何層にも敷かれた厚手の絨毯(じゅうたん)の中心に、開かれた紙が一枚置かれている。片膝をついて拾ったサイラスに合わせてミュリエルもしゃがみ、一緒になって文字をのぞき込んだ。すると、そこに書いてあった文字は、グリゼルダの声で脳内に響いた。王女殿下はお得意の妖艶さを漂わせながら、ちょっと勝ち誇ったように笑っている。

「二人きりの時間をお膳立てしてやろう。なぁに、礼はいらぬ。楽しんでくれればそれでよい」

サイラスにも、従妹(いとこ)の声が聞こえたのだろうか。グリゼルダの意味深な台詞によって、それぞれの脳内を言葉にもならない速度で色んな考えが駆け巡る。それが、二人の間に落ちた沈黙の長さに表れていた。

夜に密室で、ランプの灯り一つを持って二人きり。だから、沈黙の終わりにどちらともなく目が合った時、サイラスもミュリエルも瞬きができなかった。

（わ、わわ、私……、い、今、な、なんだかとても、はしたないことを考えてしまった、かも……、……、……）

しゃがんだ姿勢で息もできないミュリエルは、清らかな乙女にあるまじき己の有様に激しい羞恥を覚えた。しかし、ガチガチに固まったミュリエルの時間を動かすためか、力が抜けるようにサイラスは笑ってみせた。

「……無碍にしたとあっては、怒られるだろうな。せっかくだから、グリゼルダからの時間の贈り物を、有り難く受け取ろうか」

片膝をつくのをやめてその場に腰をおろしたサイラスは、殊更ゆっくりと胡座（あぐら）をかいて、格別ゆったり息をつく。

「それにしても、ずいぶん暖かそうな毛布を持ってきたな」

床に置いたランプの横、そこに丸めた毛布が並んでいる。サイラスが感触を確かめるように、上に手を乗せた。それから、なかなか返事のできないミュリエルに向かって、軽く微笑みかける。ランプの光のなかにいるサイラスは、陰影だけで色っぽい。

「ア、アトラさんから、持ってくるように、言われたので……」

「なるほど。ちなみに、今は入り用か？　外に比べれば、ここは風も吹かないが」

「だ、大丈夫、です……」

感じた色気にわずかにたじろいだものの、会話の応酬に固まっていた体はほぐされる。ミュリエルはギクシャクとした動きで座った。しかし、腰を落ち着けてから後悔する。もう少し近くに座ってもよかったかもしれない。繋いだ手はほどいてしまっていて、もう一度繋ぎにいく上手い理由が見つからなかった。

（だ、だけれど、こ、これでは、いくらなんでも、遠すぎる、わ……、……、……）

執務室のソファに座る時はもちろん、昼間隣に立つ時だって、こんなに離れて並んだりはしないだろう。だが、今更ジリジリと傍によって行くのも、あからさますぎる。小難しく考える前に、傍によってしまえばよかったのだ。だが、すでに密室に二人であると意識したあとでは、とても難しい。悩ましくなってしまったミュリエルだが、こうした時はどうしたってサイラスが上手だ。

「そういえば、私も持ってきたものがある」

そう言ってマントのポケットから、片手に乗るほどの何かを取り出した。

「グリゼルダから、集めていると聞いたのだが……」

前置きに思い当たるものがないものの、差し出されたものを間近で見ようとして、ミュリエルの体はなんの引っかかりもなく簡単にサイラスの傍によった。あっさりと親密な距離になったが、ミュリエルの意識は見せられたものに注がれている。

「君のコレクションに加えてもらおうと思って、用意したんだ」

「わぁ！　オルゴール、ですね！　とても可愛いです……！」

サイラスとそろってグリゼルダの方便に気づかぬまま、オルゴールの素敵さに心奪われたミュリエルは一気に笑顔を広げた。掌に乗るオルゴールは、透明な硝子でできている。なかのカラクリが見えるのも楽しいが、それよりも注目したいのは施された意匠だ。もくもくとした雲の上に流れ星があり、その流れ星には兎が乗っている。どうやらオルゴールを鳴らすと、流

れ星に乗った兎が雲の上を駆けていくようにできているらしい。

「ネジを、回してみてほしい」

喜ぶミュリエルの様子に、サイラスも笑みを深めている。サイラスが台座を押さえながら回しやすいようにネジを向けてくれたので、ミュリエルはいそいそと手を伸ばした。すると、すぐに優しい音が流れはじめた。

「っ！　こ、この曲……！」

お日さまがしずんで。お月さまがのぼる。そんなふうにコロンコロンと奏でられた音に、ミュリエルはパッと顔を上げた。誰もが知る子守歌だが、それ以上に思い入れがあるものだ。秋のはじめにナニカと呼んでいた幽霊に歌い、あるべき場所に還ったファルハドと呼ばれる竜に歌った曲である。ミュリエルは繰り返される音の並びに、心で歌詞を添えながら聴き入った。

「見ていてごらん」

しばらく耳を澄ませていると、そんな言葉と同時にサイラスが床に置いてあったランプの上蓋をあける。そして、代わりに持っていたオルゴールをその上へ置いた。

「っ！」

その途端、弾けるように七色をまとった光りの粒が散った。オルゴールの丸い音に合わせて、七色を帯びた丸い光の粒もコロコロと転がっていく。

「す、素敵です！　色とりどりの飴玉が、転がっているみたい……！」

床をなぞる楽しい動きを、翠の瞳で追いかける。転がる飴玉は、ミュリエルの膝を横切ってサイラスの腕を通り抜けると、再びミュリエルに帰ってくる。その後も、ひと時たりとももとどまることがない。

手を開けば、虹色の飴玉が次々と遊びにやって来る。しかし、掌を握ってもけっして捕まえることはできず、握った指の凹凸を丁寧になぞりながら過ぎていくばかりだ。

（あっ、天井は、どうなっているのかしら……！）

閃いた興味のままに、ミュリエルは勢いよく仰ぎ見た。しかし、夢中になりすぎたせいか鈍臭さを発揮してしまう。腹筋の能力を見誤って倒れそうになれば、後ろに手をつこうにもガウンの袖がもたついて支えが間に合わない。となれば、あとは頭を打ちつけるばかりだ。

しかし、隣にサイラスがいる時に限って、ミュリエルが痛い思いをするはずがなかった。サッと伸びてきた腕が、ゆるがない安心感をもって受け止めてくれる。

「そんなに喜んでくれると、用意した甲斐があるな」

中途半端な体勢のミュリエルがお礼を言うより先に、サイラスは嬉しそうに笑った。

さらには軽く抱き上げると、胡座をかいた足の間にミュリエルを収めた。横向きではなく、同じ方向を見る形で座らされる。突然のことにかしこまったミュリエルは、お行儀よく背筋を伸ばした。

「こうした方が、よく見えるはずだ」

ところが、サイラスが後ろ手をついて上半身を倒す。その動きに倣ってしまったのは、また

もや仕事をしない腹筋のせいだ。結果、ミュリエルはサイラスの広い胸を、安楽椅子の背もたれ代わりにしてしまう。

「す、すみませんっ、あの……、きゃっ」

すぐさま起き上がろうとしたミュリエルだが、一瞬だけ胡座の角度を急にしたサイラスにあっさり阻止された。

「気にせず楽にして、上を見てごらん？」

「えっ……？」

体はよりかかっても顔だけは持ち堪えていたミュリエルは、その言葉で視線を上げた。そうすれば自然と、頭をたくましい肩に預ける形になる。サイラスはそれを、見越していたのかもしれない。

「わぁ……！」

しかし、そんなことに気づくこともなく、翠の瞳は見えたものに夢中になった。覆うようにおりた帳のすべて、ランプ一つでは陰の残る隅に至るまで、虹色の光の粒が視界いっぱいに広がっている。

「掌にある時は飴でも、見上げてみれば星のようでもあるだろう？」

ミュリエルは言葉もなく頷いた。虹色の星は夜空を眺めるよりずっと近く、しかも二人を中心にして回っている。サイラスとミュリエルだけを見下ろす星だ。

飽きることなく眺めていれば、オルゴールの音がのんびりとテンポを落とし、光の粒も回る

速度を緩めていく。サイラスはもう一度ネジを巻こうとしたのだろうか。倒していた上体を戻した。それに合わせて座り直したミュリエルも、夢見心地になっていたところから急激に現実に戻ってくる。

（そ、そうだわ！　聞かなくてはならないことが、あったのだったわ……！）

ハッとした表情で、ミュリエルは後ろにいるサイラスを振り返った。雰囲気を察したサイラスが、オルゴールに伸ばしていた手を途中で止める。

「どうか、したか？」

「は、はい、あの、確認したいことがありまして……。え、えっと、わ、私に聖獣番を辞めさせる、とサイラス様がお話ししていたと、ギオさんからお聞きしたんです。そ、それで、その、どういうことなのか確認しなければ、と……」

内容は衝撃的でも、何かしらの事情があり、なおかつミュリエルの意思が疎かにされることがないと信じきっている。そのため、聞くこと自体はそれほど身構えずにできた。

ところが、サイラスは眉を微かによせて首を傾げている。どうにも覚えがないような表情だ。

「ギ、ギオさんは、谷に調査に行っていた時に、サイラス様がカナンさん達と話していたのを、聞いたそうなのですが……」

「あぁ、それか……」

短く納得したサイラスは、しかしそこから先を口にしてくれない。すると、今までいっさいしていなかった心配が、ほんのり胸に込み上げてくる。サイラスの胡座のなかで横向きの体勢

になっていたミュリエルは、そこからさらに身をひねって膝をつくと、すがるように正面から紫の瞳を見つめた。

「サ、サイラス様、あのっ！」

両手で胸もと辺りのマントをキュッとにぎり、わずかな不安を表すように眉を下げた。その手を、サイラスが自らの手で上から包み込む。

「いや、違うんだ。すまない。その会話になった経緯が……、少々気恥ずかしくて、な」

穏やかな声色と己より温度の高い手に安心したミュリエルは、握りしめていたところから力を抜いた。そんなミュリエルの手をやんわりと膝に戻させてから、サイラスはマントの襟を外す。そして、開いたそのなかにミュリエルを引き込んだ。

さらには抱き直され、流れるように再び胡座をかいた足の間に座らされる。収まりのよさに、ミュリエルはすっかりされるがままだ。それに、いつの間にか体が冷えはじめていたらしい。サイラスがまとっていた暖かな空気に触れた体が、安心したように弛緩していく。

「カナンに、結婚後も君に聖獣番を任せるのか、と聞かれたのだが……」

ふわりと鼻をくすぐる好きな人の香りに、ミュリエルは体を預ける。話しかけた言葉が耳を素通りしていると、サイラスにはわかったのだろう。体を優しく揺らされた。

「私は任せたい、と思っている。ただ……」

聞いている意思表示に視線を合わせれば、サイラスは再び口を開いたものの、どうにも言いにくそうだ。別段急ぐ気持ちのないミュリエルは、珍しく思いつつも続きをのんびり待つ。

「……子が、できたら辞めさせなくてはならない、と」

「っ!?」

だが、一転して抱き込まれた足の間でビクッと体を跳ねさせた。当然、その動きは余すことなくサイラスに伝わる。

「気が早いと、呆(あき)れてしまっただろうか」

「はい」とも「いいえ」とも返事のしにくい問いかけに、口をむぐむぐさせるしかない。ミュリエルとしては想いが通じた者同士として、傍にいることに慣れつつあるところだ。もちろん、その先には結婚があるのだと意識しつつもある。しかし、子供と言われてしまうと、そんな未来はまだベールの向こうの世界でしかない。

「はじまりは……、リーン殿とプフナーが無自覚にのろけたカナンを、からかったことからだったと思う。そこから、それぞれの考えについて話をする流れになったんだ。それで、私も意見を求められてつい、君とのことを話してしまったから……」

まだ己には早い話題に混乱していたミュリエルは、続けてされた説明を飲み込むのに時間を要した。そのため、微妙な間を置いて驚く。

「えっ!?　そ、それって、殿方同士で、恋のお話をしたということですかっ?」

いつも真面目な話をしていそうだという勝手な思い込みがあったミュリエルは、驚きが隠せない。殿方同士でいる時の過ごし方や会話など、己にとっては未知の領域だ。

いつもと違って勢いのあるミュリエルの様子に瞬いたサイラスだったが、しばらく視線を受

け止めたあと、そっと長い睫毛を伏せた。

「そう、だな。恋の話を、した」

認めたあとも、サイラスの視線は戻ってこない。

「言い訳のようになるが、普段から浮ついた会話ばかりをしているわけではないんだ。リュカエルがいる時などは、とくに気をつけてもいるから」

「っ！　い、いえ、あの、わ、私もグリゼルダ様と、恋のお話をします、ので……、その……」

ほんのりと気まずそうなサイラスのもの言いと、いつまでたっても目が合わないことで、ミュリエルは己の反応がよくなかったと反省した。自らの経験を述べることで、なんとか他意がないことを伝えようとする。

「……そう、か。それは、興味深いな。どんなことを話したのか、とても気になる」

ほんの少し躊躇ったものの、サイラスの視線が戻ってきたことは幸いだ。しかし、向けられた話題に、ミュリエルはグリゼルダとした会話、とくに授けられた助言について唐突に思い出した。

（く、口づけを、する時は、腕を、首に……、……、……。はっ!?　ま、待つのよ、ミュリエル！　ま、まだ、その時ではない、わっ！）

紫の瞳を凝視していたミュリエルは、何の前触れもなく羞恥を爆発させた。抱き込まれたその位置で、膝にお行儀よく乗せていたはずの己の片手が、いつの間にか不埒にもサイラスの胸

に添えられている。無意識の行動が不届きすぎて、ミュリエルの体温は天井知らずに上がっていく。

（ま、ま、まずは、手を、膝に戻して……、……、……）

そっと添えているだけの手が、固い意思を持たないと上手く動きそうにない。サイラスから視線を外せないまま、ミュリエルはなんとか手を戻そうとした。

しかし、一拍だけ早くその手にサイラスの手が重ねられる。なんの拘束力もなくただ上から乗せられただけだったが、己の手などすっぽりと隠してしまえる大きな手に、ミュリエルは改めてサイラスの存在を感じた。しかも、口づけのことなど考えてしまったばっかりに、心臓の過活動にも拍車がかかる。体中でドクドクと感じる熱は、否応なしに翠の瞳を潤ませた。

（お、お、落ち着くのよ、ミュリエル。と、とりあえず、一度、深呼吸を……）

あからさまにならないよう、震える睫毛をゆっくりと伏せる。そして、息を吸おうとしたのだが、目の前で光ったものに注意が向いた。いつもは黒いネクタイを締めて隙なく整えられた襟もとが、寝る前とあっていつもよりずっと緩んでいる。鎖骨が見える程度に開いたシャツは、青林檎のチャームをわずかにのぞかせていた。

その青林檎のチャームが光っている。回ることをやめたオルゴールの光が、少しだけ見えている丸みのある緑の石にあたっているらしい。サイラスの体温に馴染む青林檎は、オルゴールの虹をまぜた光を受けて、潤むように艶めいていた。朝も昼も夜も、こんなふうには光らないだろう。ただ今、この時だけの煌めきだ。

（とても、綺麗……、……、……）

ささやかな光だからこそ、溶けてしまいそうな色味になるのだろうか。柔らかく揺れるその色を、まるで魅入られたようにミュリエルは見つめた。すると今度は、わずかにのぞかせた部分だけはなく、姿すべてを見てみたくなる。しかし、片手はサイラスにふさがれて、もう片手は互いの体の間であって動かせない。

それでも今、どうしてももっとしっかり見てみたい。そんな素直な衝動に身を任せたミュリエルは、くつろげた襟もとに頬をよせ、コテンと頭を預けた。頬で押さえたシャツの隙間から、青林檎のチャームをのぞく。しかし、思ったほどは見えなくて、ほんのり唇を尖らせた。突き出した唇が、意図せずサイラスの鎖骨に微かに触れた。乗せられているだけだったサイラスの手がピクリと震え、そのままギュッと握り込まれる。

「……もしや、今のが？」

「えっ……？」

青林檎のチャームに気を取られていたミュリエルは、瞬きをしてサイラスに言われたことを考えた。今しか見られない光に意識が持っていかれる前、己は何を話していただろうか。

（……あ、グリゼルダ様と、どんな話をしていたのか、だった、かしら……？）

思い出した途端、間を置かずに口から出てしまったのは、助言と称して言い聞かされるように教えられたことだった。

「サイラス様に、お任せするように、って……」

静かに佇む七色の星の粒が、サイラスの紫の瞳に映り込む。鮮やかな色を照らして、虹の帯を引いた光が、とても綺麗だった。とはいえ、魅入ったように見上げて見つめる翠の瞳も、瑞々しい色のなかに同じ星が宿っている。

「そうか。では……」

互いに目が離せずにいれば、サイラスが吐息で囁いた。手が離されたと思えば、身をよせる意思を持って腰に添えられる。今まで注がれていた視線がおりていき、目の留まったであろう胸もとを、ミュリエルは自由になった手で押さえた。

指先が拾ったのは、葡萄のチャームの感触だ。ガウンの合わせ目から立てた指先で探り、寝衣の下にある慣れ親しんだ硬さを確かめる。

サイラスが身をかがめるようにして頭を下げれば、顔の前を通り過ぎた黒髪がくすぐったくて、ミュリエルは思わずあごを上げた。入れ違うようにして、そこにサイラスが顔を伏せる。

寝衣の上から、胸もとに唇が落とされたのだと思う。なぜそんなことをされたのかわからなかったミュリエルは、一瞬固まった。しかし、曲がりなりにも一瞬ですんだのは、厚手の布地がおおいに感触をやわらげてくれたからだろう。通り過ぎた黒髪の感触の方が恥ずかしかったくらいだ。

「そろそろ、戻ろうか」

「えっ……」

一瞬ですんだはずの硬直は、唐突に二人の時間の終わりを告げられたことで、逆に長いもの

になってしまった。しかし、返事を待ってくれているサイラスに、いつまでも口を開かないわけにはいかない。

「は、はい、そうです、ね……」

戻るにはまだ早い気がすると、考えてしまったからだろう。正直者のミュリエルは、思ったよりずっと気乗りしていない返事をしてしまった。そのため、慌てて言葉を重ねる。

「あ、あのっ、アトラさんが、今夜はサイラス様と私と一緒に寝よう、って誘ってくださいました。と、とても、楽しみにされていて……」

「そうか」

ここまでとくに一緒に寝る話をしたわけではないが、サイラスが制服姿で会いにこなかった時点で、一緒に白ウサギを枕にするのだとミュリエルはわかっていた。ならば、二人きりの時間を終わりにしても、明日の朝まで一緒にいられる。

「で、ですが……」

サイラスが立ち上がるためには、足の間にいるミュリエルの方がまず立つ意思を持たなければならない。しかし、どうしても腰を上げる気になれなかった。

「あ、あ、あの……、も、もう一度……。もう一度だけ、オルゴールのネジを巻いて、終わるまでは、その……、……、……」

二人きりで、いたいです。そんな言葉を込めて、ミュリエルはサイラスの腕に手をかけた。

（た、楽しみにしているアトラさんのもとへ、早く帰らなきゃいけない、とも思うの。だけれ

ど……、アトラさんから、贈り物をちゃんと受け取ってこい、とも言われたわ。それなら……）

贈り物である二人の時間を、ミュリエルはまだ「ちゃんと」受け取ったと感じていない。深呼吸をするように深く息を吸ったサイラスが、ずいぶんゆっくりと瞬きをする。それから、ランプの上からオルゴールを取ると、ネジが見えるように差し出してくれた。

オルゴールの鳴り続ける時間は、ネジの巻き具合でかなり違う。その権利を委ねられたのだ。強請ったのは、ミュリエルだ。それなのに、ネジを巻く指先は戸惑いがちになった。浅く回してはあっという間に音が止まってしまうだろうし、だからといって欲張って、ネジが空回りするまで回してはいたたまれない。

結局、ミュリエルはかなり慎重に三度ほどネジを巻いた。すぐさま鳴りはじめた音は、ちょうどよい速さで子守歌を奏でていく。

早くも遅くもない音の流れに安堵（あんど）したものの、一緒にいる時間はこの一瞬ごとにも少なくなっている。サイラスがそっとランプの上にオルゴールを戻すのさえ、もどかしかった。だが、改めて向き合ったところで、ミュリエルの方から積極的に何かができるかというと、それもできない。迷う己の気持ちとは裏腹に、虹色の星の巡りはすべらかだ。

「……会えなかった分、私も君に触れていたいと思っている」

だから、囁かれた言葉とそっと頬に触れてくる手に、ミュリエルは自分が踏み出せないその先を期待してしまった。

「だが……、ここでは歯止めが利かなくなりそうで……。少々、悩ましい」

頬に触れるだけではなく、伸ばされて指先が耳の縁をなでていく。首筋をたどる感触に肌が震え、背がしなる。しかし、サイラスの手はすんなりと肩に移動すると、そのまま止まることなく腕の横をおり、ミュリエルの手にたどりついた。

「だから、復習をしようか？」

仲良しの印のように手をギュッギュッと遊び心を持って握ると、サイラスはそのままポンポンと跳ねさせた。

「復習、ですか……？」

恋人と過ごしている時に出てくるには、珍しい単語だ。オウム返しをすれば、触れていた手を今度は握手をするように軽く振られた。

「そう。しばらく離れていた間に、忘れてしまったかもしれないことを、思い出すために。だから、復習をしよう。私と君の、はじめてから今までを」

なんの抵抗もなく握手に応えるミュリエルに、サイラスは目もとを緩めた。柔らかな眼差しのなかには、二人を中心に置いて巡る星が映り込んでいる。

「見つめて、触れて」

虹を含むサイラスの紫の瞳が、色をますます深くする。

「最初は、名さえ呼んでもらえなかった。だが、今は呼べるな？　呼んでみてくれないか」

別段、恥ずかしいことを求められたわけではない。しかし、ミュリエルはゴクリと唾を飲み

込んだ。

「サ、サイラス様……」

「うん」

ただ名前を呼ぶその行為が、この時はとても特別に思えた。それは、ミュリエルの心持ちのせいなのか、サイラスの柔らかい微笑みと眼差しのせいなのか。はじめて名前を呼んだあの日の感情が、にわかに全身を駆け巡って恥ずかしくなる。

とはいえ、復習はまだ序の口だ。その証拠に、サイラスは間を置かずに握手していた手をそっと持ち上げた。

「次は、指先への口づけだったか」

握手をかわしていたところから手をすべらせれば、互いの指先だけが引っかかる。わずかな触れ合いを残したそこへ、サイラスは顔を伏せていった。指先に唇が熱を灯し、軽く指を絡まされたと思えば、続けて同じ熱が掌にも灯される。想いを通わせた今ですら、まるで懇願するほど求めているのだと、知らしめるように。

「それから、唇に……」

掌の熱が伝えた想いごと逃げてしまわないように、指を深く絡ませて繋ぐ。見つめて、見つめられて。そうなると、瞬きもできないほど甘く艶めく紫の瞳から目が離せない。

予告されたせいで、ドクドクと喉もとで脈打つ鼓動を強く意識してしまう。それでもミュリエルの体は、すんなりとあごを上げた。サイラスに教えられた通り、ちょうどよい角度に。

うっすら開いている唇から、軽く息を吸い込む。その吐息に引かれるように、互いの唇が重なった。柔らかさを十分感じられるようにゆっくり触れ合った唇は、ふわりとミュリエルを酔わせる。

息継ぎの必要もなく離れる気配に、ミュリエルはほんの少しまぶたを上げた。伏せ気味の睫毛の先に、オルゴールの光が降り注ぐ。涙が溜まっているわけでもないのに、視界が潤んだ。だから徐々に見上げたサイラスも、いつも以上に光をまとって見えたのだろう。

至近距離で、サイラスがゆったりと微笑む。絡めたままの指が、スリスリと悪戯(いたずら)をするようにミュリエルの指をくすぐった。恋人だからこそ、そんな仕草も甘やかなものになる。

色を濃くした紫の瞳は、なおもオルゴールの煌めきを宿して、いつの間にか咲き初めた黒薔薇(くろばら)にも負けぬほど匂い立つ。それを見つめて眩(まぶ)しく感じる翠の瞳にも、きっと同じように七色の星が光を巡らせているのだろう。

「どうやら君は、上手に学んでこれたようだ」

復習と言った手前、相応(ふさわ)しい台詞を選んだのかもしれない。思わせ振りな言い回しがサイラスらしい。そう考えられる余裕が現時点であるのだから、ミュリエルも成長したものだ。

「では、『秀』ですか?」

「あぁ、厳しく見ても『秀』だろう」

しかも上手に切り返せるとくれば、サイラスにこれまで教え込まれたすべてが十分身についていることになる。それが恥ずかしくも嬉しくて、はにかんだ微笑みをミュリエルは浮かべた。

「覚えて、いるみたいです。私の心と体が、ちゃんと、サイラス様のことを……」

会えない間に忘れてしまうのではないかと弱気になってみても、ひとたび触れ合えばすぐに体が思い出す。覚えていれば、欲しいと思った時にいつでも求められるだろう。

（それなら、これから先も、ずっと、ずっと……。覚えて、いたい……）

己が己である間はもちろん、できればその先も繋がっていられたら。丸い星粒の虹色の巡りに、ひと雫の行く末が重なっていく。

もし、サイラスとの出会いが降り注いだひと雫に呼ばれたものだったとしても、出会ってから重ねた時間はミュリエルのものだ。何をして、何を思い、何を選んだのか。そうして繰り返したものはすべて、これからの「私」を形作っていくのだろう。

注がれた雫がこの身を満たしているというのなら、重ねる日々はその満たした水を「私」色に染めていく。いつか、ほどけて、還って、巡っても、唯一の色に染まった雫はその記憶を繋いでいくのだと信じたい。この世界が続く限り、途切れることなく、ずっと。だから。

「だから……、染めて、ください……」

深く甘い紫の色を、いつまでも忘れることなく覚えていたい。

「少しの隙間も、ないくらい……」

熱も、柔らかさも、香りも、何もかも。

「ぜんぶ、ぜんぶ……」

翠の瞳に焼きつけて、この身の奥底、深い深いところまで馴染むように。

「サイラス様で、私を染めて……?」

オルゴールの散らす星が、ミュリエルの唇をゆるやかになでていく。短く息を飲んだサイラスの頬に、ミュリエルは伸ばした手を添えた。七色をくゆらせる紫の瞳が、あまりにも綺麗だ。

「サイラス、様」

名を囁く吐息は光に潤み、強請る言葉は熱を呼ぶ。一度だけ唇を引き結んだサイラスは、ミュリエルのうなじから栗色の髪に指を差し入れた。大きな手で固定されるように支えるのと、軽く角度をつけた顔がゆっくりと近づくのは同時だった。綺麗なあごの線を、星がすべりおりていく。サイラスが睫毛を伏せるのに合わせて、ミュリエルも目をゆっくりと閉じた。

唇が触れるより前から、先程よりも深い口づけになると予感していた。下唇を食むように口づけられ、柔らかさを互いに確かめてから角度を変える。体の奥からわきあがる熱に煽られるように、零れる吐息も触れる強さも、黒薔薇の香りに沈んでいくほどに深くなる。

繋いでいた手をといたサイラスが、ミュリエルを抱きよせた。その拍子に、ミュリエルの足がランプにあたる。

「あっ……!」

反射的に唇が離れ、二人の視線が床へ向けられた。幸いランプは倒れなかったが、オルゴールが床に転がってしまった。いつの間にかオルゴールはずいぶん速度を落として曲を奏でていたが、まだ余力を残していたはずだ。しかし、横倒しになってネジが床に触れたことで、音はプツリと止まる。

オルゴールが、もう一度鳴り終わるまで。そんな約束をしたのはミュリエルだ。しかし、抱きしめる腕をわずかに緩めたサイラスの胸で、添えていた手に思わず力を込めてしまう。

「オ、オルゴールの、音が……、んっ」

終わりを思って切なげに呟いた声は、他所見をする顔をやや強引に向き直された瞬間に、サイラスの口腔（こうくう）に飲み込まれた。まるでオルゴールが止まったことなど、なかったかのように。流されてしまいたい、そう思ったからこそ、ミュリエルは目をつぶった。

ただ、睫毛を震わせながらつぶった翠の瞳は、その間際に転がったオルゴールを視界の端に映していた。それと同時に、サイラスが見もせずにオルゴールへ片手を伸ばし、器用にもネジに指をかけたのも。歯車の回される音は、己の時よりずっと性急だ。

瞳を閉じると、視覚以外の感覚に意識が集中する。繰り返し触れる柔らかさや、口づけをかわす音に少し上がる息遣い、そして二人の間で香る熱。二人の間に満ちる音はどれも甘やかすぎて、ネジを巻く音などでは隠せない。

優しい音を取り戻したオルゴールがやや乱雑に置かれると、ネジを巻き終わった片手はすぐさましっかりとミュリエルの体を抱きしめた。両腕に込められた力にサイラスの想いを知れば、それまでだって上がっていた息がさらに弾んでしまう。

たぶん、意識したわけではない。サイラスの胸に添えていた両手を、ミュリエルは肩に置く。それから、絡まる吐息の深さに倣うように、首に回した。肘が肩に乗ってしまうほど強く求めたのは、しなる背を支えるように回された腕と、栗色の髪を乱すように差し入れられた手が、

同じ強さをもって求めていたから。

先ほどまでよりずっと、オルゴールは早足で曲を奏でている。とはいえ、音が鳴りやむ時にはきっと物足りなさを感じるだろう。それほどまでに、サイラスだけではなくミュリエルだって、溶けてしまうほどの熱を求めている。

それでも、今だけは――。

丸い音と、丸い虹色の星粒達が囲む真ん中で、この瞬間のすべてを心と体に刻みたい。「私」が望んでいたのは「貴方（あなた）」なのだと、ずっとずっと強く覚えているために。

齢二十六にして、ここワーズワース王国のエイカー公爵であり聖獣騎士団団長でもあるサイラス・エイカーは真夜中の馬房にて、さすがにそろそろ寝るべきだと考えていた。背には自慢の相棒が暖かな冬毛を貸してくれており、腕には健やかな寝息を立てる愛しい婚約者がいる。

聖獣であるアトラはさておき、本来であれば婚約者であったとしてもミュリエルと同衾するなどあり得ない。だがすでに、互いの体温に触れながら寝ることに馴染んでしまった体は、定期的にこの時間を持たなければ不調を催してしまうだろう。実際、ティークロートから複合的に持ち込まれた問題に対応していた間、サイラスはミュリエル不足だったと言っていい。

(とはいえ、隣国の代替わりが最良と判断してよい形で落ち着いたのは、行幸だったな)

ギオの減量という比較的平和な課題と並行して、それらを表沙汰にせずに片付けられたのは、偏にこれまでの気の長い下準備のおかげだ。聖獣やそれに関わる者の安全が各段に上がったとなれば、それも報われる。だが。

(私のいない間に、ミュリエルはいったい何を教え込まれたのか……)

とくに、「染めてほしい」などと潤んだ翠の瞳で強請られたあの衝撃を、なんと表現するべきだろう。オルゴールのネジをもう一度巻き直す程度で踏みとどまった自分を、褒めてほしい

くらいだ。逆に言えば、それがなければもっと踏み込んでしまった可能性まである。

最後の一音がやんだと同時に、吐息を零して口づけの形を作り続けるミュリエルの唇を離し、ぼんやりと見上げる翠の瞳を振り切るのにどれほどの自制心を要したか。毛布でグルグル巻きにすると横抱きにし、有無を言わさず大急ぎで獣舎に連れ帰ったあの時、胡乱な赤い目を向けられてやっとひと心地ついたほどだ。そんな自分に、自身で驚く。

ミュリエルはサイラスの色気についてまごつく姿を見せるが、今やサイラスの方がミュリエルの色香に惑わされてしまっている。少し前に考えていた通り、ここがさらなる忍耐への入り口なのは間違いないだろう。

（これは、困ったな。まだまだ、眠れそうにない……）

ずっと同じ角度から見下ろしている栗色の髪も、伏せた睫毛も、無防備に緩む口もとも、どれだけ見ていても飽きがこない。深く息を吸って吐けば、それだけで熱は甘く香った。

（それに、君をこうして想ってしまうのは、何も触れている時ばかりではないから……）

本当は執務室のソファなど、ほんの一例だ。サイラスが過ごすすべての場所に、いつでも紐付く想いがある。それは場所どころか、緑のまぶしさ、風の香り、花の色にまで及ぶ。

言うまでもないほど、己は染まっているのだろう。そして、これから先も染まっていく。

「寝つきは悪い方ではないのだが、さて、どうしたものか……」

一人ごちると、サイラスはとりあえず目をつぶった。まだ遠そうな眠りの道に誘うのは、腕のなかで胸にすりよる愛しい熱と、沈む背をより深く受け止めた柔らかな白だ。

あとがき

こんにちは、山田桐子です。『聖獣番』八巻をお手に取ってくださった皆様、ありがとうございます。またお会いできて、本当に嬉しいです！

と、そんなご挨拶をしたあとは、毎度恒例の懺悔タイムとなるのですが。今回も主に担当編集様に頭を下げつつ、方々にしっかりと謝罪と感謝の念を振りまいていきたい……！　とはいえ、前巻ほどの切迫感はなく、余裕をもって発売にこぎ着けたかな、とも思っています。そう感じているのが私だけだったら、誠に申し訳ないのですが。

しかしながら、こうして既定路線を走れるのは、どうしようもない私を掌で転がしつつ尻を叩いてくれる担当様がいるからです。でなければ、へこたれて前に進めないし、頑張りきれません。間違いない。

そのため、聖獣番の半分は担当様でできていると言っても過言ではないです。いつも無駄話にまでお付き合いくださり、また、くだらない私の叫びにも笑ってくださり、嬉しさと有り難い気持ちでいっぱいです！

さて、こうして無事にお届けすることができた八巻ですが、終わってみれば七巻と

比べるとほのぼの具合が強くなりました。目を通してくださった皆様には、お楽しみいただけたでしょうか。あ、ここから内容に触れますので、ネタバレ厳禁の方はご注意くださいね。

では、仕切り直して隣国組の話から。きっとここまで話を追ってくださっている方にとっては、この面子の再登場は予想されていたのではないでしょうか。ここでぶち込ませていただきました。彼らが加わるとかけ合いにも変化がついて、書く方としましてはとても楽しかったです。

隣国組をまじえてのやり取りは、どれも気に入っているのですが、意外と口下手二人のどうにもならない会話劇のところが好きだったりします。あの微妙な空気感、この組み合わせじゃないと出せないと思うので。一気にテンポが悪くなる居心地の悪さなど、なかなか他にはない気が。

一冊書くごとに、お気に入りの場面や一文を読者の皆様に見つけてもらえたら幸せだと常々思っている私ですが、実は自分自身でもここがベストワンだ！　というお気に入りの場面や台詞や文が必ずあります。

八巻のベストワンは、急に止まれなかったレグの悪びれないひと言です。あの辺りのシーンは乗りに乗って書いたので、皆様にも伝わっているといいなぁ。ちなみに次点は甲乙つけがたいのですが、ミュリエルが大好きで大事なことがよくわかるアトラ

のキレ気味の台詞です。

次、イラストについて。いつも文字以外の雰囲気まで拾って描いてくださるまち様に、私は感動しきりなのですが、八巻もやっぱり即座に拝みました。サイラスの出番が多く、どれも違った表情で、それがまた強烈に素敵で……。

まず、一枚目。こちら、私が強くお強請りしたものになります。どうしても魔王サイラスが欲しい、と！　勢い込んで頼んでみれば担当様も同意見で、電話口でひと盛り上がりしました。七巻で立ち位置の関係により、大天使サイラスみたいになった一枚があって、そちらを八巻の大魔王サイラスと並べて一人悦に入るという。

そんな素敵サイラスに紛れて、異彩を放つのが六枚目。表情ですべてを物語る黒ニワトリ、面白すぎませんか。いただいたラフの時点から笑ったのですが、それ以後、何度見ても笑ってしまう。

さらには、八枚目。超奥手な元引きこもり令嬢が、なんて色っぽい表情をしているのでしょうか。などと、ミュリエルや衝撃を受けているサイラスの方に目が行きがちになるところ、ここは少し視線を右隅に向けていただき。そうしますと、あるでしょう？　オルゴールが！　あんなに素敵なオルゴール、私も欲しい！

聖獣番シリーズはキーアイテムとなるものが結構登場するので、私は割とよくイメージに近いものが売ってないか検索します。あ、これ近い！　と思うと買ってし

まったり。購入しても、大抵は机に飾っているだけなんですけどね。眺めるとモチベが上がるので、えぇ、断じて無駄遣いではないです。

あと、大庭そと様によるコミカライズにも触れさせてください。こちら小説の三巻に突入しまして、ノベルとのタイミングもよく、なんと隣国組が登場する回ではありませんか。もう、ね。大庭様の表現力の高さに、私はいつも衝撃を受けます。

ゼロサムさんの方に掲載されている三十一話の扉カラーですが、盛り込み方が素晴らしくて、ぜひ皆様にも見ていただきたい。三巻のあとがきで言及した（まち様の洞察力と推察力に感動しているくだりです）、レインに姫抱きされているシグの足がそろっている描写、あれの大庭様版を見られるんですよ。

それに、三巻がコミカライズされるということはですよ？　サイラスがはじめて魔王化した夜会の場面も、見られるということですよ！　私はワクワクが止まらない！

コミックスの巻末にショートストーリーを書かせていただいているのは、以前お話ししたと思うのですが、今からそちらを書くのも楽しみすぎて……。なぜかって？　カバーを外した下に大庭様が即したオマケを描いてくださるのですが、それが私にとってこれ以上ないご褒美になるからですよ！　もだえるほどの素敵さ！　もはやオマケ見たさに、欲望にまみれたショートストーリーを書いているまである。

目を通してくださった方にとってもご褒美になっているといいなぁ、などと思って

いますが、同じ気持ちで楽しんでいただけたら、さらに嬉しいです。

少し話を変えます。ご存じの方もいらっしゃると思いますが、一迅社文庫アイリス様が創刊十五周年を迎えたそうで、おめでとうございます！　十年目にも私はご一緒させていただいたのですが、月日が経つのは本当に早い。今回の記念日にも立ち会うことができて、とても嬉しいですし光栄です。これから先も皆様と一緒に、節目も楽しい時間も共有できたら幸せだな、と思うばかりです。そもそも、こんなにウキウキとあとがきを書けるのも、関わってくださる皆様のおかげですからね。

というわけで、絶妙な具合でお電話をくださる担当編集様、オマケと呼ぶには素敵で豪華すぎますよまち様、めちゃくちゃ勉強させていただきました校正様、そして、手に取り目を通してくださる読者様、その他関わってくださる皆々様、本当にありがとうございます！　どこに向けて感謝の気持ちをぶつければいいのか、いつもそわそわしているので、とりあえずはこの場で何度だって叫ばせてください。

こうした感謝の気持ちって、物語をお届けすることでお返しできるものでもあるかなぁと考えてもいるので、頭を抱えたくなっても床に無気力に転がりたくなっても、これからも真摯にミュリエル達と向き合っていく所存です。

ではでは、最後になりましたが、今巻もここまでお付き合いくださり、重ねてありがとうございます。またお会いできたら嬉しいです！

IRIS
ICHIJINSHA

引きこもり令嬢は
話のわかる聖獣番8

2023年9月1日　初版発行

著　者■山田桐子

発行者■野内雅宏

発行所■株式会社一迅社
〒160-0022
東京都新宿区新宿3-1-13
京王新宿追分ビル5F
電話03-5312-7432（編集）
電話03-5312-6150（販売）

発売元：株式会社講談社
（講談社・一迅社）

印刷所・製本■大日本印刷株式会社

ＤＴＰ■株式会社三協美術

装　幀■世古口敦志・
前川絵莉子（coil）

ISBN978-4-7580-9574-7

●この作品はフィクションです。実際の人物・団体・事件などには関係ありません。

この本を読んでのご意見
ご感想などをお寄せください。

おたよりの宛て先

〒160-0022
東京都新宿区新宿3-1-13
京王新宿追分ビル5F
株式会社一迅社　ノベル編集部
山田桐子 先生・まち 先生

IRIS ICHIJINSHA

第12回 New-Generation アイリス少女小説大賞

作品募集のお知らせ

一迅社文庫アイリスは、10代中心の少女に向けたエンターテインメント作品を募集します。ファンタジー、時代風小説、ミステリーなど、皆様からの新しい感性と意欲に溢れた作品をお待ちしております！

金賞 賞金100万円 ＋受賞作刊行

銀賞 賞金20万円 ＋受賞作刊行

銅賞 賞金5万円 ＋担当編集付き

応募資格 年齢・性別・プロアマ不問。作品は未発表のものに限ります。

選考 プロの作家と一迅社アイリス編集部が作品を審査します。

応募規定 ●A4用紙タテ組の42字×34行の書式で、70枚以上115枚以内（400字詰原稿用紙換算で、250枚以上400枚以内）
●応募の際には原稿用紙のほか、必ず ①作品タイトル ②作品ジャンル（ファンタジー、時代風小説など） ③作品テーマ ④郵便番号・住所 ⑤氏名 ⑥ペンネーム ⑦電話番号 ⑧年齢 ⑨職業（学年） ⑩作歴（投稿歴・受賞歴） ⑪メールアドレス（所持している方に限り） ⑫あらすじ（800文字程度）を明記した別紙を同封してください。
※あらすじは、登場人物や作品の内容がネタバレも含めて最後までわかるように書いてください。
※作品タイトル、氏名、ペンネームには、必ずふりがなを付けてください。

権利他 金賞・銀賞作品は一迅社より刊行します。その作品の出版権・上映権・映像権などの諸権利はすべて一迅社に帰属し、出版に際しては当社規定の印税、または原稿使用料をお支払いします。

締め切り 2023年8月31日（当日消印有効）

原稿送付宛先 〒160-0022 東京都新宿区新宿3-1-13 京王新宿追分ビル5F
株式会社一迅社 ノベル編集部「第12回New-Generationアイリス少女小説大賞」係

※応募原稿は返却致しません。必要な原稿データは必ずご自身でバックアップ・コピーを取ってからご応募ください。※他社との二重応募は不可とします。※選考に関する問い合わせ・質問には一切応じかねます。※受賞作品については、小社発行物・媒体にて発表致します。※応募の際に頂いた名前や住所などの個人情報は、この募集に関する用途以外では使用致しません。

引きこもり令嬢は話のわかる聖獣番８

山田桐子
TOHKO YAMADA

一迅社文庫アイリス

引きこもり
令嬢は話のわかる
聖獣番
8
JN121988